代号铁魂

304次列车抗日传奇

张蓉生 著

四川文艺出版社

图书在版编目（CIP）数据

代号铁魂/张蓉生著. —成都：四川文艺出版社，
2015.8（2021.10重印）
ISBN 978-7-5411-4160-7

Ⅰ. ①代… Ⅱ. ①张… Ⅲ. ①长篇小说—中国—当代
Ⅳ. ①I247.5

中国版本图书馆CIP数据核字（2015）第192747号

DAIHAO TIEHUN

代号铁魂

张蓉生 著

责任编辑 王其进
封面设计 张 妮
内文设计 最近文化
责任校对 汪 平

出版发行 四川文艺出版社（成都市槐树街2号）
网 址 www.scwys.com
电 话 028-86259287（发行部） 028-86259303（编辑部）
传 真 028-86259306

邮购地址 成都市槐树街2号四川文艺出版社邮购部 610031
印 刷 三河市嵩川印刷有限公司
成品尺寸 170 mm×240 mm 开 本 16开
印 张 14.75 字 数 220千
版 次 2015年9月第一版 印 次 2021年10月第二次印刷
书 号 ISBN 978-7-5411-4160-7
定 价 48.00元

代 序

记得那天是2007年的初冬，晚上，一摞陈旧的日记摆在我的面前，刚开始，我还吸着烟，漫不经心地浏览着这些页面已然泛黄、字迹已不太清晰的文字。但当我阅读了几页之后，才发现自己居然被这些日记中的文字深深地吸引住了，眼前浮现出一幕幕充满硝烟的画面……

我本欲阅读一部分日记之后即掩卷，明晚继续，但不知不觉间，我用了整整一个晚上的时间，一口气将这摞日记看完了。

抬起头时，只见一丝晨曦已然透过窗帘照射在积满烟蒂的烟灰缸上。我闭上发涩的眼睛，脑海中又浮现出熟悉的许伯伯生前的音容笑貌，以及日记中记载，从不示人的传奇故事来。此刻，一个大胆的想法在我脑海里萌发出来——将许伯伯日记中的那些真实故事讲给身处和平的人们，以慰于两年前已九十三岁高龄、因病去世的许伯伯的在天之灵。

张蓉生

目　录

引 子

1972年9月25日，日本首相田中角荣继美国总统尼克松访华后，率领一支庞大的代表团抵达北京，欲打破自日本侵华以来日中之间结成的坚冰，并与中国建交。陪同访问的除外相大平正芳、内阁官房长官二阶堂进外，还有其他陪同官员和日本各界人士、记者等共二百三十七人。

当晚，在中方的欢迎宴会上，周恩来总理致欢迎词后，田中角荣致答谢词时说：

“遗憾的是过去几十年间，日中关系经历了不幸的过程。其间我国给中国人民添了很大的麻烦，我对此表示深切反省之意。”

田中话音未落，席间立即响起一片窃窃私语。

宴会席间，日本代表团席中坐着一位白发老者，他矮小而结实，眼睛里闪耀着智慧的光辉，脸上有种特别的神采。此时，他平叠在一起的双手放在一根藤杖顶上，手指微微地抖动着。看得出来，老人已非常激动，只见他慢慢地闭上昏花的双眼，像是在回忆着什么。

宴会后，在送日本代表团回迎宾馆的豪华大客车上，这位日本老人迫不及待地向中方陪同的工作人员打听他的一位中国朋友的下落。令中方工作人员吃惊的是，老人会讲一口流利的、略带有东北腔调的中国话，他对中方工作人员说道：

“我打听的这位中国朋友不仅是我的学生，他更是我的老师……”

而他所打听的这位中国朋友却名不见经传，中国工作人员忙记下了这位日本客人和他所打听的中国朋友的名字，并于当天晚上向国务院有关官员做了汇报。

中国官员在查阅《日本政府访华代表团名单》时了解到，这位日本老人叫伊藤友和，现年七十四岁，曾任日本早稻田大学的副校长，在日军侵华期间担任过北平伪“远东中央铁道管理学院”院长的职务。他后来成为日本“反战同盟会”的中坚分子，是中国人民的老朋友。而他所打听的这位中国朋友“许有年”曾是他在北平任院长时期的学生。

中方工作人员根据这点唯一的线索向铁道部的官员打听，没想到立即顺利地了解到伊藤先生的这位中国朋友的近况：他现在的名字叫许言午，本名许有年，刚从“牛棚”解放出来，进了成都铁路局的领导班子，现任成都铁路局“革命委员会”副主任职务。

第二天傍晚，当伊藤老人得知许有年仍然健在的消息后，迫不及待地拨通了中方工作人员给他的成都铁路局的电话……

成都的傍晚。夕阳西下，媚人的黄昏降临到火车北站的广场上，在离广场不远的一幢小洋楼二楼上，许有年站在落地窗前沉思。他今年已经六十岁了，略矮的身材，体格结实，精神矍铄，面部端正，浑身上下都显示出他具有爽朗、坚忍不拔的性格。唯一与他神情不协调的是，他颤抖的左手拄着一根龙头拐杖，这是因为五年前“文革”批斗期间左腿留下了残疾。

许有年刚刚接了伊藤老人从北京打来的长途电话，他此刻思绪万千，心潮澎湃。伊藤先生在电话中激动的语气和夹着日语的问候，让许有年颇感意外和欣慰。他极想再见一见这位三十多年前的老师和朋友，但因日本代表团的日程安排很紧，加之当时情况下的种种其他政治因素考量，两位老朋友不能相见，对此，他内心深感遗憾。

窗外，太阳刚落山不久，西边天空悬挂着玫瑰色的云彩，那云彩像是永恒不变，然而却又在慢慢地变化。许有年凝望着这云天，仿佛正从昏暗的观众席上观看舞台上的辉煌戏剧。那云彩渐渐化作一片片的往事。

第一章

一

那是四十一年前的今天，也就是1931年9月26日傍晚，十九岁的许有年只身从沈阳逃到了北平，他浑身上下除了身上穿的学生制服和一小卷简陋的行李外，别无他物。此刻，他感到饥肠辘辘，昨晚在管庄难民营吃的那点棒子面糊糊和窝窝头，早已消化殆尽。他勒了勒松松的裤腰带，毫无目的地往前走着。

不知不觉间，他来到西直门火车站，站外有许多饭馆和小吃摊，各种食物的香味都在诱惑着他空空如也的肠胃，他情不自禁地咽了一下口水，径直向车站简陋的候车室走去。

为了节省体力，许有年枕着小小的青布包袱，在空荡荡的候车室肮脏的长条凳上平躺下来，然后闭上眼睛，这几天非常的经历一幕幕地在他脑海闪现……

八天前，也即9月18日的晚上，在北陵的一间民房里，刚从沈阳交通学校毕业的许有年和十几位同学们在一起聚会，风华正茂的他们几乎无所不谈。当谈到当前的紧张局势时，其中有一位叫孟庆祎的同学站起来——其父亲是东北军直属第四旅的副参谋长，他小声地向大家透露了一个惊人的秘密：

“昨天晚上，我趁父亲不在家，偷看了他的一份内部文件，文件的内容是：8月16日，蒋委员长致电张学良将军：‘无论日本军队此后如何在东北寻衅，我方应予不抵抗，力避冲突’。”

同学们听后大吃一惊，但心里都不敢相信这是真的。孟庆祎看看大家的表情，接着说道：

“你们还别不信，这儿还有呢，也就在几天前，蒋委员长在石家庄召见少帅时说：‘最近获得可靠情报，日军在东北马上要动手，我们的力量不足，不能打。我考虑到只有请国际联盟主持正义和平解决。我这次和你会面，最主要的是要你严令东北全军，凡遇到日军进攻，一律不准抵抗……’”

听到这里，同学们愤怒了，一位女同学一下子站了起来，涨红了脸，鄙夷地说道：

“别说了，什么东西，狗屁委员长，真恶心！纯粹一个卖国贼！”

许有年也“呼”地站起来，愤怒地说：

“什么叫‘我们的力量不足’？日本关东军在东北只有一万多人，而咱们的东北军却有近十七万人马，全国最大的军工厂就在咱们沈阳，我不信咱东北军会眼睁睁地看着日本人打进来而不……”

话刚说到这里，只听得从北大营方向传来一阵猛烈的爆炸声，空气被爆炸的声浪撕扯着，就像撕扯着人们的心灵，原本寂静的街面上忽然传来一阵阵的尖叫声和杂乱的脚步声。

同学们一阵慌乱，再也没有心情高谈阔论了，大家鱼贯地跑出大门，各奔东西去了。

说实话，许有年这时倒不怎么害怕，在他小时候，占山为王的爷爷许海滨经常教他打枪，十六岁时，他又给家乡的抗日义勇军的夏营长当过勤务兵，算是见过一些世面。他现在心里只有一个强烈的念头：“去当兵，打日本鬼子！”

许有年来到大街上，逆着逃难的人群向北大营方向跑去。刚跑出不远，就看见一个身穿和服、披头散发的日本女人匆匆地迎面跑来，在她的眉心有一颗显眼的红痣。许有年仔细一看，那不是自己中学时期的日语教师伊藤智子吗？许有年立即站住，用日语喊道：

“智子老师，您怎么在这儿？”

伊藤智子听见喊声，也站住了，她一眼就认出这个站在自己面前的年轻人，她急忙抓住许有年的手，带着哭腔气喘吁吁地大声喊道：

“许桑，快，快跑吧，我听我丈夫小野君说，他们今晚要有大的行动啊！我还要赶紧去通知在沈阳的其他学生，让他们赶快逃命去啊……”

许有年的眼睛一下子就湿润了，他拍拍老师的手背深情地说道：

“老师，谢谢您了，您赶快回去吧，这兵荒马乱的，这么晚，您一个日本女人在大街上这样跑容易出事啊。”

说完，他偷偷地用手背擦了下眼泪，告别智子老师，继续往北大营方向跑去。

当他气喘吁吁地跑到离北大营不到两公里处时，只见黑压压的一片东北军士兵或抬或搀扶着伤兵，像潮水般涌来。这时，许有年看见败兵群中一个老兵和一个年轻的士兵抬着一副担架，摇摇晃晃地走过来，而这位老兵的右胳膊还缠着绷带，鲜血已经浸透了绷带。许有年赶紧跑过去，二话不说，接过老兵的担架，和溃军们一块儿往东跑。老兵用夹杂着诧异和感激的目光打量了他一眼，气喘吁吁地用浓厚的东北土音问道：

“兄弟，你是干……干哈的，怎么还往那旮旯跑呢？”

许有年回头看了他一眼，没有接他的茬儿，反问道：

“老哥，咱们这是往哪儿撤呀？”

老兵摇摇头，没有吱声儿。担架另一端的年轻士兵大声吼道：

“妈拉巴子，这有啥可保密的，狗日的小鬼子打咱们，当官的又不准咱抵抗，刚接上火，就让咱们往东山嘴子撤。小鬼子兜屁股一阵打，此役咱们死伤了多少弟兄呐！……”说到这里，这个年轻士兵的声音嘶哑了。

许有年回头看了看那位年轻士兵，只见他高高的个儿，左脸上有一道像是被刀砍过的长长的疤痕，丑陋之中又凸显出一种英雄气概。

老兵青筋暴涨地吼道：

“鳖犊子李飞！我哪是想保密啊，老子是觉着对不起咱们东北的父老乡亲和死伤的三百多弟兄们那！”

说到这里，老兵的声音有些哽咽了。

大家都沉默了，闷着头一个劲儿地跟着散乱的队伍继续往前跑，跑了好一会儿，老兵见许有年上气不接下气地喘着粗气，他站了下来，左手按着担架说道："兄弟，谢谢你了。我看你还是个学生娃，别在这里受这份洋罪了，还是回去准备一下，往关内逃命去吧。"接着，叹口气道，"唉，打今儿以后，老百姓怕是指望不上咱东北军了。"

说着，硬从许有年肩上夺过担架，"年轻人，咱们有缘啊！我求你件事，你可以不答应，但我希望你看在都是中国人的情分上答应我的请求：也许我们今晚就要去见死去的弟兄们了，请记住我们，我姓于，人们都叫我老于头。"接着，他指着那个年轻的士兵，"他叫李飞，飞起来的飞，今年才十八岁。"

许有年抬眼看了看李飞，只见李飞对着他点点头，笑了笑。许有年也对李飞笑了笑。没想到他俩这一笑，竟在后来结下了生死之缘。这是后话。

这时，老于头还在絮絮叨叨，"年轻人，你要是愿意的话，明年的今天给咱们烧点纸，拜托了！"

说完，没等许有年点头，老于头"啪"的一下立正，抬起左手对着许有年毕恭毕敬地敬了一个军礼。然后抬着担架摇摇晃晃地走了。

许有年呆呆地站在那里，望着他们远去的背影，心里觉得空荡荡的。

直到好几个月之后，许有年才意识到自己当时正处在震惊中外的九一八事变的旋涡中心。

9月19日上午八点，日军几乎未受到任何抵抗就占领了沈阳全城。全国最大的沈阳兵工厂和制炮厂连同九万多支步枪，近三千挺机关枪，六百多门大炮，两千多门迫击炮，二百六十架飞机以及大批弹药、物资等，全部落入日军之手。沈阳城里城外一夜之间所有的青天白日旗都被换成了刺眼的日本太阳旗，从此十四年间，日本士兵的铁蹄每时每刻都践踏着沈阳城的每一寸土地。

二

为了不当亡国奴，许有年和同学们决定离开自己的家乡，往关内逃亡。

两天后，许有年和十几个同学随着大批难民来到一个叫青堆子的地方，这里离锦州城已经不远了。这时，他们远远地看见黑压压的一大队穿着灰布军装的东北军队伍正在路边歇息，这些士兵显得疲惫不堪，身上和脸上全是尘土，道边停放着很多落满灰尘的炮车和辎重车辆。同学们眼睛一亮，就像见到自己的亲人一样异常兴奋。

许有年飞快地跑过去，激动地向一位当官模样的人问道：

“老总，咱们这是往奉天（沈阳）开拔吧？求您了，我要参军，我要和你们一块儿打日本鬼子！”

那个当官的用惊奇的眼神看了看许有年，愣了一下后，突然将烟屁股狠狠地摔在地上，正要发作，但不知为什么又“唉”地叹了一声，低下头来，紧闭着双眼，狠狠地摇了摇头，一屁股坐在地上，再没有说话。这时，其他士兵都七嘴八舌，乱糟糟地说开了：

“嘿，兄弟，你别忽悠咱了，咱们这哪是往奉天开拔呀，咱和你们一样，是在逃命哇。”

“我操他妈，上峰不准咱们抵抗，咱手里的这烧火棍还有球用！”

“兄弟，你想当兵？好哇，我把这身皮脱给你，咱回家去搂老婆孩子，也要比当这窝囊兵强多了。”

许有年和同学们的心一下子沉了下去，他们相互望了望，谁都没有吭声，大家的眼眶里都噙着眼泪，低着头继续往前走去，心里绝望到了极点。

就在这时，一阵嗡嗡声从远处传来，训练有素的东北军的士兵们“哗”的一下子散开，卧倒在地上。许有年和同学们正感到莫名其妙，顷刻间十几架日本飞机已飞到头顶，并立即向人群俯冲扫射。

同学们和难民们一下子像炸了窝的马蜂一样四处逃窜，许有年也拼命地向左边的田地里跑去。这时，他感觉到一架飞机正从他右侧对着他俯冲下来，他边跑边抬头看，一幅清晰恐怖的画面顷刻间深深地刻在他的脑海里，甚至在几十年后对儿女们讲起这一瞬间的情景，他都还心有余悸。当时映入他眼帘的是：一个日本飞行员伴着震耳欲聋的飞机轰鸣声，像鬼一样狞笑着盯着他，一串机关枪子弹呼啸着向他射来。

就在这千钧一发之际，他被脚下的一块大石头一绊，重重地摔倒在前面的一条沟里。这一摔，还真救了他一命，只听“嗒嗒嗒”的一阵机枪声，一串子弹紧贴着他的身体向前延伸，子弹溅起的泥土打在他脸上让他感到一阵刺痛。他只觉得眼前一黑，昏了过去。

东北的九月，到了晚上气温只有十度左右。许有年被一阵寒风吹醒，他慢慢睁开眼睛，只见月亮高高地悬挂在深蓝色的夜空上，满天的星星正对着他眨眼，一颗流星一瞬间消失在天际。他猛地清醒过来，脑海中闪了一个念头：“我还活着吗？”

他小时候常听爷爷说：一颗流星代表着一个人的逝去。他伸手使劲掐了一下自己的大腿，顿时痛得弹了起来，他不禁点点头，自言自语地说道：“唔，我没死，我还活着。”

他站起来，活动了一下手脚，嘿，身上居然一点儿没受伤，只有头部在他摔进沟里时被碰撞了一下，流了点血，现在已经凝固了。

他下意识地伸手拉出挂在脖子上的一根红丝线，红丝线的顶端串着一块指甲盖大小，红色的心形石头，月光下可以清晰地看到在这块石头的中间工工整整地刻着“许海滨”三个字，这是爷爷许海滨临终前颤抖着双手从自己的脖子上取下来送给他的纪念物。许有年此刻还清楚地记得爷爷对他说的话：

“……这是你太爷爷传给我的，你一定要珍惜它，要贴身戴着它，它会在危难时刻保佑你的。你一定要相信爷爷给你说的话……”

许有年轻轻地抚摸着这块心形石头，心想：“今天难道真是这块石头在保佑我吗？”

这时，许有年想起了同学们，他借着月光，抬眼向四处看了看，这一眼看到的景象，使他毛骨悚然，只见周围一片死寂，月光下，到处都是难民的尸体和已经凝固了的黑血；在离他不远的地上，一个年轻的母亲紧紧地抱着一个婴儿，娘儿俩浑身被子弹打得像蜂窝一样，都早已死去。许有年的眼泪情不自禁地流了出来。他摸了摸还有点疼的头顶，“扑通”一声对着满天的星星跪了下去，像疯了似的大声喊道：

“狗日的小日本，老子赌咒你们不得好死，老子今生今世一定要让你加倍偿还血债！”

他当时没想到，自己的这句咒语和誓言，在他后来的岁月里得到了百倍的应验。

现在，这里只剩下许有年一个活人，他也不知道同学们是死是活。他喘着气，硬着头皮，翻看了一遍周围的尸体，没有发现一个同学的尸体，这使他心里多少得到一些安慰。

这时，天渐渐地亮了，许有年从地上拾起一只花布包袱，发现里面全是棒子面窝头和咸菜，他心想：“也不知道这些东西的主人现在是死是活，东西扔在这儿，怪可惜的。反正我现在也饿了，不如……嗯，不管怎样，这些吃食的主人，我先谢谢你了。”

他抬眼看了看天上的北斗星，辨明方向后，取出一个窝头，就着咸菜，一边大口吃着，一边挎起花布包袱和自己的行李朝着西方走去。

他一路上风餐露宿，第五天晌午就来到了山海关。远远地看见高耸的长城城墙，许有年的眼泪又情不自禁地流了出来。他知道，出了山海关就是河北的地界了，他顿时感到极度的疲乏。许有年慢慢地来到关口，只见四五辆军车正停在路边，车上全是东北军的伤兵。当他从军车旁边走过时，忽然听到有人喊了一句：

“嘿，这不是那个学生娃吗！”

他回头一看，不禁喜出望外，车旁站着的正是那天晚上抬担架的老兵。

“老于头！”他冲口喊出。

老于头快步来到他面前，伸出左手拍拍他的肩膀，高兴地说道：

“没想到你还真的记住了我的名字，就凭这一点，我还真要感谢你呀。”

老于头不知道，这个“学生娃”有着非常强的记忆力。

这时，许有年注意到老于头的右边袖子空荡荡的随风飘摆着。不禁脱口问道：

“你这是？……”

老于头看出他眼里的疑问，“嘿嘿”一笑，说道：

“丢了一条胳膊，捡了一条性命，值！明年你不用给我们烧纸了。”

“噢，那个叫李飞的年轻人呢？”

“你说他呀，”老于头向四处瞅了瞅，小声地说道，“唉，他当‘逃兵’了。他嫌咱东北军不抗日，进关找抗日的军队去了。”

接着，他摇摇头，叹了一口气，小声嘀咕道：“唉，奸臣当道，到哪儿去找什么抗日的军队哟！”

老于头又看了看周围，有意避开这个话题。他围着许有年转了一圈，看了看他的衣服前后，撇撇嘴道：“哎呀，兄弟啊，你这一身比我们当兵的还埋汰，你咋的啦？咦，怎么就你一个人？”

许有年将和同学们遭遇敌机袭击后走散的经历简单地说了一遍。老于头瞪大眼睛听了后，左手又一拍许有年的肩膀道：“哈，你我的命可真大，咱哥俩算有缘，上车吧，我们的车到直隶（河北）通州，离北平不远了，可以带你跑一大截路呢。”

这句话正中许有年下怀，他赶忙爬上车，挤在靠后的位子上，老于头也跟着爬上车，对着挤得龇牙咧嘴、骂骂咧咧的伤兵们喊道：

“哎，兄弟们，你们就别闹了，这位就是我昨天和大家唠嗑时讲到的，主动帮咱们抬担架的学生娃，大家难道不欢迎吗？”

经老于头这么一介绍，车上的不满情绪一下子就平息下来。伤兵们七嘴八舌地赞扬起这个“学生娃”来。

汽车在颠簸的公路上飞快地跑着，车后扬起了雾一般的灰尘，许有年闭上疲惫的眼皮，耳边听着伤兵们唠嗑的声音，渐渐地睡着了。

三

“嗨，小伙子，快起来。”许有年感觉有人在推他，他迷迷糊糊地睁开眼睛一看，自己正睡在车站的长条凳上，一个穿着警官制服的二十岁左右的男人正俯身看着他。

“小伙子，你丫是干什么的，为什么在这里睡觉？”

警官用怀疑的眼光打量了一眼他肮脏的学生制服，又说道：

“你丫穿了一身学生制服，但我一看你脏不溜秋的不像是个学生，打从你一进来我就注意到你了。你不是等火车的，老实说，你丫到底是干什么的？”

许有年听他“你丫”长，“你丫”短的，估计他把自己当小偷了。他坐起身来，正要说话，忽然感到一阵眩晕，他闭上眼睛，喘了几口气，虚弱地说道：

“我……我不是小偷，我是刚从关……关外逃难过来的，日本人鬼子已经打……”

刚说到这里，他眼前一黑，栽倒在地上。

……当他醒来时，感觉自己正躺在一张铺得很柔软的炕上。他睁开眼睛，首先映入他眼帘的是一双稚气而又十分可爱的大眼睛。再仔细一看，一个扎着小辫子的八九岁的小姑娘正在看着自己。他嘴唇动了动，正要说话，只听小姑娘急切地大声喊道：

“哥，快来，许哥哥醒了。”

对面的花布门帘撩开了，进来一个年轻人。许有年一看，这不就是车站的那个警官吗？只不过他现在没穿警服，而是穿了一件月白色的土布对襟褂子。他看见许有年眼中的疑问，诡秘地笑了笑，故作老练地说道：

“许有年，你醒了？”

许有年一下子坐了起来，吃惊地瞪眼看着他：

“你……你怎么知道我的名字？”

年轻人得意地笑了："你难道不知道我是警察吗？"

接着，年轻人收起笑容，伸出手来，握住许有年放在被子外的手说道："好了，先认识一下吧，我叫郭英杰，今年二十一岁，在铁路警署工作。"接着，他拉过那个可爱的女孩，说道，"这是我的妹妹，她叫郭蕴，已经九岁了，正在念完小三年级。昨晚，打你一进候车室，我就盯上你丫了，并不是怀疑你是小偷，而是怀疑你是日本奸细。最近，上司通知我们，有一批日本奸细在北平刺探军情，要我们多加注意。因为你的个儿有点像日本人，所以我对你产生了怀疑。"

许有年自嘲地笑了笑，自己已经十九岁了，个子才一米六二，在北方大汉堆里，自己确实有点儿像"小日本"。而且，他现在还没意识到，由于自己个儿矮，在家乡时还学会了日语，在今后的岁月里，他曾多次被别人（包括日本人）误认为是日本人，这一点，在他今后的对敌斗争生涯中还起了极大的作用。

许有年眨眨眼睛问道："那你又是怎么知道我不是日本奸细的呢？"

一直乖乖地站在旁边听他们说话的妹妹郭蕴飞快地从枕头下抽出一张已经揉得很皱的纸来，调皮地喊道：

"就凭这，我们不但知道你不是日本人，还知道你叫许有年。"

许有年仔细一看，一下子就全明白了，原来，这是他沈阳交通学校的毕业证书。这次，他从沈阳逃难到北平，一路上丢掉了很多东西，唯独这张毕业证书他揣在学生制服贴身的内衣兜里，才没被丢失。这时他猛地发现自己身上光光的，什么也没穿，但也不是"一丝不挂"，因为他脖子上还挂着那根串着心形石头的红丝线。他脸一红，赶忙捂紧被子，口吃地问道：

"我……我的衣……衣服呢？"

郭英杰笑了，调侃地说道：

"你放心吧，没人要你的衣服。你的衣服我妹妹已经给你洗了，现在也应该干了，待会儿给你穿上。"

他又对许有年使了个眼色："唔，还不快感谢郭蕴'小姐'？"

小郭蕴皱了皱鼻子，调皮地说道："你不知道你的衣服有多脏，洗出的水能肥二亩田。”

许有年不好意思地挠挠头，小声说道：“谢谢郭蕴妹妹。”

郭英杰在许有年身旁坐下，说道：“自打昨晚你晕倒后，我从你身上搜出这张毕业证书，才知道你是从关外逃难过来的。告诉你吧，我们老家也是关东的，是吉林白城子城里人。咱们还是半个老乡呢。这就是我为什么要救你的原因。昨晚我们请大夫给你瞧了瞧，说你是因为饥饿加疲劳而造成的虚弱症。你昏迷的时候，我和妹妹给你灌了两大碗小米粥，你丫当时也不嫌烫，吧嗒吧嗒地吃得可欢了，这不，还剩小半锅呢，我刚热了，待会儿趁热喝了吧。”说到这儿，他顿了顿，又说道，“这几天前门楼子周围挤满了从关外逃难过来的难民，所以，现在在北平要找个工作也忒不容易，唔，要不这样，待会儿我给车站的朋友说说，看能不能给你找点儿事做，起码混口饭吃。其他的等你安顿下来再说，你看怎样？”

许有年被深深地感动了，他心想：“要不是这对好心的兄妹，自己现在还不知道有多惨呢。”

想到这里，许有年动情地说道：

“英杰哥，我听您的，只要有工作，我一定好好干。”

就这样，许有年结束了八天的逃亡生涯，并安顿下来。

第二章

一

郭英杰果然神通广大，当天晚上他就通知许有年：

“从明天起，你就在西直门车站上班了，虽然只是个不占名额的勤杂工，薪水不高，但总算能混口饭吃。记住，就说你是我的表弟，千万别说你读过什么交通学校，因为文化高了人家不好安排。好不容易找到的工作别黄了。记住了吗？”

许有年使劲点点头：“英杰哥，你放心，我记住了。”

第二天一大早，许有年穿着郭英杰的便装，跟着英杰哥来到车站。

郭英杰的朋友是车站的张副站长，这时，他斜着眼睛看了看许有年：

“唔，虽然个儿不高，长得倒还挺精神。这样吧，你今天就搬到车站来住，你每天的工作就是打打开水，扫扫地，车站的卫生你一个人全包了。另外就是哪儿活忙就在哪儿搭个手。年轻人，勤快点儿，每天早点儿起来干活，别给你表哥丢脸。”

就这样，从这天起，许有年开始了他人生新的起点，并注定了他这一辈子和铁路结下不解之缘。

从此，每天一大早，车站里就响起了唰、唰、唰的笤帚扫地的声音，当职员们陆陆续续地来上班时，都感觉到车站比过去干净多了，而且每个办公室里的暖水瓶都灌得满满的。渐渐地，大家都开始喜欢上了这个勤快、充满朝气的年轻人，人们没事儿时都喜欢找他聊聊天。在聊天的过程中，人们又惊讶地发现这个小伙子有着丰富的铁路方面的知识和幽默的天性。

这天，刚吃过午饭，七八个工人又围着许有年聊天，许有年见大家都有点疲倦，他有意给大家提提神，就站起来绘声绘色地说道：

“你们有谁听过人拉火车的？哈，都没听说过吧？这也就是四十几年前的事吧。当时，李鸿章为了说服慈禧在中国修铁路，不惜动用海军经费，在北海西侧修建了一条长约两公里的宫廷铁路。这条铁路由静清斋至瀛秀园，经紫光阁，故称紫光阁铁路。慈禧每天坐在由几十个太监用长绳牵引的豪华进口车厢里，去静清斋午膳。这种车厢经过改造，去掉了所有座位和厕所，只在车厢里的正中放了一把慈禧专用的凤椅。这一天，慈禧吃多了点，在回宫的路上突然想要出恭……”刚讲到这里，有人问：

“喂，什么是‘出恭’啊？”

许有年瞪他一眼，一本正经地说道：“唉，连‘出恭’都不知道，‘出恭’就是要拉屎嘛……”

大家“轰”的一下笑了起来，有一个正在吃饭的工人，“噗”的一声将嘴里的饭喷了许有年一脸。这一下大家就更加止不住了，一个个笑得前俯后仰的。

西直门车站在当时只是一个中等车站，全体员工加起来也不过二十几个人，而且大多数是没有文化的铁路工人，只有五十岁左右的站长黄世豪曾是唐山铁道学院毕业的高才生。他也曾听职员们说起过，新来的勤杂工很有学问。这时，他刚处理完调度员老李头因病去世的善后事宜，回到办公室里，就听见窗外一片久违的笑声，抬头一看，不远处一堆人正围着那个年轻的勤杂工笑得不亦乐乎。他皱了皱眉头，在窗口喊道：

“嗨，小伙子，对，就是你，到我办公室来一趟！”

大家的笑声一下子就止住了，许有年吐了吐舌头，擦了擦满脸的饭粒，走进了站长办公室。一进屋，他就看见黄站长坐在椅子上，脸上没有任何表情地盯着他看。许有年站在办公桌前，心里直打鼓，他低着头，心想：

“完了，看样子我今天不知什么地方得罪了这位站长了。”

他将今天从早上到中午做过的事飞快地在脑海里过了一遍，感觉没有任何不妥的地方，就立即抬起头来，非常坦荡地看着站长。

黄世豪见许有年从刚进门时的忐忑不安，一下子变得非常镇定，轻轻地点点头，心想："这个小伙子的心理素质还真是不错！"

想到这里，黄世豪开口说道：

"年轻人，听说你懂得很多铁路方面的知识，今天我要考考你。"

许有年一听，心想：

"哦，原来你是想考我，哼，你不知道，在学校里，我最不怕的就是考试。"

他一挺胸脯："请站长出题。"

黄世豪看了他一眼，略一思索，问道：

"你知道我们中国的第一条铁路是哪一年修建的吗？"

许有年听了心里一笑，毫不打结地答道：

"中国的第一条铁路是1876年建成的吴淞铁路，长14.5公里。这条铁路是由英国怡和洋行采取欺骗的手段擅自修建的。第二年，也就是1877年，清政府以二十八万五千两白银将这条铁路赎回，并愚昧地于当年10月拆除。"

"噢！"黄站长吃了一惊，他停顿了一下，笑着继续问道，"那我问你，世界上的第一条铁路是哪个国家……"

黄世豪话没说完，许有年抢着回答：

"世界上第一条铁路是英国人于1825年建成的，从斯托克顿至达林顿。"

说到这里，他一下子停了下来，他忽然意识到自己这样抢答很不礼貌，这不是在学校里和同学们竞争，而是在回答上司的问题。他挠挠头，不好意思地说道："黄站长，对不起，我不该打断您的话。"

这时的黄世豪，已经吃惊得瞪大了眼睛，心想："这些知识别说是一个外行人，就连我这个科班毕业的专家也要回想一下才能回答出来，而这个年轻人根本是不假思索，张口就来，而且回答得那么全面、正确。唔，我再问他一个问题，看他能不能回答上来。"

他沉吟了一下，问道："你知道我们中国铁路方面最伟大的人物是谁吗？"

这次，许有年再也没有抢着回答，而是不紧不慢地答道：

“我认为我国铁路方面最伟大的人物当然是京张铁路会办（注：相当于副局长）兼总工程师的詹天佑了。咱们这个平绥铁路西直门火车站就是他亲手设计的。特别是他发明的自动挂钩，现在全世界都以他的名字命名，我很敬佩他。”

现在，黄世豪再也不敢小瞧这位年轻的勤杂工了，因为他也非常敬佩詹天佑。忽然，一个念头在他脑海里一闪。他笑着站起来，第一次用了个“请”字：

“年轻人，快，快请坐。”

许有年仍然站在那里，不敢贸然坐下。他觉得这些题目太简单了，学校里的任何同学都能迅速地回答上来。他原以为站长会出一些诸如蒸汽机车的构造原理、铁轨的应力计算或铁路管理方面的题目来考自己，他甚至有些失望。但他忘记了人家根本不知道自己的学历，只是把他当成了一个极普通的“勤杂工”。

黄世豪见他还不坐下，以为他没听清楚自己的话，就从写字台正面绕过来，双手按着许有年的肩膀：“来，请坐下来，咱们好好聊聊。”

许有年坐下了，他局促地看着自己的上司。只见黄站长从抽屉里取出一张表格，推到他面前，说道：“你先把这张表填了，我出去一下，马上回来。”说完，就出去了。

许有年低头仔细看了看这张表格，只见最上面的一行印着“北平铁路（正式）员工登记表”几个黑体字，他心里一阵狂喜，心想：“填了这张表格就不是编外人员了吧。”

他抑制住激动的心情，逐行逐字地认真填写起来。当填到“学历”和“毕业学校”时，他犹豫了，想起英杰哥说的话：“文化高了人家不好安排。”他略微思考了一下，提笔写上了“初中毕业”和“辽宁怀仁县国立二中”的字样，这是他以前的母校。

刚填完表，黄站长推门进来，他拿起许有年刚填好的表格，仔细看了看，高兴地说：

“噢，初中毕业，哎呀，我们过去真是大材小用了！”

要知道，在当时，初中毕业已经算是很高的学历了。

“哦，我想知道，你刚才回答的那些关于铁路方面的知识，是从哪儿学来的？是纯属个人爱好呢？还是另有别有原因？”

许有年顿了顿，眼睛看着窗外，小声说道：“这……这是我的个人爱好。”

刚说完这话，他的脸“唰”的一下就红到了脖子根儿。

黄站长似乎没有注意到许有年的尴尬神情，点点头，接着又说道：

“我刚才找张副站长了解了你的情况，他说你是郭警官的表弟，是由于不愿意当‘亡国奴’而从关外逃到北平来的吧。好，有骨气！”

他顿了顿，接着说道：

“这样吧，从今天起，你就不要再干杂活了，调度室的老李头刚病逝，那里正好缺个人手，你先到调度室帮帮忙，过一段时间根据你的能力再安排具体工作，你看好吗？现在，你到老王头那里去领一套制服和其他用品，我刚才已经给他说好了。”

许有年一下子愣住了，他原以为填了表就算是正式职工了，这已经让他感到喜出望外了，没想到自己从一个编外的勤杂工一下子跳到了车站调度室这个重要的位子上。他偷偷地掐了一下自己的大腿，感觉很疼，他意识到自己不是在做白日梦。

二

当天傍晚，许有年穿着崭新的铁路制服，手里提着刚买来的糖果点心，来到离车站不远的郭英杰家。当郭英杰开门第一眼看见已经焕然一新的许有年时，差点儿没认出他来，他吃惊地眨眨眼：

“哎呀，我当是谁呢，你丫在哪儿借的这身制服，穿起来还真有点儿人模狗样。”

许有年没搭他的茬儿，径直走进屋，将带来的点心搁在桌上，四面瞧了瞧，问道：

“郭蕴妹妹上学还没回来？”

“哎呀，你一进门就找郭蕴妹妹，她压根儿就没住我这儿，她回我母亲家了。”

“回你母亲家？”

“是啊！哦，上次因为你刚从昏迷中醒过来，没告诉你，我母亲家住在北大附近，我父亲是北大的历史教授，叫郭受天，妹妹一放假就爱跑到我这儿来玩。那天是礼拜天，妹妹一来，就看见你躺在炕上，我把你的情况告诉了她，她还差点儿哭了。女孩儿就是这样，动不动就爱哭鼻子，真没出息。”

许有年点点头，坐在炕边，将中午发生的事一五一十告诉了郭英杰。

郭英杰听完后，瞪大了眼睛吃惊地说道：

“哎呀，看不出来，你丫真了不起，黄站长提的这些问题我一个也答不上来。”

“这算什么呀，比这再难十倍的问题我都不怕……”

两人聊了一会儿，许有年问道：

“英杰哥，这两天在车站附近老没见你，怪想你们的，在忙什么呀？”

“哦，最近我被借到局里，到处去维护治安，怕学生们闹事啊。”

“学生闹事？”

“嗯，你是真不知道还是装糊涂？这两天各大学的学生们都上大街游行了，抗议日本人占领我东三省，还谴责委员长的不抵抗政策，游行队伍中还有不少东北军的士兵呐。”

许有年一下子站了起来，激动地说道：“真的？快告诉我，他们都在哪条街游行？”

“哎呀，满大街哪儿哪儿都是，你成天窝在车站里，什么都不知道，真是的……”

第二天一大早，黄站长刚一进办公室，许有年就跟着进了屋，没等站长问话，他就激动地说：

“站长，对不起，我想请一天假。”

“请假？干什么？”黄世豪皱了皱眉头。

“我要去参加大学生的游行队伍。我是东北人呐，日本人占领了我的家乡，现在连北平的学生们都起来抗议了，我能站在一边袖手旁观吗？”

黄世豪微微点点头，心想：“这孩子不错，我没看错人。唔，再逗逗他。”

他故意板着面孔说道：“要是我不同意呢？”

许有年立即涨红了脸，倔强地说道：“那我就不干了！”说着，就动手解制服扣子。

黄世豪心里非常高兴，他伸手按住许有年解扣子的手，微笑着说道：

“真是个牛脾气。好！这假我准了，国难当头，匹夫有责！这几天你就去吧，不用每天来请假。但你一定要注意安全，你们的日子还长着呢。哦，还有，你回来后一定要给我讲讲游行的盛况，好吗？”

许有年一听，高兴得差点儿跳了起来：“谢谢黄站长，我保证，回来后一定向您汇报！”

说完，他毕恭毕敬地给黄站长鞠了个九十度的躬，转身跑了出去。

三

许有年换上学生装，飞快地来到长安街，远远地听见一阵雄壮的歌声：

暴敌凭凌破坏远东和平，
连天炮火、遍地血腥，
我劳苦民众士兵，
莫不愤恨填膺。
来，时间已逼，精诚团结，死里求生。
奋起，奋起！
共作猛烈斗争！
民众士兵，一致奋起斗争！
宁战死不为奴隶忍辱偷生。

民众士兵，一致奋起斗争！

九一八事变后的第二天，著名作曲家陈景光和何安东共同谱写了这首歌，并首先在北平各大学传唱。

这时，黑压压的游行队伍，像潮水般涌来，数不清的横幅标语，像风帆一样被风吹得哗啦啦地响，震耳欲聋的口号声，响彻十里长街的天空：

“打倒日本帝国主义！”

“打倒汉奸卖国贼！”

“停止内战，一致抗日！”

“坚决不做亡国奴！”

顷刻间，这大队人潮的先头巨浪，已经汹涌到了许有年的面前，许有年置身在这沸腾的人海中，浑身的热血也沸腾起来，他冲进游行队伍中，和学生们挽着手，一起喊起口号来。

在新华门前，许有年看见一个三十几岁、教师模样的人站在临时搭建起的演讲台上，慷慨激昂地演讲着，只见他挥舞着右臂，大声地喊道：

“同学们，乡亲们，就在上个月的9月18日，日本鬼子侵占了我国的东三省，人们不禁要问：我们的东北军为什么不放一枪一炮就败下阵来？不！这不能怪咱们的东北军弟兄，是南京政府给他们下了死命令，不准他们抵抗。蒋介石给张学良发了个‘铣电’，内容是：‘日本此举不过寻常寻衅性质，为避免事态扩大，绝对抱不抵抗主义。’蒋介石置国家民族利益而不顾，提出‘攘外必先安内’的卖国口号。他是要消灭主张抗日的中国共产党和工农红军啊……”

许有年早年在家乡给抗日义勇军夏营长当过几个月勤务兵，当时，他就知道夏营长是共产党员（夏营长是许有年接触过的第一个共产党员），而且夏营长还给他们讲了很多关于列宁和中国工农红军的故事，在他的心灵中，早已深深地刻下了共产党和红军的烙印。后来，夏营长牺牲后，他们这一支部队被日本关东军打散了，许有年又回到沈阳读书。从此以后，他虽然再也没有接触过共产党人，但“共产党”“红军”这些词他并不陌生。此刻，他仰望着站在台上讲演的人，心里异常激动，心想："这位老师也是和夏营长他们一样的人吗？要是有机会和他聊聊该有多好……"

突然，一阵刺耳的警笛声传来，只见一大队警察向这边跑来，一个人在外围大声喊道："快抓住他，这人是赤色分子！"

人群中一阵骚乱，但很快就镇定下来，只听有人小声地喊道：

"大家不要乱，保护吴老师冲出去！"

许有年没有往外跑，而是逆着人流使劲地挤到了刚从台上跳下来的吴老师身边，和学生们一起保护着他有序地往外撤。他们刚跑了不远，又和一大队巡警相遇。赤手空拳的学生们和巡警们搏斗起来，此刻，吴老师身边只有许有年和另一位同学，处境十分危险！

这时，一个巡警从侧面一把抓住吴老师的胳膊，右手高高地举起警棍，狠狠地向吴老师头上砸去。在这危急的关头，只见许有年身形一扭，飞起一脚，这一脚正好踢在那个巡警的下巴上，那巡警"啊"的一声，猛地飞将起来，仰面倒下，警棍在空中翻滚了几下，落在地上。这一招，是许有年小时候跟着一位要好的少年朋友学的。趁此机会，许有年拉着吴老师就往旁边的一条弯曲的胡同跑去，刚跑出几十米，就看见对面巷口又有几个警察正朝这边搜索过来。许有年和吴老师向后看了看，后面也有几个警察在边吹警笛边往这边跑，他俩对望了一眼，迅速闪在右边的一扇紧闭的红漆大门边，背贴着大门，一时不知道该怎么办。

就在这危急的关头，那扇紧闭的大门在他们背后轻轻地开了一条缝，一个老太太在门缝里对他们招了招手，他俩一闪身，就进了门，老太太赶忙将门从里面闩上。

进门一看，这是一个不大的四合院，整个院子布局不俗，并且打扫得干干净净。看得出来，这是一户有钱人家的宅第。老太太不由分说，将他俩往西侧的一间屋里一把推了进去，然后关上门。说道："别出声！"

进屋后，他俩往屋里四周看了看，只见这里非常整洁而又简朴，一张不大的炕上一尘不染，窗户上挂着细竹帘，屋里唯一的装饰物是摆在窗台上的一小盆文竹。整个屋里根本找不到一处藏身的地方。

就在这时，大门被"嘭、嘭、嘭"地砸得山响，老太太喊道："别砸了，来了。”颠着小脚去开门，嘴里嘀咕着，“这是什么世道啊？光天化日的就来砸门，还有王法吗？”

门闩刚拉开，大门“砰”的一声被推开了，一群警察冲了进来，老太太被冲得趔趄一下，差点没摔倒。

一个当官模样的人骂道：“死老婆子，半天不开门，在窝藏共党吗！”接着，对身后的警察们吼道：“给老子搜！”

这时，只见老太太腰板一挺，双手叉腰，傲慢地吼道：

“什么共党不共党的，老娘没看见！好哇，你们搜吧，我家老头子马上回来，到时候你们可别后悔！”

那个当官模样的警官一看这阵势，愣了一下，回头小心地问：“您家老爷子是……？”

“王冠宏！”

那个警官一下子像是矮了半截，口吃地说道：“这……这是王冠宏……王……王参议员的家，对……对不起，您……您老人家海涵……海涵。”

说着，回头对着警察们喊道：

“你们还愣在那里干什么，还不快给老子滚！”

警察们赶紧灰溜溜地往外溜，一个年纪稍大的警察一边往外溜一边嘀咕：

“这年头，稍不留神，就得把这饭碗给砸了。”

这一切，都被吴老师和许有年在屋里隔着竹窗帘看得一清二楚。看见警察们都出去后，他俩松了口气，从西屋走了出来。

老太太赶紧将门闩好，拍拍胸脯，喘了口长气，一回头，见他俩已经站在院里，她略微颤抖地小声说道：

“好险哪，幸好我老婆子反应快，否则你俩……哦，光顾说话了，快进屋喝口水，那些狗还没走远，你们俩待会儿再出去。”

吴老师双手握着老太太的手说道：

“老人家，谢谢您了，您是王参议员的……？”

老太太哈哈一笑：

“我是他家保姆，大家都叫我张妈，你们刚才待的屋子，就是我睡觉的地方。我帮了他家二十几年了，也多少学会了一些‘摆谱’，没想到还真把这帮狗给唬住了。咱们老爷根本不住这儿，这里是我家二少爷王家浩住的地儿。”张妈一说起二少爷，脸上就浮现出兴奋的光彩：

“这个家浩啊，是我从小把他拉扯大的，他对我比对他亲妈还亲呐。他现在都已经是清华大学的老师了，可还像个孩子，成天和一帮大学生混在一起胡闹。今天一大早就和学生们一起出去游行，到这会儿还没回来。这哪儿像个大户人家的孩子。这不，我正站在门口张望呢，就看见你们跑了过来，我还以为你们和家浩是一块儿的呢，哦，我看你们也是大学里的老师和学生吧？”

吴老师笑了笑：“张妈，我是北大的老师，我叫吴明。今天和你们家浩一样，也是出来游行的。哦，这位同学是……？”

许有年赶紧自我介绍说：“我叫许有年，是沈阳交通学校毕业的，上月才从关外逃难到北平来，现在西直门车站工作。今天是专门请假出来参加游行的。”

张妈忙说：“哟，光顾说话，忘记给二位沏茶了。你们二位先聊着，我烧壶水去。”说完，颠着小脚出去了。

看着张妈出去后，吴老师上下打量了一下他，高兴地一把握住许有年的手：“哎呀，你是从东北过来的？太好了，明天，我们学校有一个专题报告会，内容就是讲述九一八事变的内幕和敦促南京政府起来抗日的各界人士签名活动，我们正想找一位从东北过来的同学讲一讲他们的亲身经历和感受。真是‘踏破铁鞋无觅处，得来全不费工夫’。明天你一定要来。到时候我到校门口接你。还有，你回去后代问黄世豪先生好，就说晚生吴明忙过了这一阵一定要去拜访他老人家。”

许有年吃惊地瞪大眼睛：“你认识我们站长？”

“岂止认识，我还曾经是他老人家的学生呢。这位老先生非常正直，也很倔强，他因为看不惯国民党政府的腐败行径，而不愿意到交通部去任职，这已经在业内人士中传为佳话。你可要好好向他学习啊！”

许有年使劲儿点点头，并暗暗为自己曾对黄站长撒过谎而感到羞愧，他决定回去后一定要向黄站长认错，并将自己所填的学历更正过来。

与张妈和吴老师道别后，许有年回到了车站，时间已经是下午三点多钟了，他来到黄站长办公室，将今天发生的事原原本本地讲了一遍，并将吴明的问候也带给了黄站长。黄世豪仔细地问了一些细节后，抬头望着窗外的蓝天，好一阵不说话，好像在回忆着什么。最后，他微笑地低声说道：

“这个吴明，曾经是我最调皮，但也是最聪明的学生，现在看来，中国的希望，真的是寄托在他们的身上啊……”

第二天一大早，许有年来到北大校园，吴明老师将他带入会场，并安排他坐在靠前面的座位上。这个会场是当时北大最大的礼堂，能容纳一千多人，但现在却挤了近三千人，连过道也挤得满满的，窗外也挤满了来晚了的同学，会场内一片嘈杂。

会场前面坐的是北平的各界名流，还有东北军的一些官兵。九点整，主持人宣布会议开始，整个礼堂顿时安静了下来。

老师、学生和社会名流一个接一个地上台演讲，强烈抗议日军悍然占领我东三省和谴责南京政府的不抵抗政策。台下的口号声和掌声此起彼伏，历史系的郭教授从1904年日本对俄开战侵入中国南满讲起，一直讲到翌年日军击败俄军后双方签订停战撤军协定，日军却以“护路”为名留下一个师团的部队，长年驻扎在旅顺至长春的铁路沿线，还于1919年建立了“关东军司令部”。郭教授又讲到日本政府为了更好地奴役东北人民而实行的“愚民教育”政策。最后讲到东北人民不愿做“亡国奴”而成立“抗日义勇军”，与日寇浴血奋战。有数不清的东北人民倒在日寇的刺刀和枪炮下。讲到最后，郭教授泣不成声：

“吾辈老朽无能，未能解东北民众之疾苦。国难当头，匹夫有责，但愿民众的呼声，能唤醒民国政府奋起抵御倭寇，以解华夏百姓之倒悬……”

许有年听着郭教授的演讲，内心非常激动，郭教授讲的这些都是他亲自见到过和亲身经历过的啊。他陷入了深深的沉思。

这时，他隐隐约约听见麦克风里在叫自己的名字，抬头一看，吴明老师正在台上对自己招手。他赶紧站起来，小跑地来到台上。当他站在麦克风前，看着台下黑压压的几千个听众都在注视着自己的时候，他的心一下子慌了，自己长这么大，还从来没有在这么多人面前讲过话，他觉得自己的腿有些发软。他回头向站在台右边幕布后的吴老师投去求助的目光，只见吴老师用坚定的目光盯着他，并向他点点头，好像是在对他说：

“不要怕，我们相信你行！”

说来也怪，许有年忽然觉得自己浑身充满了力量，腿也不软了。他清了清喉咙，平稳地说道：

“老师们，同学们，刚才郭教授讲得真好啊，他讲的那些日本人搞的‘愚民教育’政策和东北人民成立的‘抗日义勇军’我都亲身经历过……”

许有年从他们上中学时被迫学日语开始讲起，讲到抗日义勇军的夏营长、讲到9月18日当晚自己的所见所闻、讲到老兵老于头和逃难时日本飞机对老百姓的屠杀。会场里除了许有年的声音，一片静寂，大家屏住呼吸，都被他的演讲深深地吸引住了。只有当他讲到一对母子被敌机惨杀时，台下传来一阵阵女生轻轻的抽泣声。最后，当他讲完了，对着台下鞠了一躬，直起身来时，他愣住了，台下鸦雀无声。好半天，才爆发出一阵雷鸣般的掌声。

吴明老师来到他身边，握着他的手，激动地说道：

“许有年同学，好！好啊！我们完全没料到你讲得这么好，太谢谢你了。”

这时，从台下跑上来一个小姑娘，她拉着许有年的手，大声叫道：

“有年哥，你讲得真好，比我爸爸讲得还要好！”

许有年低头一看，心里一喜：“郭蕴妹妹，你怎么也来了，你爸爸是谁？”

郭蕴调皮地说：“你刚才还夸我爸爸讲得好呢，怎么，不记得了？”

“郭教授是你爸爸？哦，你哥哥还给我说起过，你们的爸爸是北大的历史教授，我刚才怎么就没想到呢。”

“有年哥，走，见见我爸爸去。”郭蕴拉着许有年的手往台下跑去。

这时，瘦高的郭教授正笑吟吟地站在台下，见他们下来，赶忙伸出手来，握住许有年的手，上下打量了他一番，说道：

“唔，你就是许有年同学，不错。英杰和小蕴都给我说起过你，他们对你的印象都很好。我看他们的眼光不错，你今天的演讲就非常成功嘛。后生可畏呀！”说完，他爽朗地笑了起来。

许有年忙对郭教授深深地鞠了一躬，不好意思地说：“郭伯伯，我这是第一次当着这么多人讲话，心里怪紧张的，让您老见笑了。英杰哥和郭蕴妹妹对我都挺好，他们就像我的亲兄妹一样，我都不知道该怎么感谢他们才好。”

“哦，你的父母亲呢？都还在老家吗？”

许有年的眼睛一下子黯淡下来：“日本人已经占领了我的家乡，我也不知道父母的近况如何，我刚来北平时给家里写过两封信，到现在都还没有回音……”说到这儿，他的眼泪情不自禁地流了下来。

郭蕴像个小大人儿似的掏出手绢，擦了擦许有年的眼泪，说道：

“有年哥，不要哭，我的爸爸妈妈就是你的爸爸妈妈，我们的家就是你的家，别哭，啊。”

刚说到这儿，她自己倒抽泣起来。这一下，倒把郭教授和许有年逗得笑了起来。

第三章

一

光阴似箭，一晃就到了1937年年底。从1931年9月许有年逃亡到北平那一年算起，到现在已经过了整整六年了。在这六年里，许有年已于去年经吴明介绍，加入了中国共产党，并成为一名地下工作者，组织上决定，他只和吴明同志单线联系。而他在车站的工作，也发生了极大的变化，由于黄世豪的极力推荐，许有年在北平至塘沽一线多个车站任过职，现在已任丰台车站的副站长职务。

自1937年7月7日，“卢沟桥事变”后，大街上随时可看到日本巡逻军队。整个北平城就像被一片阴云笼罩着，人人的心里都像是被压了块石板，沉甸甸的。丰台车站周围成天来来回回地尽是横行霸道的日本军队，车站新调来一个日本人当站长，这个日本人叫龟田寿，他穿着站长制服，成天牵着一条大狼狗在站里站外到处转悠，动辄就打骂中国员工。虽然对许有年这个会说日语的副站长还算客气，但龟田寿始终是以胜利者的姿态在许有年面前显示自己。更有甚者，日本当局为了羞辱中国人，故意将从沈阳到北平的客车到达时间定为九点十八分（九一八事变），许有年成天面对这样的处境，心里极不是滋味。他多次向上级提出，要上前线去打鬼子，不愿意留在北平当傀儡、当亡国奴。

今天下午吴明同志约许有年来到昆明湖。来之前，许有年心想：“一定是组织上同意了自己上前线的请求而正式通知我吧。”想到马上就要去前线和同志们一起打鬼子，他心里乐滋滋的。早早地就来到昆明湖边。

在湖边的小径旁，许有年和吴明像普通游人一样悠闲地并肩走着。眼前一排排的寒树耸立，万树枝头都绽放出寒浸浸的刀光剑气，让人们感觉今年像是比哪一年都要寒冷！迎着刺骨的寒风，吴明向冷清的四周观察了一遍后，直截了当地对许有年说道：

“小许同志啊，我今天之所以约你到这里来，是想不受任何干扰地和你谈谈心，并征求一下你自己的意见。组织上对你提出的上前线的请求考虑再三，觉得你现在的岗位比上前线打鬼子更重要。当然，搞地下工作肯定比到前线打仗更危险，更需要聪明的大脑和超出常人的心理素质，而恰巧这些素质在你身上都完全具备。再加上你会讲一口流利的日语，是一块难得的做地下工作的好材料！所以，组织上让我来做你的工作，希望你能留在北平，继续做地下工作。当然，由于做地下工作的特殊性，其最大的危险不在于敌人，而在于不了解内情的同志和普通老百姓，也许在你今后的工作和生活中，会因此而遇到来自自己同志的误会和打击，也许委屈会伴随你的一生，甚至株连到你的亲人……大道理我就不多说了。你考虑一下，是愿意上前线还是留下来。当然，你有什么困难都可以提出来，组织上会尽力帮你解决的。”

许有年低头思索了一会儿后，抬起头来，清澈的目光看着吴明，坚定地说道：

“好吧，我是共产党员，既然组织上觉得我留下来比上前线更有价值，那我就留下来吧！困难肯定是有的，但我相信自己能够解决。至于误会和委屈什么的，我早就考虑过了，这没什么，我相信党组织会帮我解决的。”

吴明轻轻地吐了口气，高兴地说道：

“好！你决定留在北平，继续做地下工作，真是太好了！现在我代表组织通知你，从现在起，你的代号是‘铁魂’。希望你坚守岗位，设法取得鬼子的信任，伺机搞到情报，配合大部队破坏鬼子的铁路运输线。”

分手时，吴明笑着说道：“许有年同志，我知道，你的思想还没有完全通，这样吧，过两天你到我家里来，我拿几份胡服（刘少奇）同志

《关于新形势下白区工作的重要性》的讲话文件给你学习学习，你就会想通的。”

许有年一听，兴奋地说道：“那我明天晚上就到你家去！”

“明晚不行，有十几个进步学生后天要南下，我明晚要和他们在六郎庄秘密聚会，很晚才能回家。你后天晚上来吧。”

和吴明告别后，许有年想到今天是礼拜天，他便买了些水果来到附近的郭教授家。在这六年当中，他只要有空，几乎是每月都要来一次，而最近因为局势紧张，他已经有近半年没来过了。

给他开门的是郭蕴，十五岁的郭蕴正当花季，已经长成一个非常漂亮的大姑娘了。她的脸庞清秀妩媚，身材凹凸有致，齐耳的短发衬托得她鸭蛋形的面孔更加红润，一对明亮而又调皮的眼睛，配着始终上翘的嘴角，时时展现纯洁的笑容，浑身上下都散发出一股青春的活力。

十五岁的郭蕴，不光是身体发育已臻成熟，由于国破家亡的形势，她和当时的大多数同龄少年一样，内心世界已远远超越了这个年龄段的少女应有的思想境界。在她就学的北平女子中学中，有一个副校长和几位女教员是亲日派，平素她们疯狂地给学生们灌输“日中亲善”的思想，并动辄就打电话招来日本宪兵，对学生进行训话。就在前几天，学校内发生了一件大事：那天上午，一个矮胖的日本军曹带着十几个日本兵来到学校，在这几个汉奸教师的协助下，抓走了三位女同学，给其安的罪名是“有反日情绪”。当晚，这三个女同学被释放回来时，谁也没料到，有两个长得比较漂亮的姑娘被日本人轮奸了。第二天一大早，其中的一位女同学由于不堪凌辱，在宿舍内悬梁自尽。这件事曾在北平引起各界人士的极大愤怒，但慑于日本人的淫威，却也无可奈何。同学们对这几个汉奸老师恨之入骨。就在那个女学生自杀的第二天早上，在学校教学楼外围了一大群师生，正聚在一起围观贴在墙上的两张一尺见方的作业纸。作业纸上贴着从报纸上剪下的字拼成的一首打油诗，有人兴奋地轻轻念道：

打倒汉奸打倒汉奸，
欺压百姓作恶多端。

认贼作父天良丧尽，
害死同胞人命关天。
四万万民众举起铁拳，
誓把败类彻底砸烂！

学生们越聚越多，已经有人大声朗读起来。霎时间群情激奋，许多同学按捺不住呼起口号来。当天上午，日本兵进驻学校，并将几个汉奸教师保护起来。日本人在学校查了三天三夜，由于无法核对字迹，只能查谁的作业本被撕下两页纸，结果发现几乎所有的学生的作业本都被撕下了两页。原来，当同学们知道日本人要查作业本时，都主动撕下自己本子上的两页纸，并在日本人找其谈话时都装出一副非常无辜的样子，口径一致地说“不知是谁撕了自己的作业本”。

日本人最终什么也没查出来，只好不了了之，撤出了学校。而那几个汉奸教师却在日本人撤出学校后即躲在家里，再也不敢到学校里来造孽了。

这件事在整个北平城里闹得沸沸扬扬，市民们都在私下里猜测是谁吃了豹子胆这么大胆，但始终没人出面承认这事儿是自己干的。一时间谣言四起，有人说是外校的大学生干的，也有人说是南京政府的特工干的，而更多的说法则是“共产党干的”。于是乎，一首小小的“打油诗”竟然被人们蒙上了一层神秘的色彩。

现在，当郭蕴开门第一眼看见是许有年时，眼睛一亮，兴奋地尖叫起来：“哥，是有年哥来了！快，有年哥，快进屋暖和暖和。”她一阵忙碌，又是帮许有年摘下围巾，又是倒茶。郭英杰从厨房里出来，用围裙擦擦手，笑着说道：

“我当是谁来了呢，看把你高兴成这样。”

听哥哥这么一说，小郭蕴的脸“唰”的一下红了，她忸怩地向哥哥瞪了一眼，噘起小嘴说道：

“哥，你又欺负人家了，爸妈回来后我要告你！”

许有年站起身来，向四周看了看：

“伯父伯母不在家？”

郭英杰脱下围裙：“来，坐下再说。”

他坐在许有年的对面，喝了一口妹妹递给他的热茶，对许有年说道：“哦，这么长时间没来，你丫还真不知道，自从北平沦陷后，清华和北大为了躲避战乱，都南下到湖南长沙去了，在长沙成立了一个联合大学，爸爸和妈妈都跟随学校去了长沙，这里只有我和妹妹留守。现在日本人在北平搞了个‘临时政府’，我在其下属的‘北平地方治安维持会’里工作。我现任北平铁路警署的一个处长，你哪天有空一定来玩。”

郭蕴撇了一下嘴：

“哥，你还好意思让人家去玩，你知不知道别人是怎样骂你们的？别人骂你们是‘汉奸’‘走狗’！我都替你感到害臊！”

郭英杰笑了笑：“我不管别人怎么骂，我只要对得起自己的良心就是了。哦，对了，这个劳什子你留着，也许以后有用。”说着，从上衣兜里掏出一个小东西，递给许有年。许有年接过来仔细一看，原来是一枚五色旗徽章，他便随手揣进了兜里。

1937年7月底，北平沦陷后，日伪在北平搞了一个所谓的“中华民国临时政府”，同时还设计了以红、黄、蓝、白、黑五种颜色为基调的所谓“国旗”，当时人称“五色旗”。又为“政府要员”们设计了“五色旗”徽章。所以当时佩戴这徽章的人都颇有“身份”。

这时，许有年脑海中一个念头一闪，高兴地说：

“英杰哥，咱哥俩调来调去都离不开铁路，没想到你还升官了。好！明天下午我一定到你那里去玩。到时候你可别不欢迎哦。”

“你知道，我也是一个有良心的中国人，怎么会不欢迎你呢？咱们认识这么多年，你是干什么的，我完全清楚。但我是干什么的，你就不一定清楚了。好了，不多说了。咱们一言为定，到时候我一定恭候你丫的大驾！”

这时，许有年突然想起什么，对着郭蕴问道：

“我听说你们学校发生了一件大事，有人在学校里贴了一张传单，让日本人大为恼火。这个人可真了不起啊，你知道这个人是谁吗？”

只见郭蕴看了一眼哥哥，诡秘地笑了笑，一字一顿地说道：

“我不知道！”

许有年也笑了笑，没再继续追问下去。

吃完晚饭后，大家聊了会儿，看看天色已晚，许有年便起身告辞，郭蕴赶紧穿上大衣，围上围巾，执意要送许有年一程。许有年拗不过她，就一块儿出了门。

一走上大街，郭蕴左右看看没人，就将嘴凑在许有年耳边，兴奋地说道：

“你猜，那张你说的‘传单’是谁干的？”

许有年侧头看了看郭蕴的眼神，心里立即猜了个八九不离十，笑着问道：

“难道真是你干的？”

郭蕴微笑着使劲点点头，又悄声说道：

“现在全世界只有你一个人知道这事的真相，连我哥哥我都没告诉。”

许有年的心一下子就醉了，一方面是他为小郭蕴的这种爱国行为感到由衷的高兴，为她的勇敢精神感到自豪；另一方面他意识到郭蕴无疑是在向自己表白：自己是她最信任的人，这种信任度甚至超过了自己的亲哥哥！许有年的心激烈跳动起来，他有一种冲动，真想一下子紧紧地抱住小郭蕴，但他努力克制住了自己。他对少女的心事可以说是一窍不通，真怕由于自己一时的唐突吓着了她。而郭蕴此刻的心也在剧烈地跳动着，她闭着眼睛，像是在等待着什么，当她感觉到许有年微微颤抖的身体慢慢平静下来时，她有些失望，但不知不觉中她对许有年的爱意又有了更高的升华。

郭蕴的心也渐渐平静下来，她紧紧地挽住许有年的右胳膊，头靠在他有力的肩上，微微闭上眼睛，温顺地依偎在他的身旁，两个人迎着寒风慢慢地向前走去。

刺骨的北风呼呼地向他们袭来，地上的落叶像黑蝴蝶一样在空中飞舞，但许有年此刻的心里却热乎乎的。郭蕴的短发被风吹得拂在许有年的脸上，他感觉痒痒的十分惬意。这是他长大以来第一次和一个漂亮的女孩这么亲密地接触，他闻着少女身上散发出来的体香，胳膊上虽然隔着厚厚的衣服，但他也能明显地感受到少女已经发育起来的、富有弹性的胸脯。他俩一句话也不说，就这么默默地走着，但彼此的心意通过偶尔相碰的眼神被悄悄地传递着。

要不是远处出现了一队鬼子巡逻兵，他们也许会就这么走到天亮。许有年将郭蕴又送回家门口，深情地看了看她的双眼，说道：

“蕴，已经很晚了，快回去休息吧，要不你哥哥会担心的。哦，明天下午，我要到你哥哥工作的地方去看看，你也来，好吗？”

郭蕴精明地眨眨眼睛，笑着低声说道：“我早就知道你是共产党，也知道你在想什么！好吧，到时候我一定去。”

许有年也笑着眨眨眼，轻轻拍拍郭蕴的脸颊：

“你知道我是共产党你不怕吗？”

郭蕴调皮地笑道：

“我怕，我怕你去当汉奸！”

许有年实在忍不住了，他终于凑过头轻轻地吻了吻郭蕴的脸颊。他深情地看了她一眼后，转身迈开大步坚定地离开了郭家。

二

第二天下午，许有年和郭蕴如约来到北平铁路警署，一走进郭英杰的“铁路治安处长”办公室。郭蕴就一改平时活泼的性格，噘着嘴，一声不吭，一屁股坐在靠墙角的沙发上，谁也不理。许有年和郭英杰都知道她讨厌来到这些地方，都笑了笑，也不理睬她。这时，许有年看见郭英杰的办公桌上并排摆了三份文件，他飞快地瞟了一眼，这一看，让他心里紧了一下，只见一份文件上赫然印着“关于北平铁路系统共党秘密活动的紧急报告”。右上角还有几个小字：“秘级：绝密”。

许有年的心速一下子就加快了许多，他抬眼看了看郭英杰，见他好像并没有注意到自己，便努力克制着自己的紧张情绪，镇定地与郭英杰说笑着，忽然，他装作非常随意的样子，顺手拿起文件来翻了翻。

就在这时，只见郭英杰一拍脑袋：

“哎呀，你看我这记性，我还有一件重要的事要马上去办，对不起，你们先坐会儿，我去去就来，最多一个钟头。”说完，就匆匆出去了，并关上了门。

许有年一下子就明白了郭英杰的心意，他看了看表，立即从桌上拿起一支早已削好了的铅笔，递给郭蕴：

“来，你是学速记的，我来念，你来记！”

聪明的郭蕴立即反应过来，她也明白了哥哥和许有年的意图，她连忙拿起笔和几张现成的白纸，一边听许有年低声地念，一边飞快地记录下来。

就在这时，忽然听见有轻轻的敲门声，他俩内心一阵紧张，赶紧飞快地将文件按原样摆好，郭蕴给许有年使了个眼色，让他坐在沙发上，自己去开门。门一打开，只见门外站着一个身穿便服、外表猥琐、身材瘦小的中年男人，他一见到郭蕴，就站在门口点头哈腰地问道：

“嘿嘿，小姐，郭处长在吗？”

郭蕴立刻闻到他嘴里喷出的难闻的大蒜味，厌恶地向后仰了一下脖子，皱皱眉头：

“他出去了，你找他有事吗？”

那人疑惑地看了看年轻的郭蕴，又看了看她身后穿着便衣的许有年，一副欲说还休的神情。郭蕴眉头皱得更紧了，厉声说道：

“你到底有事没有？没事请出去！”

那个人迟疑了一下，终于向前凑了凑，神秘地小声说道：

“我来向郭处长报告共产党地下党的重要情报……”

许有年忙从沙发里站起来，问道：

“你是干什么的？有什么重要情报可以告诉我！”

“哦，我是‘鑫记’杂货铺的小老板，鄙姓王，郭处长知道我，嘿嘿，长官是……？”

郭蕴不耐烦地说道：

“他是郭处长的上司，你有什么情报就赶快交给他吧！”

“王老板”哈了哈腰，谄媚地说道：“是，是，长官。”说着，从裤腰里掏出一张又脏又皱的纸条，递给了许有年。许有年接过纸条，背转身子仔细一看，心里大吃一惊。只见纸条上写着：

“今晚八点有一批亲共学生拟在六郎庄聚会，届时共党北平地下组织的领导人也要参加……”

许有年的心哆嗦了一下，他闭着眼睛平息了一下紧张的心态，转过身来，若无其事地向“王老板”问道：

“很好，你这个情报是从哪儿来的？可靠吗？”

“王老板”赶紧讨好地说道：

“可靠，可靠，是犬子王有财让我来交给郭处长的，今晚犬子本来也要去开会，但他怕子弹不长眼睛，就装病在家，他说要郭处长赶紧将这份情报交给皇军，否则就怕来不及了。嘿嘿……”

许有年拿出一张纸和笔：

“会写字吗？把你家的详细地址写在上面，这事儿完了后我会亲自把奖金送到你家去。千万别将门牌号写错了！”

“会写，会写，嘿嘿。”

说完，他来到桌前，歪歪斜斜地在纸上写下了自己家的详细地址。写完后，他站在那里还没有告辞的意思，顺手端起郭蕴的茶杯“咕咚咕咚”地喝了几口。郭蕴一看急了：“你还有事没有了，没事就赶快出去吧！”

“王老板”赶紧往门外退，边退边说：“没事了，没事了，你们忙，你们忙，嘿嘿。”

许有年看了看表，已经过了半个小时了，他赶紧对郭蕴说道：“快，咱们继续！”

不到五分钟，他俩将三份文件的内容全都记录了下来。郭蕴将记录下来的两张纸折成一小块，从领口揣进自己贴身的内衣里。

不一会儿，郭英杰回来了。他瞟了一眼桌上的文件，看了看许有年和妹妹，笑着说道：

“对不起，让你们久等了。待会儿我还有点儿事，我就不送你们了。”

许有年站起来，握着郭英杰的手：

“好，那我们就回去了。”接着，他又轻轻地加了一句，“谢谢了！”

“谢什么？你丫以后对我妹妹好点儿，就算是对我最大的感谢了。”

从郭英杰那里出来后，他俩又回到许有年的住处。关上门后，郭蕴取出记录下来的文件，很快地誊写了一遍，交给了许有年，轻轻说道：

“今天我才知道哥哥他不是汉奸，原来他是‘身在曹营心在汉’啊，今后我一定要对哥哥好一点。”

许有年接过文件仔细看了一遍，说道：

“这几份情报非常重要，特别是‘王老板’的这一份情报和他的住处，我要赶紧送出去。”许有年转而深情地看着郭蕴：“蕴，这是你和你哥哥为我们的祖国和人民做的一件非常重要的工作，今后，咱们也是同志了！”

“同志？！”郭蕴眼里突然涌出了热泪，她轻轻地重复了一句，“同志！”

打这以后，郭英杰经常让妹妹给许有年送一些日本人的重要情报，其中有几份情报还起了极大的作用，屡次使北平地下党避免遭受巨大的损失。

三

转眼就要过春节了，虽然北平已经沦陷数月，但中国人对于过年的习俗早已根深蒂固，平时十分冷清的车站这几天一下子又热闹起来，车站内外到处都是背着大小包袱的人潮，人潮中有商人、工人、农民，有老人、妇女、小孩，他们都是准备乘车回家过年的。但同时，车站又出现了许多日本宪兵和汉奸，他们荷枪实弹，虎视眈眈地盯着人群，不时从人群中揪出一两个“可疑分子”，绑起来就拖走，给人们准备回家过年的喜悦心情中又平添了不少恐怖的阴影。

许有年在人群中巡视着，他从日本宪兵队长的日语中听出，他们要抓的主要是两种人：当兵的和准备南下（到联合大学）、北上（到解放区）的进步学生。他觉得心里很憋闷，看了看怀表，快到中午十二点了，于是走到远离人群的车站外，解开制服的风纪扣，准备透透气。就在这时，他忽然看见迎面匆匆而来的一张面孔，觉得像是在哪儿见过。他定睛仔细一看，这人高高的个儿，穿着裘皮长褂，戴着礼帽，提着一只公文包，一副商人打扮。但左脸上的一道刀疤赫然在目。他猛然间想了起来，这不就是那天晚上在北大营和老于头一起抬担架的年轻士兵李飞吗？他想打个招呼，但又怕认错人，于是就在那人从他身边擦肩而过时轻轻地叫了一声：

"李飞。"

那个人猛地回头，愕然地上下打量着穿着铁路制服、正对他微笑的年轻人，警惕地问道：

"您是……？你……你是在叫我吗？"

许有年一看果然是李飞，兴奋地说道：

"你不认识我了？我就是那天晚上帮你和老于头抬担架的——。"

话没说完，李飞眼睛一亮，拍着许有年的肩膀：

"那个学生娃！哎呀，真是你呀，你穿上这身制服，我还真认不出你了，咦，你怎么会在这儿呢？"

许有年兴奋地说道：

"说起来话长了，咱们是他乡遇老乡，两眼泪汪汪，你还没吃午饭吧？来，今天我请客。咱哥俩好好唠唠。"

说完，不由分说，拉着李飞就进了旁边的一家挂着"东北饭馆"横匾的清静的小饭馆。一进门就喊道：

"高老板，倒茶。再来一斤二锅头，拿两个大酒杯，炒几个东北拿手菜来，要快！"

小饭馆的高老板一看是熟客，立刻热情地撩开里屋的门帘，笑着说道：

"许站长来了，里面请。"

接着，拖长着声调喊道：

“包间二位，倒好茶——”

李飞吃惊地瞪大眼睛上下打量着许有年：“好家伙，几年不见，你已经是站长了？是这个火车站的站长吗？”

许有年点点头：“是副站长。”然后又小声说道，“正站长是个小鬼子。我他妈的还真不想干了呢！哦，听老于头说你当了‘逃兵’了，怎么，找到了打鬼子的队伍了吗？”

李飞的眼睛一下子瞪得老大：

“老于头？你见到老于头了？他在哪儿？”

许有年将在山海关遇到老于头的经过对李飞述说了一遍，李飞听了半天不吱声，最后自言自语地说道：

“好人呐，老于头真是个好人呐，怎么就把右胳膊给折了呢？”

许有年见他有意回避自己的问题，又追问道：

“看你这身打扮，在哪儿发财呀？”

李飞正欲回答，像是想起了什么，忽然止住，用疑惑的眼神看了看许有年。许有年立刻省悟了他的顾虑，正色道：

“你把我当成汉奸了吧？我许有年要当汉奸的话，也不会千里迢迢地从东北跑到北平来。你有话就直说吧！是不是不放心我？”

李飞愣了一下，思索了一会儿后，微微地点点头，笑着说道：

“请你不要多心，现在这个世道，你这个‘副站长’的身份确实有点使人不放心，不过，话又说回来，你要是真想当亡国奴和汉奸，当初又何必千里迢迢地从家乡逃到北平来。这一点，兄弟我有同感啊！”

这时，饭馆的伙计端上了酒和热气腾腾的炒菜，殷勤地说道：

“菜齐了，您二位慢用。”

说完，撩开门帘退了出去。

许有年给李飞和自己的酒杯里斟满了酒，双手捧起酒杯，深情地说道：

“我蠢长你一岁，叫你一声老弟。咱哥俩虽然接触时间极短，但在那晚极端危险的一瞬间，是最能暴露出人性的善与恶，美与丑。说实话，那天晚上我就看出你是条汉子，后来又听老于头说了你的事后，我更是打心眼里敬佩你。来，我先敬你一杯！”

说完，一仰脖子，一口喝干了杯里的酒。

李飞听了许有年的这一番话，一下子站了起来，一仰脖子，将杯里的酒全部倒进嘴里，激动地小声说道：

“有年兄，你说得真好，谢谢你对我的理解，要知道，咱东北军里有条规矩，当逃兵被抓住了是要杀头的呀！不管怎么，我也算是当过逃兵的人，这对于不理解我的人来说，我这是犯了件天大的罪啊，这是耻辱啊。所以，到现在我都不愿意让人知道我曾是东北军的‘逃兵’。再次谢谢你的理解，有年兄！”说完，一仰头又喝干了许有年刚倒满了的杯中酒。

李飞放下酒杯，沉默了一会儿，他抚摸着脸上的疤痕，像是在回忆着什么。许有年见状，也不打搅他，在一旁慢慢地自酌自饮。很快，李飞又端起许有年给他斟满了的酒杯，一口又喝干了杯里的酒，然后将酒杯往桌上猛地一蹾，瞪大眼睛吼道：“我操他小日本……”

许有年赶忙做了个“小声点”的手势。李飞愣了一下，朝门帘方向瞟了一眼，见没有动静，这才轻轻地点点头，压低嗓门说道：

“我的爹娘都是被小鬼子给杀害的，十四岁那年我就参加了家乡的抗日联军，因为那时我小，没给我发枪，他们见我报仇心切，就发给我一把钢刀。嘿嘿，他们不知道，我从小就喜欢舞刀弄棒的，刀法还行，所以，在几次战斗中，我就凭着手中的大刀片子先后砍翻了四个小鬼子。我脸上的疤就是那个时候留下来的。

“后来，我参加了东北军，本想多杀几个鬼子，为爹娘报仇，没想到老蒋不让咱抗日，老子不干了，就跑到关内找抗日的队伍，我就不信，偌大一个中国，就没有一支打鬼子的队伍！我打听到冯玉祥的西北军是坚决抗日的，就投奔了西北军的第二十九军。”

说到这里，李飞停了下来，又猛干了一杯酒。

许有年听得入了神，见他停下来，急忙问道：“那后来呢？”

“西北军不是老蒋的嫡系，装备可比东北军差老远了，一个连里百十号人就只有五六十条破枪，其余的人只发一把大刀和几枚手榴弹。但就这样，人家也要打鬼子。我们每天的训练主要是练大刀法，很少练枪法，因为老蒋配给的子弹极少，每颗都很金贵。

“我记得就在我参加西北军后的第二年，那是1933年3月9日，这一天我一生都不会忘记。我们二十九军急行军至长城的喜峰口，和日军相遇，日军抢先占领了一处高地，我们的宋哲元军长亲自指挥部队对敌猛攻，但由于小日本借地势和武器的优势，刚接上火，兄弟们的伤亡就很大。我们立即精选出五百名精壮勇士组成了一支大刀敢死队，出奇制胜，突袭敌营，日军猝不及防，一下子被我们砍死了好几百人，日本人全线崩溃，我们乘胜追击，又砍死了无数的小鬼子。我当时就是这五百人之一。这一仗，我憋着一口气，光我自己就砍死了近四十个小鬼子，大刀刃都砍成锯片子了。这一仗打下来，我被破例提拔为大刀队的副连长。现在一想起喜峰口战役，心里真是痛快啊！”

说到这里，李飞又喝了一大口酒，轻轻地唱起了二十九军的军歌《大刀进行曲》：

大刀向鬼子们的头上砍去，
二十九军的弟兄们。
抗战的一天来到了，
抗战的一天来到了……

著名作曲家麦新的《大刀进行曲》就是根据国民党二十九军大刀队的英雄事迹而于1937年创作的，歌词原本如此。

许有年也兴奋得热血沸腾，跟着李飞小声地哼唱起来。唱到后来，李飞的声音哽咽了。隔了好一会儿，他抬起头来，擦干眼泪说道：

“卢沟桥那一战，也是我们二十九军和小日本打的。但由于我们过分轻敌，宋军长又回山东老家疗养，群龙无首，日本人假借演习搞突然袭击，这一仗我们败得一塌糊涂。日本人得寸进尺，接连向我二十九军在南苑、北苑、西苑和通县等地的守区发起进攻，我们的副军长佟麟阁、师长赵登禹都已阵亡。不得已，大部队只好往保定撤，留下了四个团在北平维持治安，我们团也被留下了。到了后来，局势越来越紧，我们又接到命令：部队原地解散，化军为民。真得感谢北平的警察局，他们在两天内给我们几千人办了户口，有办成工人的，也有办成商人、教师、大学生、医生的，利用平民的身份做掩护。他们给我的户口办成了商人，你看，我这身打扮像不像商人？”

许有年笑着点点头：

“像，你穿上这身衣服不但像个商人，更像一个官僚。那，你现在准备上哪儿去？”

李飞本来忧郁的眼睛一下子亮了起来：

“最近，听说二十九军撤到了天津卫，我们好多弟兄都盼着早日归队，大家都分别偷偷地往那边跑，想找到部队好继续打鬼子。这不，我今天就是准备乘火车到天津去的，没想到在这里遇到了你。你看，咱兄弟俩还真他妈有缘啊！”说完哈哈大笑起来。

许有年一下子就联想到日本人这两天正在车站严查军人和学生，他心想：

“难怪日本人这几天盘查得那么紧，原来如此！”

他赶紧起身伸手揭下李飞的礼帽，又拉过他的右手摸了摸，对正感到莫名其妙的李飞说道：

“不行，日本人这几天在车站查得很紧，专门查军人和学生，只要一揭你的帽子和一摸你的手就知道你是个职业军人，你这样去肯定不行，得想其他办法。”

李飞一听就急了，一下子站了起来说道：“那你说该怎么办？”

许有年镇定地说道：“你先别着急，容我仔细想想。”

许有年一边上下打量着李飞，一边思索着。不到一分钟，许有年一拍脑门儿：

“有了，今天下午两点三十七分，有一趟开往天津的列车，你把这个玩意儿别上，我送你上火车。”

说完，从上衣兜里掏出郭英杰给他的那枚“五色旗”徽章，别在李飞的裘皮衣领上。

李飞低头看了看，一撇嘴：

“这玩意儿忒埋汰，我不要！”

说着就要往下扯。

许有年按住他的手，说道："我也知道这东西忒埋汰，但现在你权当它是你的护身符，有了它，你一路上少麻烦，到了地儿，你爱扔哪儿就扔哪儿，我不管，但现在你得听我的，委屈一下。"

他俩在小饭馆里吃完饭，又叫高老板换了壶茶，坐在那里继续聊天。最后，许有年看看怀表，已经快两点了。就起身说道：

"咱们走吧，你记住，在车站你尽量少说话，一切由我来应付。"

许有年带着李飞从铁路员工的专用通道进了车站，往月台走去。这时，许有年意料中的事发生了。只见龟田寿站长牵着大狼狗从远处迎面走来。许有年不动声色地对李飞轻声说道：

"挺起腰板，别吱声，这事儿由我来应付。"

李飞领会了他的意思，一挺腰板，摆出一副傲慢的神态，提着公文包，大大咧咧地向前走去。

但是，令许有年没料到的事也发生了，只见那条大狼狗挣脱了龟田寿的手，拖着皮带向李飞猛扑过来，李飞嘴角抽搐了一下，一瞬间浑身的肌肉绷紧，随时准备爆发出来，但他的脸上还保持着原来的神态。只见大狼狗人立起来，张开大嘴欲向李飞的胳膊下口之时，龟田寿在不远处用日语吼了一句什么，大狼狗立即温驯下来，但它还是围着李飞乱转，不时用鼻子嗅着李飞手中的公文包。

龟田寿快步走到他俩身边，用狡黠的目光扫了他俩一眼，皮笑肉不笑地用日语说道：

"许站长，你这是去哪儿啊？"

接着，他抬眼上下打量了一下许有年身边个子高大的李飞和他左手提着的公文包，右手警惕地慢慢摸向挎在腰间的手枪，眯缝着眼睛问道：

"这位是……？"

许有年非常自然地笑了笑，用日语说道：

"哦，他是我的表弟，现在'临时政府'里任职，这次到唐山公干，我送他上火车。"

接着，他回头用汉语对李飞说道：

“这位是龟田寿站长。”

没想到李飞双脚一碰，一点头，用一口纯正的日语对龟田寿说道：

“请多多关照！”

龟田寿瞪大了眼睛，看了看李飞衣领上别的“五色旗”徽章，愣了一下，紧张的右手松弛下来，尴尬地笑着说道：

“哟西，刚才实在是对不起了，那条畜生没调教好，让你受惊了。你是大日本帝国的朋友，理应得到特殊照顾！噢，这几天各车厢里非常拥挤，只有五号车厢没几个人，这五号车厢是贵宾席，请上那儿去就座。”

说完，从上衣兜里摸出一张卡片，在上面写了几个字，签了名后，递给了李飞。

李飞接过龟田寿递过来的卡片，用日语说了声：“谢谢。”和许有年往车厢门口走去。许有年擦了一下额上的冷汗，小声地问道：

“怎么，李飞老弟，你也会日语？”

“你忘了，我也是东北人呐，也是小日本‘愚民教育’政策的受害者啊。不过，我就只有这两句日语说得最标准，当时在学校里每天都要重复对日本教员说这几个字，没想到今天还用在这儿了。”

说完，两人对视一眼，使劲忍住才没大笑起来。

许有年看了看李飞手里拎的公文包，问道：

“你包里藏的是什么宝贝？惹得那条畜生那么感兴趣？”

李飞看了看周围，小声说道：

“是一把‘王八盒子’手枪，这是我前天晚上在香山脚下偷偷干掉一个落单的小日本军官缴获的！”

许有年点点头，笑着轻轻说道：

“好！你真是好样的！看样子我得向你学习啊！”

“你别忽悠我了！”李飞向四处看了看，小声说道：

“你不知道我是逃兵吗？”

“哈哈哈！”两人都忍不住同时笑了起来。

上车后，他俩在拥挤的过道上使劲往五号车厢挤，在五号车厢和六号车厢的连接处，有几个汉奸模样的人正聚在一起吸烟，看见他们挤过来，一个秃头操着一口天津话骂骂咧咧地喊道：

“他妈的，挤嘛挤，你们是干吗的，给老子滚过来，老子要搜查！”

李飞故技重演，两眼一瞪，一咬牙，用日语骂了一声：

“八嘎！”

几个汉奸模样的人顿时一愣，许有年赶忙对李飞用日语嘀咕了几句，回头对几个汉奸骂道：

“浑蛋，瞎了你们的狗眼，还不快给太君让道！”

几个汉奸一眼看见了李飞衣领上别的“五色旗”徽章，又见许有年穿的是站长制服，以为李飞是“临时政府”里的日本顾问，而且由本站站长亲自护送上车，都对着秃头狠狠地瞪了一眼，而秃头这时已吓得浑身哆嗦，用手使劲地扇着自己的嘴巴。一个领头模样的人谄媚地对着李飞点头哈腰：

“太……太君，大人不记小人过，哦，他不是人，不是人。对不起，嘿嘿，对不起。”

李飞用鼻子哼了一声，连正眼也没瞧他们一眼，脖子一扬，傲慢地走进了五号车厢。

许有年将李飞安顿好之后，在他耳边轻轻地说了一句：

“希望打败小日本后还能再见到你！一路平安！！”

说完，和李飞使劲握了握手，转身下了车。

李飞目送着许有年，嘴里喃喃地说道：

“有年哥，我们肯定会再见面的！”

列车慢慢启动了，许有年在站台上对着渐渐远去的列车挥挥手，心里有点失落，他心里也默默地念叨着：

“李飞老弟啊，你一定要在战场上替我多砍杀几个小鬼子啊！”

第四章

一

送走李飞后，许有年的心绪有很长一段时间平静不下来。他经常在周围没人时偷偷地吟唱岳飞的《满江红》。他渴望和李飞一样上前线去和鬼子厮杀。但党的组织观念又迫使他压抑着自己内心的躁动。有时，在夜深人静之时，这种躁动和组织观念的拼搏曾使他十分痛苦。他甚至想学李飞，一走了之，到延安去，到杀敌的最前线去。但时间是最好的研磨器，慢慢地，他的心绪平静了下来，又把全部精力投入到当前的暗战氛围中来。

北平沦陷后，各大学纷纷南下，这个有着浑厚文化底蕴的历史古城仿佛一夜之间就变成了蛮野的荒漠。原来到处都能看到的莘莘学子现在看不到了，取而代之的是满街的“皇军”和吊儿郎当、狐假虎威的汉奸；原来到处都能听到的琅琅读书声听不到了，取而代之的是铁蹄的践踏声和零星的枪炮声。

日本当局为了更好地奴役中国人，也为了尽早将中国变成他们的殖民地，他们策划了一个十分险恶的阴谋，取名为“大东亚共荣圈”。他们从日本本土抽调了一些专家、学者来到北平，开办了几所伪“大学”，目的是创造出一幅虚假的“和平”、“繁荣”景象，来消磨中国人的斗志。

“远东中央铁道管理学院”就在这样的背景下鸣锣开张了。开张一个月来，北平的大小报纸天天吹嘘，说院长伊藤友和曾是美国麻省理工学院毕业的高才生，目前是世界级的铁路教育专家等，同时在报纸上刊登广告公开招生。但一个月过去了，前来报名的人寥寥无几。日本人急了，下了个死命令：凡是在北平铁路系统工作的员工，不论学历，年龄在三十岁以下的，必须统统报名，“择优”录取！

这天，许有年也接到了这个“命令”，由于他的职务是副站长，这个“命令”对他来说并不是强求，他赶紧找到吴明同志做了汇报。吴明听了后“哈哈”大笑起来：

“真是刚想睡觉，就送来枕头。小许啊，我们正欲通知你，想办法混进这所伪‘铁道管理学院’去。没想到小鬼子比我们还着急，这样一来，我们就变被动为主动，真是太好了！来，现在我把党组织的意图转达给你：办学这件事，日本人非常重视。它关系到日本人‘怀柔政策’的成败，和是否能消磨中国人斗志的严酷性。所以，党中央直接给我们北平地下党下了个命令，要我们想方设法破坏鬼子的‘办学计划’。接到命令后，我们在四个候选人中选中了你，因为你各方面的条件最适合这项任务。你现在的具体任务是：打入‘学院’内部，策反伊藤！”

吴明喝了口水，继续说道：

“我们了解到，这个伊藤院长是个比较正直的学者，而且到中国后对这场所谓的‘圣战’产生了一些厌恶情绪。你要想办法去接近他，让他了解这场侵华战争的真实目的，争取让他站在反法西斯的阵营里来。我这里有一份从延安传过来的关于伊藤的详细资料，你一定要仔细阅读、了解伊藤的个性，这对你今后的工作会有很大帮助的。哦，写这份材料的人是延安的一位领导同志，他在日本留学时曾是伊藤的学生。

“你一定要记住，要团结一切有可能团结的人。另外，不管你用什么办法去做伊藤的工作，一定要注意自身的安全，尽量不要暴露自己的身份。有问题你可以随时找我，我们会全力以赴地协助你。还有，我们已派另一位同志早你一步打入了这所‘学院’，他的任务就是协助你的工作，你不要打听他是谁，他在关键时刻会出面帮助你的。”

许有年听了吴明的这一番话后，心里异常兴奋，这是他入党以来接受的最重要，也是最艰巨的任务。他双手接过吴明递给他的关于伊藤的资料，抬起头来，两眼炯炯有神地望着吴明同志：

“请党组织放心，我会竭尽全力完成这个任务的！”

许有年清醒地意识到，新的战斗即将开始。

这时，吴明又拍着许有年的肩膀，微笑着说道：

“小许啊，你今年也有二十六七岁了吧？也该成个家了。有意中人了吗？”

许有年腼腆地笑了，羞涩地说道：“有一位姑娘，我……我非常喜欢她，但我心里挺矛盾的……”

“为什么？”

“因为我们现在的工作挺危险的，随时都有掉脑袋的可能，我害怕到时候把人家姑娘给害了。”

“这位姑娘是干什么的？可靠吗？”

“可靠！最近咱们得到的一些重要情报，就是在她和她哥哥的帮助下取得的。”

“哦，就是你上次说的那位叫郭蕴的姑娘吧？唔，这位姑娘确实不错，值得你去爱。哦，她知道你喜欢她吗？”

“知道，我看得出来，她也喜欢我，但我们谁也没把这层纸捅破。”

听到这里，吴明笑着说道：

“小许啊，这就是你的不对了，不是我给你摆大道理，咱们革命者不是‘素食主义者’，更不是和尚、尼姑，咱们也有七情六欲。如果共产党人都像你这样想，那咱们不都成孤家寡人了吗？这样吧，等完成这个任务后，你就将这位姑娘娶回家，我来当你们的证婚人！你看好吗？”

许有年微笑着点点头，激动地说道：“谢谢组织的关心，这事儿到时候再说吧！”

四月初，正值清明。“远东中央铁道管理学院”开学了，一大早，天上下着蒙蒙细雨，一百多个学生稀稀拉拉地淋着雨站在学校偌大的操场里，一个个冻得鼻子通红。瑟瑟发抖。操场周围有上百个荷枪实弹的日本宪兵和伪警在维持秩序，还有几个记者模样的人拿着照相机四处忙碌着。

主席台上坐了十几个“政要”，中间坐着一个身穿和服的日本人，还有另一个身穿和服，手里拿着一份学生花名册，约四十岁左右，瘦小的日本人坐在主席台的右侧，远离那些“政要”们。在这些“政要”们身后的墙上贴着日本太阳旗和临时政府的五色旗。也不知道是因为下雨还是其他原因，周围连一个围观的人都没有。

八点整，一个留着仁丹胡翻译模样的瘦高个儿（主持人）宣布开学典礼开始。首先，他用日语和汉语分别介绍了主席台上的“政要”们。坐在中间的日本人是土肥原中将（时任伪“临时政府”最高顾问）；坐在他左边的是北平行政院代理委员长王克敏；右边的是前教育总长刘哲。当瘦高个儿介绍到土肥原时，这个日本人连屁股都没抬一下，只是点点头，台下响起几声疏疏落落的掌声。而其他人则是介绍到谁，谁就站起来对着土肥原鞠个躬。

最后，主持人指着坐在右侧的那个日本人说道：

“这位就是本学院的院长伊藤友和先生。大家欢迎伊藤院长讲话！”

台下响起了比刚才热烈点儿的掌声。

瘦小的伊藤慢慢站起来，对着台下鞠了个躬，当他抬起头来之时，他皱起眉头看了看台下稀稀拉拉的百来号人，然后开始用日语训话：

“唔，今天的这个开学典礼，是我从教十八年以来看到的最富有戏剧性的一次典礼。为什么呢？因为台上坐的人，加上维持秩序的人，比台下的学生还要多。”

他停顿了一下，让主持人翻译了这句话后，接着又说道：

“我从东京来华之前，有人告诉我，中国人的劣根性就是爱留根辫子，好吃懒做、赌博、嫖妓、抽大烟，根本不喜欢读书。可我不信，因为我在东京时最得意的两个学生就是中国人，他们现在一个在延安，另一个在南京政府，我以曾经有过这两个中国学生而感到自豪。”

翻译愣住了，他惊慌失措地看了看土肥原，土肥原对他轻轻地摇摇头，自言自语地嘀咕道：“哼，反正下面的学生们都听不懂，就由他说去吧。”

也许，许有年是这么多学生中，唯一能完全听懂伊藤讲话的学生，他心里立即对伊藤先生产生了一丝好感，并不自觉地发出了一丝微笑。但他立刻意识到这样会引起别人的注意，他向左右瞟了瞟，还好，没人注意到自己，他立刻张大了嘴，装出一副和周围其他学生一样的不知所云的痴呆模样。

伊藤停顿了一下，见翻译没跟上来，就自顾自地一口气讲了下去：

“但是，我现在站在这里，看着台下的你们一个个萎靡不振的样子，我真怀疑自己的判断是否正确。也许，你们就是被中国人称之为‘汉奸’的那些人吧。难怪智商不够。

“这次我到中国来，就是要把我们大日本帝国先进的铁路方面的知识统统传授给你们，但我怀疑你们是否有能力接受。我甚至怀疑你们这些人到底读过书没有。我现在提一个问题，看到底有多少人能回答。”

他停顿了一下，中气十足地问道：“你们这些人当中有人知道詹天佑是谁吗？”

说完，他停顿了下来，示意主持人翻译这句话。

许有年当然知道詹天佑是谁，他曾圆满地回答过黄站长同样的问题。肯定还有其他人也知道答案，但这时的许有年还是张着嘴，继续装“傻”。

当主持人翻译完这句话后，喜剧（也可以说是悲剧）发生了。一个尖嘴猴腮、穿着西装的人抢先举起了手，不等伊藤示意，他就自作聪明地大声说道：

“这个我知道！张天佑是我们铁路侦缉科的副科长，伊藤先生，您也认识他吗？嘿嘿。”

台下顿时“轰”的一下爆出了一阵阵嘲笑声，连台上的一些“政要”们，也忍俊不禁笑了起来。伊藤见台上台下一下子乱了套，正感到莫名其妙，他皱着眉头，用疑惑的眼光看了看主持人，当主持人凑在他耳边将那个“学生”的“答案”翻译给他听后，他的鼻子一下子就气歪了。他咬牙切齿地用颤抖的手指着台下的那个人：

“你……你给我滚出去！”

说完，他实在忍受不下去了，将手里的花名册狠狠地往地上一摔，一顿脚，扬长而去。

土肥原向主持人招招手，轻轻地用日语对他嘀咕了几句，主持人马上跑下台去，招来几个日本宪兵，将那个惊慌失措的人绑了出去。那个人就此销声匿迹，据说，他被日本人当成破坏会场的“抗日分子”给处决了。

“开学典礼”这场闹剧就这么结束了，第二天，北平的两大报纸都在头版头条刊登了“远东中央铁道管理学院”开学典礼“盛况”的文章。文章里只字不提伊藤的讲话和最后的闹剧，只是吹嘘有某某某“要员”参加了开学典礼。在文章的最后，还提了一句“英勇的日本宪兵在典礼现场经过一番激烈的搏斗，当场抓获了一名破坏典礼会场的抗日分子，目前，皇军正在加紧审讯”云云。

许有年在学校里看了这篇报道后，心里有点着急，他怕党组织会误认为被抓的那个家伙是他而担心，当天晚上，他越墙偷偷地离开学校，乘车来到了吴明的住处。吴明同志听见预约的敲门信号，开门一看是许有年，立即把他带进里屋，倒了杯热开水，递给他后笑着说道：

“这么晚了，我想你一定是怕我们担心你的安全而来报信的吧？其实我们早就知道被抓的那个人不是你，而是铁路侦缉科里的一个叫孙富安的汉奸。”

许有年顿时吃惊地瞪大眼睛：“你们的消息比我这个身临其境的人还要灵通呀，你要是不说，到现在我还不知道被抓的那个人是谁呢。”

“你忘了我曾经给你说过我们还有其他同志和你在一起的话吗？不过，我现在可以告诉你，这位同志不是学生，而是学校的一位工作人员。他可不会像你一样，翻墙从学校里跑出来。”

许有年又吃惊了，你怎么知道我是翻墙跑出来的？

吴明眨眨眼笑着说道：“这还用问吗？你看看你这一身衣裤，都成什么样了。”

许有年低头一看，脸“唰”的一下红了。原来，他除了衣服的胸腹部全是泥土外，裤子的裆部还被撕开了一条小缝，里面白色的内裤都露出来了。

吴明从柜里取出一条自己的裤子给许有年换上，正色说道：

“小许同志，你现在是革命战士了，要有很强的组织纪律性，今后没有重要事千万别再从学校跑出来，万一被敌人发现了就会造成很大的麻烦，甚至会打乱我们的计划。今天的事怪我，事先没有给你说清楚，今后咱们再也不要犯这样的错误了，记住了吗？”

许有年红着脸，使劲地点点头。

二

伊藤友和出生于日本北海道的一户农民家庭，他有个大他两岁的姐姐，姐弟俩从小感情很深，而且都酷爱读书。但由于家境十分贫寒。姐姐读完初中后就主动辍学，和父母一起每天起早贪黑地劳作，供伊藤读完了高中。为了供伊藤读大学，父母将家里的牛卖了作为盘缠，送他到了东京，他没有辜负父母的期盼，顺利地考上了东京交通大学。毕业后，他以优良的成绩，被直接留校任教。由于他对学问的一丝不苟和生性正直，被破格提拔为学院铁路管理系的系主任。他曾有过一次短暂的婚史，但因他的“怪脾气”和潜心于教学而未顾及家庭，妻子最终离开了他。

到了昭和十三年，日本政府在国内外大肆鼓吹“大东亚共荣圈”，并在各大学物色专家、学者到中国办学。伊藤就是在这时被选中的。他曾听他的中国学生给他讲过很多关于中国的故事，在他的脑海里，中国是一个美丽而又富饶的国家，中国人豪爽、热情，对于他们的到来，一定是到处都充满了鲜花和微笑……他就是怀着这些美好的憧憬来到中国的。

他来中国，还有一个最重要的私人心愿，就是要寻找十几年前就跟随姐夫来到中国的姐姐。姐姐在二十年前就嫁给了邻村的小野三郎，结婚不久，姐夫应征入伍到了中国，几年后，姐姐又跟随“垦荒团”“移民”到了中国的东北地区。多年来，姐姐和姐夫都和家里保持着书信联系，但最近五六年，就再也没有姐姐和姐夫的任何消息。由于父母在几年前北海道的一次地震中双双去世，姐姐已经成为他在世上唯一的亲人。他曾向关东军司令部打听过，得来的答复是“五年前突然失踪”。因此，伊藤下了决心，趁这次来中国，一定要找到姐姐，生要见人，死要见冢！

一踏上中国的土地，伊藤就有些愕然了，他不但没见到预想的鲜花和微笑，反而满眼见到的是仇视或呆滞的目光。只有在宪兵司令部办理治安手续时才看见了几个中国人的笑容，但那是一种谄媚的贱笑。伊藤曾经的学生，一个宪兵少佐凑在他耳边悄悄地告诉他，这些就是被中国人称为“汉奸”的人，都是一些贪生怕死、智商不高的中国人。日本人高兴时可以赏他们一块骨头，不高兴时可以任意打骂他们。所以，在他的心目中，“汉奸”都不是什么好东西。

在北平筹办“大学”的几个月里，伊藤几乎每天都能看见在光天化日之下日本兵殴打中国人和追逐“花姑娘”的情形，他的心绪越来越坏，他甚至怀疑“大东亚共荣圈”的真实性。但他一直强忍着。直到“开学典礼”那一天，他终于忍不住爆发出来。

从此，伊藤少言寡语，不愿和任何人交流。他认为，这帮“汉奸学生”全是一群饭桶，根本就不配当他的学生，他开始怀念起在东京的学院生活和自己的姐姐。这段时期，他动辄就向学生和同事们发火。直到有一天，伊藤和许有年“戏剧”般地相识了……

许有年自接受了党组织交给他的任务后，一直在想方设法地和伊藤接近，但伊藤成天摆出一副拒人于千里之外的神情。曾经有过两次，他在走廊里单独和伊藤面对面地擦肩而过，他都立即停下来，对伊藤鞠了个躬：

“院长好！”

可伊藤每次都连正眼也没瞧他一眼，鼻子里“哼”了一声，继续走他的路。后来他一直都找不到机会去接近伊藤。

“铁道学院”的近五十名教师中，有百分之九十是中国人，只有几个日本人。而学校的“训导主任”，就是在开学典礼时担任“主持人”的那个人，他的名字叫牛斌，是个中国人，据说他曾跟随其父亲在日本做过几年生意，会讲一口流利的日语，学生们私下里都叫他“牛逼主任”。

有一个老师引起了许有年的注意，他就是教机械制图的周天海老师。周老师平时对学生们十分热情，他高高的个儿，经常穿着一件阴丹士林蓝的长衫，显得简朴而洁净，看样子年龄不到四十岁。他平时总是笑嘻嘻的，但有一次他看见两个流氓学生欺负一个女同学而大发雷霆，甚至还当众扇了那个流氓学生一耳光。许有年当时就想：

“也许周老师就是吴明所说的那位同志吧？”

但组织纪律不允许他现在和周老师接近，他只能站在远处默默地为周老师喝彩。

在同学们当中，有近三分之一的人是从铁路系统抽调出来的亲日分子，而其他学生当中，有相当的一部分是“两耳不闻窗外事，一心只读圣贤书”的“阿呆”。只有少数几个同学经常聚在一起，偷偷地咒骂日本鬼子和汉奸，许有年自然而然地和他们交上了朋友。由于他的年龄比这些同学都大，再加上他平时的一举一动都透露出一种与众不同的成熟气质，很多同学都尊称他为“大哥”。而亲日派的流氓学生们则将他视为眼中钉，并不时在他面前寻衅闹事，挑起斗殴。

这天早晨，同学们纷纷走进教室，准备预习当天的课程。而许有年每天都是第一个走进教室的学生。这时，一个亲日派的学生在路过他身边时，故意将一把鼻涕甩在许有年的课本上，还有意对许有年扬了扬头，以示挑衅。许有年一下子站了起来，指着课本正色说道：

“请你给我擦干净！”

那个学生吊儿郎当地指着许有年对他的伙伴们喊道：

“嘿，你们看呐，丫是哪尊庙里的神仙？还挺牛逼的啊。”

说完，竟然和同伙们哄笑起来。

许有年忍无可忍，闪电般的一记直拳，猛地砸在那个“亲日派”学生的鼻子上，直打得他一个趔趄，一屁股坐在地上，眼冒金星，鼻血长流。“亲日派”的十几个学生一下子全部站起来，抽出早已暗藏的棍棒冲了上来，要群殴许有年。另一帮学生一看，也围了上去，要帮“大哥”打架。教室里顿时大乱起来，书包、墨水瓶和文具满天飞，眼看就要出人命了。

就在这时，教室门“砰”的一声被人踢开了，伊藤出现在教室门口。学生们一看是院长来了，顿时安静下来，只有个别受伤的学生忍不住轻轻地呻吟着。

伊藤皱着眉头扫视了一眼一片狼藉的教室，咬牙切齿地用日语骂道：

“八嘎！一群猪猡！”

伊藤话音未落，许有年内心一个闪念，立即双脚一并，用流利的日语大声说道：

“对不起，伊藤老师，真正的猪猡是他们！”

他指着那帮还没有来得及藏起棍棒的学生，继续说道：

“他们才是中国的一群蠢猪！就是连詹天佑是谁都不知道的一群人渣！”

教室里所有的人都惊呆了，他们谁也没想到许有年会讲一口流利的日语，那些“亲日派”的学生们甚至想到：“妈呀，糟了，他不会是日本人吧？”

最吃惊的还是伊藤友和，他万万没想到自己的学校里还有一个日语说得这么流利、甚至敢顶撞自己的学生。而且这位学生的日语又使他莫名其妙地感到有些亲切。他深皱的眉头慢慢舒展开来，好奇地盯着许有年看了好一会儿，说道：

“你叫什么名字？”

“许有年。”

“许有年？哟西！你处理一下这里的局面，完了后立即到我办公室里来一趟。”

许有年用日本人的礼节双脚一并，一点头：“嗨！”马上回身指派几个学生将受伤的同学搀扶到医务室去包扎，又指挥其余的学生收拾已经是一片狼藉的教室。那一群流氓学生虽然一句日本话也听不懂，但已经被许有年刚才的一系列表现唬得一愣一愣的，乖乖地接受着他的指派，而且比谁都起劲地忙了起来。那个将鼻涕甩在许有年课本上的学生，悄悄地擦掉脸上的血迹，拾起掉在地上的许有年的课本，用自己的衣袖将鼻涕擦得干干净净，然后双手递给许有年，哭丧着脸说道：

“大……大哥，我是有眼不识金镶玉，请您老多多包涵……”

许有年这时想起吴明同志说的“一定要团结一切可能团结的人”这句话，笑着道：

“别价，我才二十几岁，还没老呢。我今天先出手打了你，我给你道个歉，对不起啦。但我劝你一句：你还年轻，别成天吊儿郎当的像个流氓似的，千万要学好！”

三

伊藤的办公室在一楼西头，在下楼梯时，许有年心里暗自高兴，心想：“这真是‘有心栽花花不开，无心插柳柳成荫’啊。自己一定要珍惜这次机会，想办法取得伊藤的信任，这样才能完成党组织交给自己的任务！”

在院长办公室里，伊藤眯缝着双眼，打量着站在自己眼前的这个学生，他刚才已经翻阅过许有年的档案，在这个档案里，许有年早已将最初填写的“初中毕业”更正为“沈阳交通学校毕业”。而这个学历，是伊藤来到中国后，在“学院”里看到的专业最对口、也是最高的学历了。终于，他露出一丝微笑，对许有年说道：

“唔，请坐。”

许有年从容地坐在伊藤的对面。他曾仔细研究过关于伊藤的资料，他知道，伊藤不喜欢学生对他诚惶诚恐的样子，而喜欢学生和他平等地讨论问题。还有一点非常重要，那就是伊藤在日本时喜欢别人称他为“老师”，而不喜欢其他诸如“系主任”“院长”之类的称呼，因为他认为，“老师”是最亲切、也是最不带功利性的称呼。

伊藤倒了杯水递到许有年的面前，说道：

“许有年同学，我想知道，你的日语说得那么好，还带点北海道的口音，你是从哪里学来的，能告诉我吗？”

许有年赶忙站起来，伸出双手接过伊藤递在面前的茶杯，说了一声“谢谢老师！”然后捧着茶杯坐下来，低着头，闭上眼睛，好像是在回忆着什么。很快，他抬起头来，用清澈的目光看着伊藤，直截了当地说道：

“老师，既然您问我，我就老实告诉您吧。我是东北人，在我的东北老家，还有千万个中国人会讲日语——但那是亡国的耻辱啊！当年，你们日本人占领了我国东三省，你们的政府为了更快地让中国成为你们日本的殖民地，搞了个‘愚民教育’政策，声称日语才是中国人的国语。强令中国的儿童从上小学开始，就必须学日语。有好多人由于不愿意当亡国奴，拒绝学日语而被日本教员打得皮开肉绽……”

伊藤吃惊地瞪大了眼睛，一下子气愤地站了起来，大声吼道：

“你……你知道你在说什么？八嘎！你……你这是在进行反日宣传！”

说着，抓起桌上的电话就要拨北平宪兵司令部。

许有年伸手按住电话键，两眼炯炯有神地看着伊藤，说道：

“伊藤老师，我这是尊重您、信任您才对您说这些的！您要抓我也好，杀我也好，也得让我把话说完，好吗？”

伊藤脸上的肌肉抽搐了一下，狠狠地瞪着许有年，过了好一会儿，他终于放下了电话，阴沉着脸说道：

“那好吧，我看你还有什么话可说！”

许有年见伊藤坐了下来，他反而站起来接着深情地说道：

“伊藤老师，说实话，开学典礼时您讲的那一番话曾使我十分感动，我也非常愿意成为第三个能让您感到自豪的中国学生。”

许有年见伊藤的脸色开始缓和下来，并用一种疑惑的眼神看着他，又继续说道：

“正因为如此，我才对您开诚布公地敞开自己的心扉。我不是您所说的‘汉奸’，更不是‘猪猡’。我是一个堂堂正正的中国人！”

许有年感觉自己的情绪有些激动，他又停顿了一下，喝了口水，见伊藤的情绪几乎完全平和了，就缓和了一下自己的口气，继续说道：

“我还是接着我刚才的话题继续回答您的问题吧。”

他停下来想了想：

“哦，刚才说到学日语挨打，说句实话，我学日语确实没挨过打，因为我们中学的日语教员是位善良的日本女士，她见我们都不愿意学日语，就悄悄对我们说：‘我理解你们的心情，其实，学日语并没有什么不好，趁你们现在还小，多掌握一门语言，对于你们来说就等于多掌握了一件工具和武器，这对你们来说并没有任何坏处，也许你们今后还能用得着。关键是你们不要忘记了自己的母语，另外，我还要跟你们学说中国话呢。’

“同学们都觉得她说得很有道理。就这样，我们班的同学个个日语都学得不错，而那位日语女教员的汉语也学得非常好。哦，至于您说的北海道口音，那不奇怪，因为我们的那位女教员她本身的籍贯就是北海道。伊藤老师，我已经回答完了你的问题，你还有什么要问的吗？”

说完，他抬头看了看伊藤，只见伊藤瞪大了眼睛看着自己，张大着嘴好半天不说话，隔了好一会儿才小心地问道：

“你……你说的那个女教员叫什么名字？”

“她和您一样，也姓伊藤，叫伊藤智子……”

只见伊藤友和的呼吸一下子急促起来，他突然隔着桌子一把抓住许有年的胳膊，语无伦次地喊道：

“伊藤智子？姐姐！我姐姐！许桑，你……你快告诉我，她现在在什么地方？”

许有年也大吃一惊，他完全没想到世间还有这么巧合的事发生在自己的身边。他镇定了一下自己的情绪，说道：

“老师，您说智子老师是您姐姐？您姐姐是不是眉心有一颗小小的……”

“一颗小小的红痣！对对！就是她，你快告诉我……”

“老师，您别着急，咱们坐下来慢慢说。”

伊藤“哦”了一声，放开抓住许有年胳膊的手，一低头：

“对不起，许有年同学，老师刚才失态了。”

许有年揉了揉被伊藤抓得发红的胳膊，笑着说道：

“老师，没什么，我理解您的心情。”

许有年见伊藤慢慢平静下来，但眼睛却始终盯着自己，他喝了口水，坐下来说道：

“智子老师在十几年前就和我们分手了……”他见伊藤的眼光一下子灰暗下来。他顿了顿，接着说道，“但是我在七年前——哦，那是1931年的9月18日晚上——这个日子已经深深地刻在我的脑海里，因为就是那天晚上，你们日本关东军制造了震惊世界的九一八事变——我最后一次见到智子老师就是在那天晚上。作为一个日本人，她不顾自己的安危，四处去通知自己的学生赶快逃命，我当时感动得眼泪都出来了……”

“这……这是真的？那……那后来呢？”

伊藤友和又着急地问道。

“后来我就再也没见过她了。不过，前两年我在北平偶然遇到了我中学的一位同学，他给我提起过智子老师……”

许有年刚说到这儿，伊藤友和又急得站了起来，眼睛里射出一丝希望，急切地问道：

“她……她在哪里？”

“据我同学说，他在山西的忻州见过智子老师，但他也不敢肯定，因为他当时看见的‘智子老师’穿的是中国普通老百姓的服装，而且是和一群中国农村妇女在一起劳作。但我那个同学第一眼就看见了她眉心的那颗红痣。我同学在阎锡山的部队里当兵，部队当时正在执行任务，所以他根本就没机会和智子老师相认。”

“我姐姐怎么会跑到哪里去？”

“我那位同学还说当地流传着一种说法：‘共产党救了一个日本女人，这个日本女人就藏在忻州一带。’但是，到底是怎么回事我也说不清楚。这样吧，伊藤老师，您也别着急，我再找我的同学打听一下，过段时间给您一个回音，您看好吗？”

伊藤低着头沉默了一会儿，抬起头来，眼眶里全是泪水。他站起来，对许有年深深地鞠了个躬：

“那就拜托你了。有年君。”

许有年一看快晌午了，站起身来正要告辞，伊藤忽然又说道：“许桑，我还有一件事想求你。”

许有年一听，赶紧给伊藤鞠了个躬：

“老师，您千万别这样，我永远是您的学生，您还有什么需要我去做的？”

只见伊藤站起来，恭恭敬敬地给许有年鞠了个躬：

“许桑，我也想请你做我的汉语老师，请你不要推辞，拜托了。”

“好，没问题，伊藤老师，我一定教会您说汉语，老师您就放心吧！”

许有年爽快地答应了。

从这天起，许有年每天除了按时上课外，还要抽两个小时的时间来教伊藤学汉语，而伊藤也将自己铁路管理方面的先进知识，对许有年毫无保留地倾囊相授。到了晚上没事时，伊藤还教许有年下围棋。从此，他们的师生关系越来越密切。

他俩谁也没料到，这件事引起了一个人的注意，他就是学校的训导主任牛斌。

牛斌表面上只是学院里的“训导主任”兼院长翻译，其实他是土肥原亲自安插在学院里的一个奸细，他的任务就是对学院的师生们进行监视，如有“不轨”分子，立即向“特高课”汇报。但牛斌有个致命的嗜好，他嗜酒如命，每每喝醉了后都要“口吐真言”。就因为这，他始终爬不上去，只能被日本人拿来当小卒子用用。他也知道自己的这个“毛病”，故他也想极力克制自己，尽量少喝酒。但每次他只要一看见酒就什么也不顾了。

牛斌在学院里虽然没什么朋友，但因他在这里大小也是个有权有势的“官儿”，故也有不少人经常巴结、讨好他，学院里管后勤的朱富贵就是其中的一个。这个朱富贵长得肥头大耳，走起路来一身的肥膘都在打战，学生们给他起了个外号：“八戒”。他俩经常没事时凑在一起喝酒，各自发泄自己的不满。

这段时间，牛斌发现伊藤院长和一个叫许有年的学生关系非常密切，他查阅了许有年的档案，了解到许有年曾任丰台车站的副站长，而且会讲一口流利的日语，几乎每天下午四点以后，许有年都要到伊藤的办公室去，两人关着门不知道在干什么。牛斌有几次故意突然出现在伊藤的办公室，而每当牛斌出现时，伊藤和许有年都立即停止了交谈，并用一种戒备的目光看着他。据此，牛斌断定他们在预谋着什么。

他将自己的“发现”报告了“特高课”的原田课长，原田听了后沉思了一会儿，说道：

“唔，这个许有年确实不简单，能够在短期内把伊藤这个‘怪脾气’治得服服帖帖。对了，你要对许有年进行严密的监视！但决不能惊动伊藤，因为伊藤是我们大日本帝国的精英，在参加对华圣战的军队里，有很多军官都曾是他的学生，一旦由于你的不慎而造成的一切后果，均将由你自己承担。你听明白我的意思了吗？”

牛斌听了一愣，最终点头哈腰地说道：“太君，我明白，嘿嘿，我明白。”

许有年将伊藤智子的情况向党组织做了汇报，党组织非常重视这件事，并立即向延安发报请求协助查询。

吴明当时笑着对许有年说道：“伊藤智子要真是被我们共产党所救，通过党中央就一定能查出她的下落！我说小许啊，你真是一员‘福将’。我们共产党从来不信邪，但你在这件事情上真是‘邪’透了。你说怎么就这么巧呢？伊藤姐弟俩的事都被你一个人遇到了，这个任务搁你身上，真是事半功倍啊！”说完，他忍不住“哈哈”大笑起来。

许有年道：“说实话，当时，我也感到很意外，但事后仔细想一想，在我身边确实发生过不少的巧合，人生本来就充满了各种各样的巧合，这种巧合在每个人身上都会遇到。它有时是一个机遇，有时是一根救命稻草。只不过很多人没有注意到而忽略了它。不是有句古话叫‘无巧不成书’嘛，今后我真的可以出一本大部头的书了。”

说完，许有年也笑了起来。

转眼已经是六月中旬了。许有年给伊藤上完中文课，从伊藤办公室里出来，来到学生食堂，从碗架上取下自己的饭盒。刚揭开盖，他就发现在饭盒底部有一张小小的纸条。他迅速地扫了一眼纸条，只见上面写着：

“明天回家。哥。”

许有年心里一阵狂跳，这正是吴明和他约好的暗号，他左右瞧了瞧，见没人注意自己，立即将纸条塞进嘴里，嚼了嚼吞进肚里。他心想：“今天是周六，学校明天放假，正好可以‘回家’一趟。可给我饭盒里放纸条的人是谁呢？难道是周老师？”

第二天一大早，许有年刚从学校的大门走出来，凭直觉感觉到后面好像有人跟踪，他心里有点儿发慌，心想：

“难道我被敌人发现了？”

他镇定了一下自己的心神，故意停下来看电线杆上的“梅毒”广告，顺便用眼睛的余光向侧面瞟了一眼。这一下他看清楚了，果然有人跟踪，而跟踪他的是学校的“训导主任”牛斌。而牛斌见许有年停下来，则马上用手中的报纸遮住了脸。正在这时，许有年的余光又瞟见牛斌正回头和什么人说话，他立即果断地叫了一辆停在校门口的黄包车，跳上去对车夫说了一句：“快走！”车夫“哎！”了一声，拉起车就往前跑去。一路上，许有年频频回头观察，再也没看见牛斌的影子，他长出了一口气，放下心来。

到吴明家时，已经是上午十点过了。吴明见到许有年的第一句话就是：

“快关上门，有好消息，伊藤智子找到了！”

许有年精神一振：“哦，在哪里？”

“确实是在山西，但不在忻州，而在离忻州不远的神池县。这里有从山西过来的同志带来的一封信，是伊藤智子写给她弟弟伊藤友和的。”

说着，吴明从抽屉里取出一个厚厚的信封递给许有年。许有年一看，信封上什么字也没有，只有在右下角上用钢笔画了一只小猫。而信封表面已经很皱，边角已经有了毛边，可见送信的人一路上经历了多少艰辛，才将这封信送到这里。许有年十分珍惜地将这封信揣进贴身的衬衣里，说道：

“我一回去就交给伊藤老师，他不知会有多高兴。哦，对了，还有一件事，我差点忘了。我今天出校门时被人盯上了……”

“是你们学校的训导主任牛斌吧？”

许有年大吃一惊：

“你怎么知道的？哎呀，简直神了！”

“这个牛斌是个汉奸，但也是个蠢蛋，一杯酒下肚，就什么天大的秘密都能抖搂出来，他已经将你和伊藤交往过密的情况报告给了他的主子日本人。不过，你不用担心，他什么把柄也没抓住，咱们的同志能控制住他。你今后凡事小心点就是了。”

第五章

一

当天傍晚，在伊藤的办公室里。许有年和伊藤面对面地坐在一起，中间隔了张办公桌，桌上平放着伊藤智子给弟弟的那封信。

伊藤友和眼眶里全是泪水，信封上画的那只小猫是自己小时候给姐姐取的绰号。记得小时候有一次姐姐和妈妈从地里收稻子回家，姐姐满脸都是汗水和尘土。自己那时不懂事，追着姐姐喊“大花猫”。后来，姐姐只要给家里写信，都会在信封的右下角画一只小猫。伊藤每次看见这只“猫”都会感到十分亲切。而他已经有好多年没见过这只可爱的小猫了。

许有年将信交给伊藤后，就欲起身告辞，但伊藤说什么也不让他走，他对许有年道：

“许桑，你帮我找到了姐姐，我想让你和我一起分享这份快乐。你别走，拜托了。”

许有年笑了笑说道：“恭敬不如从命。”复又坐了下来。

伊藤友和恭恭敬敬地坐好后，搓了搓手，然后颤抖着双手拆开信封，姐姐那手让他倍感熟悉而又亲切的、娟秀的字体展现在他的眼前：

“亲爱的弟弟，你好！”

刚看到这里，伊藤的眼泪再也忍不住地滴在了信纸上。他擦了擦眼泪，继续看下去。

听说你也到中国来了，姐姐兴奋得一晚上都睡不着觉，真想马上见到你。

你大概正在纳闷儿，姐姐怎么会在山西给你写信？姐夫和侄女花子到哪儿去了呢？你不要着急，姐姐慢慢说给你听。

五年前，你姐夫小野君在关东军第二混成旅服役，并已被授予少佐军衔，职务是大队长。昭和八年（作者注：公元1933年）冬天，小野君在一次大规模演习中不慎被自己的炮弹炸死，同时遇难的还有十一个官兵。当局为了掩饰真相，对日本国内谎称这十几个官兵是被中国的“抗联”打死的，并隐瞒了他们的姓名。这时，我们的女儿花子已经八岁了。

关东军在两天内血洗了三个村庄，屠杀了近百个无辜的村民，其中包括一半的妇女儿童，以示“报复”。当我知道了事实的真相后（恕我不能透露告诉我真相的那位下级军官的姓名），我感到非常的震惊。我在中国住了十几年，天天和中国的老百姓接触，我感觉到他们和我们日本人民一样，是非常聪明、热情而又善良的。我不明白，我们大和民族为什么要以这么多官兵的性命作为代价，来发动这场残害中华民族的战争呢？

我带着花子与另一位和小野君同时遇难的军官的妻子雾岛和子一起，在军营里和官兵们交流了我们对这场战争的看法，有许多士兵都对这场“圣战”的意义表示出疑惑和不满。

但是，关东军司令部很快就得到了消息，并以“散布谣言，动摇军心”的罪名把我们抓了起来，关在一间民房里。他们表示，将很快把我们遣返回国。但负责看守我们的是小野君曾经的一位部下，他悄悄告诉我们。司令部已接到命令，将就地秘密处决我们，以免我们将反战情绪带回国内传播。

昭和九年秋，就在即将行刑的前一天晚上，小野君的那位部下示意房东大婶将我们放了出来，房东大嫂领着我们跌跌撞撞地跑了十几公里，在一片桦树林里，她将我们交给了“抗联”的一位叫朴信哲的领导人。朴信哲是个朝鲜人，会说日语（后来我才知道他是中共党员）。他为了缩小目标，将我和雾岛和子分开往关内转移。

因为我和女儿花子都会讲一口流利的东北话，所以我带着花子和两位辽东妇女化装成难民朝关内逃去。而不会说中国话的雾岛和子则由朴信哲的警卫员小崔（也是朝鲜人，会日语）护送。但他们在一个叫“柳条沟”的地方被日军的巡逻队发现了，小崔为了掩护雾岛和子逃跑而与巡逻队枪战起来，最终因寡不敌众而被乱枪打死，而雾岛和子也被抓了起来，生死未卜（这些都是我后来知道的）。

……逃出山海关后，我们被共产党的地下交通站一段一段地护送到了北平。他们将我和花子安排在离北平城较远的一个叫田庄的村子里住了下来，并给我取了一个中国名字：“唐智子”。而花子的中国名字叫叶花（“叶”是小野的“野”字的谐音）。当地没人知道我们是日本人，都以为我们是从关外逃难过来的东北人。但这时共产党领导下的工农红军由于南京政府的“清剿”，已被迫踏上了艰难的长征路，各地下交通站也相继被破坏。由于一个叛徒的出卖，“一个叛逃的日本女人就隐藏在北平的东北角一带”的消息在一夜之间传遍了北平。驻守在北平郊外的日军得到了情报后，派日本“浪人”在附近各村三天两头地秘密搜索，欲置我们于死地而后快。

一天下午，两个日本“浪人”来到田庄。他们在一个财主家吃饱喝足后，那个财主颠颠地将他们带到我和花子的住处。那天，我和房东大娘正在地里干活，只有花子和房东的孙女翠翠在家里玩。翠翠的年龄和花子差不多，她妈妈让她留了一头秀丽的长发。当时，两个小姑娘正在相互给对方梳头，花子将翠翠的长发绾成类似日本女人的一种发型，而翠翠给花子梳了一根短短的独辫。两人正玩得高兴，财主带着两个日本人进来了。

两个日本人一进屋，立即认定梳着日本发式的翠翠就是他们寻找了几天的日本女人的女儿，他们欣喜若狂，抱起翠翠就往外走，翠翠吓得又哭又叫，花子也急了，跑过去一把抱住一个日本“浪人”的大腿，并张嘴在他的腿上狠狠地咬了一口。那个日本“浪人”痛得大叫一声，抽出腰刀，对着花子的腿上就是一刀，花子穿的棉裤立即浸满了鲜血……

就在这时，村里的人们听见翠翠的哭喊声，知道出事了，他们抓起锄头和扁担，一窝蜂地围了上来，两个日本“浪人”一看，知道今天讨不了好，只得将翠翠扔在地上，灰溜溜地跑了。

村里的一个小伙子跑到我们正在干活的地里，结结巴巴地告诉了我们刚才发生的事情，我和房东大娘没等他说完，就像发疯似的往回跑。跑回屋里一看，翠翠没事，只是吓得直哭，而花子却躺在炕上，脸色惨白，村里的一位略懂医术的老大爷正在给她包扎伤口。老大爷见我浑身发抖，赶忙安慰我道：“不碍事，砍在大腿上，没伤着骨头，休息十天半个月就结疤了。哦，记着每天给她换药，否则会感染化脓的。”

这时，屋外的人们都在议论纷纷，都不明白那两个日本“浪人”为什么要抢一个中国小姑娘。只有我和一位山西籍的女地下党员杨桂花心里最清楚真正的原因，而且我们也知道，日本当局肯定是不会善罢甘休的，说不定今晚或明早就又会有大批的日本人来这里抓我。

迫不得已，我只好背着花子，又跟着杨桂花走上了逃亡路。半年后辗转到了山西的忻州，由于一路上缺医少药、风餐露宿而又担惊受怕，花子的腿伤一直得不到医治，并开始化脓，后来竟然转化为坏血病，天天发高烧，最终在一个夜里死在忻州附近的一所破庙里。我伤心欲绝，痛哭了十几天，不得已，我就地在破庙外的一棵老槐树下掩埋了女儿。在这段时间里，杨桂花始终陪伴在我身边。由于悲痛，不到四十岁的我，已经像个五六十岁的老太太。杨桂花见我实在不愿意再走了，将我交代给当地的地下交通站后，就回她的老家大同去了。在忻州的农村里，我被安排在一户农家借宿了几天后，我发现这里由于离铁路近，南来北往的人很多，我的东北口音不会引起人们的猜疑，另外我也实在想留在这里陪伴女儿，就决定在这里暂住下来。我从小就习惯在田地里劳动，所以在这里我也经常下地里帮村里的人们干活。因此，村里的人们也都很喜欢我，他们都亲切地称我为“关东大婶”。

这时已经是民国二十五年的春天了（作者注：公元1936年），（现在，我已经没法计算昭和年了）县里成立了“牺牲救国同盟会”。在“牺盟会”里，只有少数几个人知道我是日本人，但不知是什么原因，“共产党救了一个日本女人”的消息很快又传开了，村里的人们开始用一种异样的眼光看着我。

因为怕消息传到我的同胞日本人那里，我在女儿的坟前哭了一晚上，又迫不得已，慌不择路地只身往西北方向逃去。八天后，我精疲力竭地来到了一个非常偏僻的小山村。我当时由于又累又饿，晕倒在村口的路边……

当我醒来时，发现自己躺在不知是谁家的炕上，我睁开眼睛四处看了看，这是一间窑房，布局和我在忻州农村的住处差不多，但看起来要干净、明亮得多。拱形的窗户上贴着美丽的窗花，盖在我身上的被褥散发出好闻的阳光气息。就这样，我被这里的一户好心人家收留下来，并发生了一些有趣的故事。而最让姐姐高兴的是，在这里，姐姐认识了八路军的贺龙师长，并力所能及地做了一些为小野君和自己的同胞们赎罪的工作。

另外，听说我过去的学生许有年在你的学校里学习，而且这次咱们姐弟俩能相互了解对方的近况，许有年同学起了极大的作用。这可是一个非常聪明而又勇敢的小伙子，你一定要信任他，尽自己最大的能力去帮助他。

你不要给我写信，因为可以想象，这封信能到你手里，不知有多少人付出了多大的代价，要是有机会，我真希望你能到山西来看看我，我将亲口给你讲姐姐所经历的有趣故事，你会为你姐姐感到自豪的！随信寄去一张近照（这张照片是贺龙师长亲自给我拍摄的）。

好了，啰里啰唆地写了这么多，我想，你一定烦了吧。

爱你的姐姐智子

民国二十七年五月

伊藤友和看完信后，流着眼泪，哆嗦着双手到处翻照片，许有年赶忙将信封倒过来抖了抖，一张两寸大小的照片掉了出来。伊藤拿起照片仔细地看了看，只见照片上的姐姐身穿八路军军装，腰里别着一支小小的手枪，一副飒爽英姿的姿态，特别是眉心的那颗红痣更增加了姐姐的英武和娇媚。伊藤捧着姐姐的照片，眼泪“唰”的一下流了下来。隔了好一会儿，他才平静下来。他将姐姐的照片小心地揣进贴身的内衣兜里，站起身来，对着许有年毕恭毕敬地行了一个九十度的鞠躬礼。许有年完全没料到伊藤会有这样的举动，他赶紧站起来扶着伊藤瘦小的身躯：

“老师，您千万别这样，您这样我会难受的。您有什么需要我去做的，我一定尽全力去做！”

“我想到山西去见我姐姐！”

许有年顿了一下，说道：“老师，就是上刀山下火海我也敢陪你去，这事您就交给我了，您放心吧！”

二

许有年和伊藤谁也没料到，他们今晚的会面，都被训导主任牛斌躲在窗台下面，看得一清二楚。

牛斌今天一大早还没吃早饭，就发现许有年独自一人匆匆离校，他当即决定进行盯梢。他想知道许有年到底是干什么去了，自己也好给原田课长一个交代，说不定还会立个大功什么的，得到日本人的奖赏。

刚走到学校大门口，他就看见许有年站住了在看什么，他立即用手中的报纸遮住面孔，自以为得计，没被许有年发现。正在这时，牛斌听见后面有人叫他，他回头一看，是教机械制图的周天海老师。周老师笑着问道：

“牛主任，你这是干什么呀，报纸倒着看？”

牛斌仔细一看，举在面前的报纸果然拿倒了。他尴尬地咳了一下：

“我……我在练习倒着看报的功夫，嘿嘿……你……你管得着吗？”

说完，他将报纸放下来，再一看前面，哪里还有许有年的影子。他懊恼地拍拍自己的脑门儿，心想：

“这个周天海早不出现，晚不出现，刚好在这个节骨眼儿来打岔，他肯定也有问题，哼，到时候看我将你们一网打尽！”

正在这时，牛斌又听见有人在叫他，他抬眼一看，是自己的“酒友”，肥胖的“八戒”在叫他。他一下子又高兴起来：

“是富贵啊，你这是上哪儿去啊？”

“八戒”笑眯眯地说道：“我的一个亲戚给我带来两瓶四川的泸州老窖，我出去买点鸡、鸭、鱼肉，我亲自做几道菜，今晚咱哥俩来他个一醉方休，你看怎么样？”

牛斌一听有好酒喝，浑身一下子就酥软了：

“好哇！我一定来，不过咱们别喝醉了，喝一点意思意思就行了，嘿嘿……”

到了中午，牛斌想到晚上有那么多好吃的和好喝的，就决定再饿上一顿，晚上多吃点。整个一下午他忍受着饥饿的煎熬，躺在床上等这顿美餐时间的到来。

好容易盼到了六点钟，这时，他已经是一天都没吃饭了。牛斌见“八戒”还没来叫他，就决定忍着饥饿起来出去遛遛，就在这时，牛斌远远地看见许有年匆匆朝着院长办公室走去，他仿佛一下子就忘记了饥饿，像一只嗅到了猎物香味的狐狸一样，无声无息地跟了上去。而他的这一切，又被另一双眼睛盯上了……

牛斌看见许有年进了伊藤的办公室后，只听“咔嚓”一声，门锁从里面锁上了。他赶紧将耳朵紧贴着门，只感觉耳朵里“嗡嗡”的什么也听不清，他又悄悄地跑到外面，只见院长办公室的窗户大开着，他心里一喜，不顾窗台下堆积的尘土和垃圾，蹑手蹑脚地来到窗户下面，他刚蹲下来，就听见屋里伊藤说道：

“……我想和你一起分享这份快乐，拜托了。”

然后两人再也没说话，只听一阵“沙沙”纸张翻页的声音。牛斌慢慢抬起头来，往屋里看去，只见伊藤和许有年正在灯光下聚精会神地翻看着什么。这时，他的肚子不争气地“咕咕”叫了起来，吓得他脖子一缩，蹲在地下，幸好屋里的两个人正在聚精会神地看着什么，都没注意到窗外的动静。

牛斌在窗外就这么蹲了一个多钟头，天完全黑了下来。他又饿又渴，情不自禁地想到“八戒”的酒肉，他使劲咽了口唾沫，真想赶快离开这儿，到酒桌上去。

就在这时，牛斌听见屋里有动静了，他慢慢直起腰来，往屋里看去，只见伊藤友和捧着一张照片在流泪，他好奇地伸着脖子仔细看了一眼照片，大吃一惊，照片上竟是一个漂亮的女八路！他不敢相信自己的眼睛，揉揉眼睛想再看时，只见伊藤站起来，竟然给许有年恭恭敬敬地鞠了一躬，并说道：“我想到山西去见我姐姐……”

正在这时，不远处传来八戒的喊声：“牛主任，你在哪儿啊，吃饭了……”

牛斌赶紧一缩脖子，半蹲着、贴着墙根儿一溜烟儿地跑了出去。他悄悄来到“八戒”身后，故意咳了一声，八戒回头一看：

“哎呀，牛主任啊，你去哪儿啦？害得我到处找你，菜也凉了……”

突然，八戒大惊小怪地喊道：

“哎呀，牛主任，你这是钻女澡堂子去了？看你这一身弄得……”

牛斌赶紧上去捂住八戒的嘴，四处看了看：

“小声点儿，你喊什么呀，吃错药了还是怎么的？走，喝酒去！”

说完，拍拍衣裤，一甩头发，扬扬得意地、一拽一拽地带头朝八戒的屋里走去。

进屋后，牛斌一眼看见满桌的佳肴，口水情不自禁地淌了出来，只见桌上一大一小两个酒杯都斟满了酒，他连忙抓起大杯子，一仰脖子，一杯酒一滴不剩地倒进了嗓子眼里，觉得还不过瘾，又提起酒瓶“咕嘟，咕嘟”地灌下半瓶，这才大呼：

“好酒哇！真过瘾啊！”

八戒心疼地喊道：“天呐，那儿有像你这样喝酒的，你把这酒当成二锅头了！”然后摇摇头嘀咕道，“真是的，就像一辈子没喝过好酒似的。”

牛斌空肚子一口气喝了这么多酒，已经觉得有些头晕了，他大着舌头说道：“八戒，别那么小家子气，老子要……要发了！到时候老子请你喝茅……茅台，喝洋酒……”

八戒瞪大眼睛：“你吹吧，还茅台、洋酒呢，到时候你去喝马尿吧！”

“你不信？老子今……今晚又……发……发现了一个天大的秘密！”

接着，他大着舌头将今晚的“发现”说了出来，最后还加了一句：“这可……可是军事秘密，泄露了可是要杀头的啊！你可千万要保……保密！明天一大早老子就去报……报告给土肥原太……太君，这金票不就是大……大大的！”

八戒一听，立即满脸堆笑：“哇，真的发了，那您今晚一定要多喝点！到时候小弟还要仰仗您发财呐。”

说完换了一个大碗，将半瓶酒全部倒进去，恭恭敬敬地递在牛斌手上：“来，牛主任，小弟我敬你，干了这碗酒，咱们的事就成功了一半！”

牛斌醉眼蒙眬地接过大碗，竟真的一口气将一碗酒“咕嘟咕嘟”地全部喝干，而八戒只将酒杯在嘴边沾了沾。他冷眼看着牛斌喝完，立即又开了另一瓶泸州老窖，给牛斌又斟了满满的一大碗：

“哎呀，看不出来啊，牛主任真是海量啊，来，小弟再敬你一碗，喝了这一碗咱们就打住，明晚再继续喝。”

这时的牛斌早已烂醉了，他机械地端起大碗，还没喝就洒了一小半，但嗜酒如命的他还是颤颤巍巍地将酒碗凑在嘴边，又“咕嘟咕嘟”地将大半碗酒全部倒进空空的胃里。还没有放下酒碗，牛斌就两眼一翻，僵在了那里，只听酒碗“啪”的一声落在地上，摔得粉碎。接着，牛斌慢慢地缩倒在了地上。

第二天一大早，八戒急急忙忙地跑到院长办公室，结结巴巴、语无伦次地对伊藤院长报告说：

“院……院长……做……做主啊……不……不好了，昨晚我和牛主任喝……喝了酒后，他就回去睡了。今早我去叫他，发现他已经醉……醉……醉死在床上。院长，你……你可要为我做……做主啊。”

伊藤赶紧跟着八戒来到牛斌的住处。只见门外围了许多老师和学生。他还没进门，一股酒气扑鼻而来。他捂着鼻子进屋一看，只见牛斌俯扑在床上，床边还倒放着一只空酒瓶子。伊藤厌恶地皱了皱眉头，用还不太熟练的中国话喊道：

“唔，臭死了，给我抬出去卖（埋）了！”说完一甩手，扬长而去。

当天中午，特高课的原田课长亲自来到学院，他首先将八戒叫进办公室。八戒点头哈腰地进屋后，只见屋里坐了包括伊藤院长在内共有四个日本人。他战战兢兢地站在中间，只听原田和气地问道：

“你的，朱富贵的？嗯？老实的说，牛斌真的是醉死的吗？不是被你药死的吧！”

八戒惊慌失措地喊道：

“冤枉啊太君，牛主任昨晚整整喝了我两瓶好酒，我是劝也劝不住啊。谁都知道我和牛主任是哥们儿，我为什么要害死他呐……”

原田面无表情地哼了一声：“哼，牛斌死前给你说过什么没有？”

“太君，我不敢隐瞒，牛主任和我喝酒时确实说过一些话，我……这个……”

他瞟了一眼伊藤院长和其他人，原田见状，立即客气地对伊藤和另两个日本人说道：

“请你们都先出去，回避一下！”

伊藤和另两个日本人都站起来，走了出去。原田回过头来，满脸堆笑地说道：“唔，你的，现在可以慢慢的说！我的知道，你是中国人的这个！”说着，原田竖起了大拇指。

八戒四处看看，神秘地对原田说道：

“太君，牛主任昨晚告诉我，伊藤院长和一个叫许……许什么的……”

“许有年？嗯？”

“噢，对了，是，是个叫许有年的学生，他俩的关系非常密切。”说到这里，八戒故作神秘地压低了声音：“牛主任昨晚蹲在他们的窗下，看见他们俩正在……嘿嘿，太君，你猜他们俩在干什么？”

原田立刻站了起来，伸长脖子，急切地问道：“他们在什么的干活？！”

八戒瞪大了眼睛，做出一副不可思议的表情：“哎呀，可不得了啦，一个大大的日本太君，居然在跟一个小小的中国学生学什么中国话！牛主任一下子气得啊，那个什么，太君，你想啊，如果伊藤院长跟着那个姓许的学生学会了中国话，还要咱们牛主任来干什么？太君，你说是吧？所以啊，咱牛主任那个气啊没地儿出，就可劲儿地喝酒，当时我是劝都劝不住啊！唉，这也难怪，咱们中国不是有句古话，叫什么‘借酒浇愁愁更……’”

“够了！”原田再也不能忍受八戒的啰唆，吼道：

“八嘎！你的，滚出去，出去后不许乱说话的，否则死啦死啦的！”

“哎，我的，不敢乱说话的。我不想死啦死啦的。”

说着，八戒点头哈腰地退了出去。

就这样，牛斌“醉死”一案，就这么不了了之。至此，许有年和伊藤的友谊，更加牢固地发展下去。而朱富贵，也就是八戒，在圆满地完成了自己的任务之后不久，就辞去了学校的工作到新的工作岗位上去了。

新中国成立后，朱富贵在唐山民政局工作，于1953年不幸因脑溢血病逝。

第六章

一

许有年将伊藤想到山西去见姐姐的急切心情向党组织作了汇报，中共北平市委非常重视这件事，立即通过电台向党中央北方局请示，第三天就收到了回复：

“同意，但要确保‘伊’的安全，启程日期定后，来电告知。”

吴明将这个消息告诉了许有年，许有年当晚就对伊藤说道：

“我的朋友愿意帮助咱们到山西去见智子老师，关键是你有时间走吗？”

伊藤一听可以见到姐姐，异常兴奋地说道：

“我当然有时间啦；你忘了再有十几天学校就要放暑假了吗？本来，日本有关当局安排我到青岛去度假，我已经推辞了，这段时间我的行动谁也管不着，完全由我自己支配。我正想告诉你，请你陪我到山西去一趟，一切费用由我来承担。”

许有年笑了：“老师，费用是小事，你想过没有，从北平到山西这么远的路，中间有日占区、国统区，随时都有可能遇到日本军队、国民党的中央军、晋绥军和共产党的军队。一路上的情形非常复杂。你的中国话到现在还不能像智子老师那样对答自如，一旦遇到了情况咱们怎么应付？你想过吗？”

伊藤一听，是这个理儿，他挠挠头：“那你说该怎么办？”

“我想，咱们这样，本来，从北平到忻州走大同这条路较近，但据说这条路上刚打过一个大仗，日本军队和晋绥军最近盘查得非常严，我们只能绕道而行，走石门（石家庄）这条线。咱俩一路上化装成逃难的平民父子，你装哑巴父亲，我扮成你儿子，一路上你尽量少说话，一切由我来应付，你看怎么样？”

伊藤毫不犹豫地急切说道：

“好，咱们就这么办，什么时候能出发？”

“学校一放假咱们就走，一切都由我来准备，你就不用管了，你说好吗？噢，还有，你准备两张证件照片，到时候有用。”

“好，就这么办！这段时间学校里你不用请假，你就去准备吧。”

当晚，许有年来到郭蕴家。郭蕴现在已经是个十六岁的大姑娘了，正当花季的郭蕴，内心已经深深地爱上了许有年这个聪明而又朴实的大哥哥，虽然美丽的郭蕴在外不乏追求者，但在郭蕴的心里，只有许有年才是她心目中的“白马王子”。而许有年也非常喜爱这个小妹妹，每次只要一看见小郭蕴，他的疲劳和一切烦恼都被统统抛得远远的。

郭蕴看见出现在家门口的许有年，兴奋得尖叫了一声，不顾英杰哥哥在家，就像小时候一样，一下子扑在许有年的怀里，郭英杰一看，嘴里“啧啧”几声，笑道：

“哎呀，都这么大的姑娘了，还没羞没臊的，让人家进屋再黏人好不好！”

许有年的脸一下子就红了，他憨厚地笑了笑：

“快进屋，让你哥见笑了。”

郭蕴撒娇地说道：“我不嘛，我不怕他笑，笑掉他几颗大牙才好呢！”

调侃了一阵后，许有年坐在沙发上，看了看郭英杰。这时，他发现郭英杰瘦了，脸色苍白，时不时地还咳嗽两声，他关心地问道：

“英杰哥，你病了？怎么脸色这么难看？”

郭英杰苦笑了一下：“已经有些日子了，估计是感冒了，没什么大不了的，死不了！”

“哦？你没去看医生？”

郭蕴噘着嘴说道：“我已经说过好多次了，让他去看医生，可他像个癞皮狗一样，死活不去，我都快急死了！”

郭英杰揶揄地说道：“头疼脑热的着什么急啊。我要真死了还怕没人管你吗？哎，你还愣在那里干什么，还不快给你日夜思念的心上人倒杯水喝。”

郭蕴的脸一下子红到了脖子根，她狠狠地瞪了哥哥一眼，赶紧将刚沏好的茶递给许有年。哥哥最后的那句话倒真是说到她心里去了。她又偷偷瞟了许有年一眼，心里觉得甜甜的。

许有年接过郭蕴递给他的茶杯，吹了吹浮在上面的泡沫，笑着说道：

“英杰哥，郭蕴妹妹，过几天我要回老家去一趟，今天我是特意来告别的。”

由于组织纪律的约束，许有年不能告诉他们真实情况。

郭蕴愣了一下：“回老家？你要回东北？不会是你家里要给你说媳妇吧？”

凭着女人的第六感官，郭蕴莫名其妙地感觉到了一丝担心，她瞪大眼睛望着许有年：

“有年哥，兵荒马乱的，我不放心你一个人走，要不这样，等学校放了假，我陪你回去，我还从来没有回过东北老家，我也想回去看看，有年哥，你说好不好嘛？”

说着，她撒娇地轻轻推了许有年几下。郭英杰在一旁窃笑道：

“你有年哥一个人利手利脚地出门多方便，带上你这么一个累赘才不安全呢。要是在路上遇到一帮日本关东军的色狼……”说着，郭英杰装出一副色狼样，伸着“爪子”向郭蕴扑去，“哈哈，花姑娘的，大大的好！”郭蕴吓得尖叫一声，顺势扑倒在许有年的怀里。

二

学院终于放假了，这天晚上八点，许有年和伊藤穿着平民的服装，上了北平到娘子关的火车。伊藤不知道，在离他们座位不远的斜对面，还有另外一位北平地下党的同志在暗中护送着他们。

列车慢慢启动了，许有年舒了口气，他向那位同志轻轻地点点头，慢慢闭上了眼睛。为了确保伊藤的安全，他和同志们做了大量的策划和准备工作，实在太累了，他渐渐地进入了梦乡。

突然，许有年被一阵尖锐刺耳的急刹车声惊醒了。他抬头一看，列车停了下来，只听见车窗外远处传来一阵阵的枪声和手榴弹的爆炸声，车上的乘客们纷纷趴在车窗上往外看，只见窗外漆黑一片，凭借远处手榴弹爆炸的亮光，可以看到前面不远处黑黢黢地像长蛇一样停了一列货车，许有年凭多年的铁路工作经验，立刻认出那是一列日本人的军用列车。正在这时，车厢两头一下子出现了几个荷枪实弹的日本兵和一个中国乘务员。只听乘务员大声喊道：

“太君命令大家立即关上窗户，不许往外看，否则格杀勿论！”

许有年见乘务员走过来，就轻轻地问道：“道哥（当时铁路内部对乘务员的称呼），现在是在哪儿？发生什么事了？”那个乘务员一愣，回头看了许有年一眼，立即认定这位乘客是铁路内部职工，他向两头看了看，悄悄地说道：

“刚过了保定，现在正遇见共产党的游击队在袭击前面那辆货车，并扒了一截铁轨，现在皇军正在抵抗和抢修铁路。不用怕，这事儿在这条线上经常发生，我们已经习惯了，没什么危险。”接着，他看了看已走在他前面的两个日本兵，俯下身来，压低声音说道：“放心吧，共产党不袭击客车。”

许有年一听，心里感觉非常振奋。内心暗暗为同志们的袭击行动喝彩。

不一会儿，枪声渐渐平息了。许有年抬眼看了看伊藤，只见他趴在小桌上又睡着了。而那位暗中保护他们的同志正睁大着眼睛，警惕地观察着四周。

不知睡了多久，许有年又被一阵吵闹声惊醒，他睁开眼睛一看，天已经大亮了，列车正在缓缓地行驶着，过道上有两个喝得醉醺醺的日本兵正在嬉皮笑脸地将一个农村少女往后面车厢拉，少女身后跌跌撞撞地跟着一个上了年纪的老大娘。大娘的额头流着血，血水和她的泪水混合着布满了她那苍老而又惊恐的面孔。只见她的一只枯瘦的手向前伸着，嘴里无力地喊着：

“老总，行行好……”

那个少女也在大声惨叫着：

“奶奶……奶奶……大爷，大叔们，快，快救救我呀！”

但车厢里的乘客们都是敢怒而不敢言，有的人甚至将头掉开，装作什么也没看见。许有年一看，气得浑身发抖，刚要站起来，没有预料到的事情发生了：只见对面坐着的伊藤“呼”地站了起来，瞪大着愤怒的眼睛，对着刚好经过他身边的日本兵狠狠地扇了一个耳光，并用日语大骂：

“八嘎！给我住手！你们居然敢在光天化日之下调戏妇女，给大日本皇军丢脸！”

两个日本兵一下子就愣在那里，他们看了看穿着一身打着补丁的平民服装的伊藤，突然将手里的“三八大盖”对准伊藤，一拉枪栓，吼道：

“你是干什么的！”

许有年见坐在一旁负责保卫工作的那位同志已经将手伸向腰间，准备掏枪，他向那位同志使了个眼色，示意他不要莽撞行动，然后不慌不忙地站起来，从兜里掏出一个证件，抛给一个日本兵，用日语骂道：

“八嘎！这位是伊藤大佐，瞎了你们的狗眼！算你们运气好，我们正在执行一项秘密任务，没工夫来处理你们，快滚！”

两个日本兵疑惑地看了看许有年递给他们的证件，赶紧将枪收起来，“啪”地立正：“对不起，长官……”

许有年两眼一瞪：“滚！”

两个日本兵又是“啪”地立正，灰溜溜地跑走了。那个少女惊疑地看着许有年和伊藤，不知道该怎么办，坐在一旁的那位同志赶紧扶起倒在过道上的大娘，和蔼地对少女说道：

“快扶你奶奶回到你们的座位上去吧，没事了。”

少女抹着眼泪，对着大家深深地鞠了一躬，搀扶着奶奶跌跌撞撞地往回跑去。

伊藤气得瞪大着眼睛，坐在那里直喘粗气。

许有年闭着眼睛坐了一会儿，然后站起身来，对担任保护他们的那位同志使了个眼色，就向厕所方向走去。在车厢连接处，许有年点燃一支烟，使劲吸了一口，轻轻地对随后跟来的那位同志说道：

“我们已经暴露了，下一站必须下车！”

那位同志点点头：

“好！我也是这么想的，下一站是正定，离石门不远了。那里有我们的一个联络站，有事我们可以请他们帮忙。”

“不用了，咱们这次的任务，知道的人越少越好。”

在正定，他们下车后，沿着铁路往西步行而去，那位同志远远地跟在后面。直到现在，伊藤都还没有发现还有另一个人也正在暗中保护着他。

下午五点，他们又在石门上了西去的火车，当晚十点，他们在事先约定的娘子关下了火车。出站后，只见车站外的黑影处孤零零地停着一辆全身漆黑的马车，两匹健壮的黑马正不耐烦地蹶着蹄子。许有年走过去，对着坐在车上正在打量着他的一个五十岁左右的车把式问道：

“老板，去南边吗？”

车把式眼睛一亮，说道：

“不，不去南边，去北边！”

许有年一听对上暗号了，赶紧叫等在不远处的伊藤过来上车。伊藤上车后，许有年将车帘放下，回身对已经完成任务，准备返回北平的那位同志挥挥手，跳上马车说道：

“走吧！”

马车立即飞快地跑了起来，赶车的车把式专注地操控着两匹黑马，马鞭不时地在骏马的耳边炸响，许有年和伊藤感觉马车就像是要飞了起来，但奇怪的是，这么快的速度车内却并不觉得怎么颠簸。就这样，天不亮就到了盂县境内。

还未进县城，马车渐渐慢了下来，许有年掏出怀表看看，已经是凌晨四点半了。这时，天边已渗出一丝晨曦。许有年和伊藤刚想眯一会儿，只听车把式低声说了一声：

“注意，前面有狗！”

伊藤并没有听懂车把式的话，闭着眼睛没有吱声。而许有年却一下子紧张起来，他撩开布帘向前方张望了一眼，只见在不远处有四五个黑影站在路中央，车还没到跟前，只听“哗啦”一声枪栓响，接着有人大声喊道：

“干什么的？停下！再不停下老子要开枪了！”

许有年意识到，遇到伪军的临时检查哨了。只听车把式“吁”的一声，停下了马车，然后他不慌不忙地跳下车，走到那几个伪军面前：

“老总，辛苦了，我们都是大大的良民。”

说着，从裤兜里掏出“良民证”和两块银圆，塞在那个领头的伪军手里。那个伪军看也不看“良民证”，只是将银圆掂了掂，走到马车跟前，撩起布帘往里看了看，见只有两个大男人坐在车里，没什么油水可捞了。他脖子一扬，大喊一声：

“走吧！”

就在这时，忽听旁边有人大喊一声：

“站住！”

从路边又走出一个人来，只见这个人歪戴着礼帽，敞穿着一件白色的暗花绸布褂子，裤脚塞在白色的袜子里，腰间吊着一把二十响的驳壳枪。一边伸着懒腰打呵欠，一边瞟了一眼伪军手中的两块银圆，摇摇晃晃地向马车走来。

那个伪军一看：

“哦，是便衣队的马队长啊，您醒来了？这个我已经检查过了，没有问题，我放行……”边说边悄悄地将银圆揣进裤兜。

“哼，你检查过了，我就不能再检查了吗？要是放过了八路，小心皇军要你的狗命！”

马队长边说边撩起布帘往车里看，许有年脸上赶紧挤出一副笑容，从兜里掏出一包烟，双手递给那个马队长：

“老总辛苦了！”

马队长看了看许有年，正欲伸手接烟，同时将目光投向坐在暗处的伊藤，刚看了一眼，他突然将欲接烟的左手缩回，猛地往后一跳，迅速拔出腰间的盒子炮：“给老子滚下来，否则老子开枪了！”

原来，伊藤早就忍耐不住了，当马队长撩开布帘时，他的愤怒就已经摆在了脸上，当马队长的目光和伊藤的目光相接时，伊藤愤怒的目光让马队长吓了一大跳，这才出现了刚才的那一幕。

许有年和伊藤慢吞吞地从车厢里钻了出来，许有年故技重演，他当着汉奸和伪军用日语与伊藤大声对了几句话后，从衣兜里掏出两本证件来，扔到马队长的脚下。马队长瞟了一眼脚下的证件，一下就认出这是皇军军官的专用证件，他颤抖着双手将证件拾起来，连翻开看一眼的勇气都没有，用袖子擦了擦证件表面上的尘土，恭恭敬敬地递到许有年和伊藤的面前：

“太……太君，我……我……”

站在他身后的几个伪军一听“太君”二字，立马“啪”的一声立正，站得笔直。

车把式在旁边说话了：

“好了，好了，你们也是在执行公务嘛，不过……”

车把式对着那个领头的伪军一搓手指头，那个伪军立即点头哈腰地从兜里掏出那两块银圆，媚笑地将银圆还到了车把式的手里。并回头狠狠地瞪了马队长一眼。车把式见许有年和伊藤上了车，他拖长嗓子大声地吼了一声：“嘚儿——驾！”马车朝着县城飞奔而去，车后扬起的灰尘将那几个失魂落魄的伪军和汉奸笼罩起来，而车上传来了一阵阵欢快的笑声。

在盂县，许有年和伊藤与车把式告别后，又分别换乘了三次马车，在马车上又摇了两天一夜后，终于于第三天下午到了神池县境内预先约定好的地方。下车后，伊藤已经累得说不出话了，他沙哑着嗓子用生硬的中国话感叹道：

“中国的土地可真……真大呀！”

许有年笑着道：

“别看咱们走了三天三夜，其实咱们只是在中国的一小块土地上行走啊。今后若有机会我一定带老师到中国的大江南北去走一走，到那时，老师再感叹吧！”

就在这时，远处出现了几个黑点，不一会儿，黑点渐渐近了，原来是一辆马车和几个骑兵，马车很快就停在离他们不远的前面，只见从车里跳下一个人来，快速向伊藤跑来，并用日语大声喊道：

“弟弟！”

伊藤仔细一看，跑过来的正是自己在这个世上唯一的亲人姐姐伊藤智子。

“姐姐！”

他一下子忘记了疲劳，张开手臂抱住了迎面扑过来的姐姐。在这异国他乡，像做梦一样，姐弟俩终于相见了，伊藤智子百感交集，抱着弟弟呜呜地哭着，伊藤友和激动地喊着“姐姐，姐姐……”边喊边流泪。

当天晚上，因贺龙师长不在家，由政委关向应做东，在葛家大院专门为伊藤姐弟俩准备了一桌丰盛的晚宴。桌上摆满了羊肉饺子、粉面饸饹、胡麻油炸糕和凉拌苦菜等，这些菜，全是当地的特色菜，伊藤别说吃，过去连听都没听说过。姐弟俩坚持要许有年和他们一块儿吃，许有年爽快地答应了。

吃过饭后，伊藤友和与姐姐一起将许有年送到给他安排的窑洞休息后，来到姐姐平时住的窑洞，在这里，伊藤处处都感到十分新奇。他东看看，西摸摸，感到像在梦里一样。姐姐帮他铺好被褥后，伊藤一点睡意都没有，他坐在炕沿对姐姐说道：

“姐姐，在你的信中你说到在这里有一户好心的人家救了你，而且还发生了一些有趣的故事，现在我就想听你讲这些故事，姐姐，你就讲给我听听好吗？”

智子笑道：“看把你急的，好吧，你要是不累，姐姐就讲给你听。”

三

智子坐在弟弟身旁，闭着眼睛回忆了一下，深情地说道：

那天，我迷迷糊糊地逃到一个偏远的山村，又累又饿，晕倒在路边，当我醒来时，发现自己正躺在一个陌生的窑洞里，雪白的窗户纸上贴着美丽的窗花，身上盖着充满阳光气息的被子。

就在这时，一个农村大嫂和一个十岁左右的小妹妹掀开门帘走了进来。大嫂的手里端着一碗热气腾腾的玉米糊糊，她慈眉善眼地对我说道：

“来，喝上一碗玉茭子糊糊哇。”

玉米的清香一下子就充满了整个窑洞，并诱惑着我空空如也的肠胃，我赶紧坐了起来，接过大嫂递给我的碗，含着热泪说了声“谢谢！”然后不顾礼节“呼噜噜”地将一碗滚烫的玉米糊糊喝得精光。大嫂笑着慈祥地看了我一眼后，就出去了。那位小姑娘一直瞪着大眼睛看着我不吱声，见我吃完了后，她接过碗，放在炕对面的一只大木柜上，开口对我说道：

“是我大大，在村外沟里放羊时见你昏倒在地上，把你背了回来。”

我在忻州农村住了几个月，当地口音也基本上能听懂了，听她说完后我点点头，笑着问道：

“小妹妹，你能告诉我这里是什么地方吗？”

小姑娘听我说完后，愣了一下，回头就往外跑，只听她大声喊道：

“二哥，二哥，你快来，这个女人枣牙无滥的（完全听不懂的意思）也不知道在说些甚。”

这时，进来一个大约十三四岁的小男孩，只见他较瘦长的个儿，长着一张秀气而又充满朝气的面孔，一双透露着精明的眼睛忽闪忽闪地看了看我，笑着问道：

“听口音你不是本地人吧？”

我点点头：“我是从关外逃难过来的，我姓唐，叫唐智子。你能听懂我说的话吗？”

“当然能听懂，你说的是东北话，我们学校教国文的老师就是东北人。”

我一下子就高兴起来，向他提了很多问题，他安静地听我问完后，不慌不忙地说道：

“我们这里是神池县小井沟村，我们家姓张，我叫张银保，你就叫我银保子吧。”接着，他指着一直躲在他身后、两只大眼睛忽闪忽闪地盯着我看的小女孩说道，“这是我妹妹，你就叫她小娥吧。”

小娥羞涩地对我笑了笑，并友善地对我点点头。我一看见小娥的大眼睛，立即想起了自己的女儿花子，我噙着眼泪向小娥招招手，小娥乖巧地来到我面前，我一把抱起了小娥，眼泪再也忍不住扑簌簌地掉了下来。

银保子接着又说道：“我们一家商量过了，你要是愿意的话，就暂时住在我们家，我们就叫你妗子（舅妈）吧，你说好吗？”

我用手背擦了擦颊边的泪水，使劲地点点头：“小弟弟，谢谢你们了！”

就这样，我在小井沟村住下了。渐渐地，我了解到他们家在这个偏远的山沟里还算比较富裕。而银保子是个高小毕业的少年，他非常聪明，在村里也算是个“秀才”吧。他还有一个老实巴交的大哥，但很少听见他大哥说一句话，用他妈妈的话说，他大哥是“三棒子打不出一个屁来”的老实疙瘩。所以，这个家几乎是银保子说了算。他的父母都非常憨厚，平时话也不多，但二老为有这么一个有出息的二儿子而感到自豪，家里的大事小情都听银保子的。

这一带非常缺水，银保子的哥哥每天都要赶着毛驴到几公里外的一个深井去驮水，村里的人都非常珍惜用水，早晨起来，半盆水洗完脸后不能倒，还要留着洗其他东西，到了晚上再烧热了还要用来洗脚，最后泼在地里浇庄稼。但他们从来都不限制我用水。当然，时间长了，我也习惯了，并也学会了和他们一样节约用水。

闲暇之时，银保子又教会了我当地的许多土话，这些当地土话后来还救过我的命呢。另外，我还听说神池县有不少的青年都曾赴我们日本留学，特别是相邻的大严备村有一位叫崔玉梅的女人也曾赴日本留学。这些都使我感到有些莫名其妙的亲切。我甚至想，也许这里就是我的最后归宿。我甚至想，再过些时候将女儿的坟也迁到这里，我就在这里终生陪伴着她。如果不是后来发生的一些大事，我也许会真的永远在这里住下去，并最终将自己融入这片黄土地。

不知不觉就到了民国二十六年。这一年中，县城里和周围一些村庄都发生了很多大事，使这个远离尘世的“世外桃源”也震荡起来。

四月的一天，从县城里来了一帮学生，他们在村里又唱又跳地宣传抗日，我站在人群中，心里觉得酸酸的，虽然没有人知道我是日本人，但不知怎么的，我特别心虚，第一次为自己是日本人而感到不安，并为自己的同胞发动的这场侵华战争感到羞耻。

从这天起，村里的老少爷们儿和妇女们几乎每天都要在黄昏时聚集在村西头的一小块空地中，男人们抽着旱烟，女人们纳着“踢倒山”（一种非常结实的布鞋），他们都瞪大着眼睛，听着从县里回来的后生们绘声绘色地讲述县里和周围村庄发生的新鲜事：什么“县公道团与牺盟会发生摩擦”呀，什么“晋绥军一师在猴儿山、马头山一带修筑工事”啦，“八路军120师师长贺龙从义井抵县城进行演讲”啦等。空气中充满了“小兰花”烟丝呛人的香味和人们不时发出的感叹声。但最具有爆炸性的消息是“日本人的飞机轰炸了八角堡和利民堡”。听到这个消息后，村民们都惊呆了，因为利民堡离小井沟村很近，村民们每逢大集都要成群结队地到那里去赶集。

十月的一天上午，小娥缠着我要我和她到村外的小山沟里去抓“屹狸”（一种类似松鼠的小动物）。我俩提着银保子做的小笼子，刚走出村口不远，迎面来了四五个当地农家打扮的陌生男人。本来，这几个月来，由于局势紧张，进出这个偏远的小山村的陌生人也多了起来，我和小娥也没太在意，我们朝他们看了一眼后，低着头继续往前走。但当这些人和我们擦肩而过时，我感觉到他们当中的一个人抬眼瞟了我一眼。并皱了一下眉头。就在这时，像在我耳边响了一声炸雷似的，我突然听见这个人说了一句我久违了的，熟悉的乡音："等等，去盘查一下她们俩！"

我一激灵，对方讲的是日语！我的心一下子就提到了嗓子眼上。只见一个三十来岁的汉子对说这话的人哈了哈腰后，径直向我们走过来，用本地话对我问道：

"哎，你们垦哪圪呀？"（你们到哪里去？）

小娥见他们不善，吓得躲在我的身后，瞪大着眼睛看着他们。我很快就镇定下来，也用当地话说道：

"你这人真有些儿日怪（奇怪），我们垦哪关你甚事！"

我转身对小娥说道：

"咱们不罕这人叨拉了，欢欢儿走哇。"（我们不和这人多说了，快点走吧。）

那汉子回头看了看他的主子，又回头对我问道：

"哎，你们村里有没有一个外路女人？"

"外路女人？哦，年时（去年）有过一个穿得德溜连挂（破破烂烂）的女人路过村口，人家早就走了，也醒不迭垦哪圪啦（不知道到哪儿去了）。"

一个人将我的话翻译给日本人后，那个日本人愣了一会儿，从兜里掏出一张发黄了的照片看了看，又用疑惑的眼神看了看我眉心的红痣，用生硬的中国话对那个汉子问道：

"嗯？这个女人真的是当地人吗？！"

"没错，一口土得掉渣的神池话，外路人是学不来的。"

那个日本人又瞪着眼仔细看了我一会儿，又看了看我身后的小娥，压低嗓门儿，用日语温柔地对小娥说道："花子小姐，你还记得你爸爸小野君吗？"

他一提起花子和小野君，我的心就一哆嗦，眼泪不争气地"唰"的一下涌了出来。那个日本人只要一抬头，我就暴露无疑！但他和其他人正专心地注视着小娥的表情，没人注意到我，我赶紧抬手迅速揩干了眼泪。

小娥莫名其妙地瞪眼看了他一眼，又抬起头来对我说道：

“妗子，这个人枣牙无滥地在说些甚？”

旁边一个翻译模样的人点头哈腰地用日语对那个日本人说道：

“太君，这个婆娘这么老，不像是你要找的人。另外，这个小孩最多十岁，而照片上的女孩到现在也应该有十五六岁了吧。嘿嘿……”

那个日本人又看了我一眼，最终点点头，轻轻嘀咕了一句：“开路！”

一行人又沿来路灰溜溜地往回走了。那个日本人走了几步后，又回头看了我们一眼。见他们走远后，我这才拍拍胸口，长出了一口气，一滴眼泪止不住地滴了下来。

现在，我隐隐约约地感觉到这里也不是最安全的地方了。那些人要不是正巧遇上的是我，而是遇见了其他村民，其后果可想而知。我心里盘算着：等银保子回来后，和他商量一下，能否送我到离这里不远的梁后村去躲上一阵子，那里比小井沟还要偏僻得多。

但是，这段时间银保子几乎没有回家，小娥悄悄告诉我：“二哥每天都在义井镇忙，共产党的八路军120师就驻扎在那里。”

“共产党？”我一下子就兴奋起来，是共产党救了我的命啊！我赶紧问小娥：

“义井镇离咱们这儿远吗？”

“哎呀，可远啦，有一百多里路呀。”

我想，一百多里，不就是几十公里路吗，我能从一千多公里外走到这里，这几十公里算什么呀，我得赶紧去找共产党，否则夜长梦多。我迫不及待地对小娥说道：

“我要到义井镇去找你二哥，你快告诉妗子到义井镇该怎么走？”

“这还不简单吗？明儿让我大哥送你去呀。”

第二天一大早，小娥的大哥真的牵了头毛驴将我送到了义井镇，到了义井镇已经是晚上了。在镇口，我们被站岗的士兵拦了下来。我立即用东北话直截了当地对这位士兵说道：

“兄弟，我要见你们的长官，我是日本人。”

那个士兵和小娥的大哥顿时都大吃一惊，愣了好半天那个士兵才大喊了一声：

“快来人啦，这里有两个日本奸细！”

只见从黑暗中一下子就冲出来了四五个士兵，团团将我们围住。他们将我和小娥的大哥押进一间大屋里，一个人飞快地跑去报告，其余的人都端着枪虎视眈眈地盯着我们。此刻，小娥的大哥已吓得浑身直打哆嗦，蹲在地上唉声叹气的，一句话也说不出来。

过了不一会儿，匆匆忙忙地来了几个人，领头的是一个留着漂亮的小胡子、右手捏着一个烟斗的当官模样的人，他刚走到门口，所有的士兵都“啪”的一声立正敬礼。他一看见我，第一句话就喊道：

“你就是伊藤智子女士吧？哎呀，我们终于见到你了！”

“您是……？”

只见他笑眯眯地对我说道：

“哦，自我介绍一下吧，我就是你要找的长官，我叫贺龙。”

“贺龙？贺龙师长？你就是大名鼎鼎的贺龙师长？”

我的眼泪一下子就流了下来。

贺龙仔细看了看我，幽默地说道：

“唔，你的精神比我想象的好多了。看来，咱们的老百姓没有亏待你呀。”说完，他爽朗地哈哈大笑起来。

贺龙吸了口斗烟，接着说道：

“你知道吗，现在不光是我们在找你，日本人也在找你啊，据我们得到的情报说，不管是日军还是皇协军，只要抓住你，赏大洋五百。你晓得吗，你可值钱嘞！”

说完，贺龙又爽朗地笑了起来。

“哎呀，光顾高兴了，你们还没吃饭吧？小李，赶快通知厨房，准备点好吃的东西。”

“是！”警卫员小李飞快地跑了出去。

“噢，这位老乡是……？”

“哦，他是小井沟村的村民，是他们一家人救了我，村里人到现在都还以为我是他们的本家妗子呢。为了不给他们家添麻烦，我一直都没敢告诉他们我是日本人。他还有一个非常聪明的十五岁的弟弟，是他教会了我当地土话和这里的民风民俗，使我完全融入这个小山村，并轻而易举地躲过了我的同胞们的搜索。哦，他弟弟现在也在义井镇呢。”

“噢？他叫什么名字？赶紧请过来，我要当面感谢他救了咱们的日本友人！”

小娥的大哥高兴得一下子站了起来：

“我醒得他在甚地方，我寻他去。”说完，一溜烟就跑了出去。

贺龙师长紧接着又问我：

“你下一步打算怎么办，我们尊重你的选择。但是，我给你一个建议，你能否暂时留在我们部队里，因为你现在已经完全暴露了自己的身份。如果回去的话。日本人将会很快就找到你的。”

我一听，这正合我意，我非常兴奋地说道：

“是共产党救了我的命，我非常愿意留在这里。但是我……我留在部队里能做些什么呢？总不能让部队白养着我吧？”

“你要是愿意留下来，可做的事太多了，首先，你可以教我们的干部和战士学日语，听说你过去在东北时就教过日语，教学经验非常丰富，你的学生们口语都非常好，最可贵的是你的汉语又说得这么好，你要是不说，谁也不会认为你是日本人。第二，你可以做翻译工作和做战俘的工作等。这些工作都是非常重要的啊！”

就在这时，银保子和他大哥急匆匆地赶来，贺龙回头一看，立即指着银保子笑道：

“噢，小弟弟，原来是你呀，成天缠着我们的干部战士想要当兵的是你吧？成天在战地医院帮忙抬担架的也是你吧？唔，你现在还小，再过两年我亲自批准你入伍。你看好吗？……”

银保子于当年11月在神池县参加了革命工作，并取大名张烈夫，他屡立战功，很快就担任了县抗联主任等职务。1949年，张烈夫随军南下，于1992年年底在成都病逝。去世前曾任成都市农委书记、副市长等职。小娥的丈夫姚体信也曾任成都市副市长，姚体信于1976年因病去世，小娥现在仍健在。离休后在成都安度晚年。

就这样，我留在了八路军120师。在这里，我就像获得了新生，每天都过得非常充实，干部和战士们都非常尊敬、爱戴我，他们都口口声声地尊称我为老师，当然，我也非常尊重他们。

我经常回小井沟村去看望张家二老和他们的儿女们，是他们救了我的命，而且不要分文的报酬。这种无私的精神在中国到处都可以见到。

讲到这里，智子停顿了一下，看了看正在聚精会神地倾听他讲述的弟弟：

“弟弟，我刚才说的那些当地土话，你都听懂了吗？”

“没有完全听懂，但是我感觉挺有意思的，我现在也在跟许有年学汉语，到现在也能说几句中国话，但比起姐姐你可差远了，到这儿来的一路上，我只能装哑巴。”

说到这里，伊藤自嘲地哈哈大笑起来。

第二天一大早，智子领着弟弟和许有年在周围参观，刚走出离住处不远，就听见前面传来一阵悠扬而凄怆的歌声，只听一个清脆的女声唱道：

高粱叶子青又青，
九月十八来了日本兵。
先占火药库，
后占北大营，
杀人放火真是凶！
中国的军队有几十万，
恭恭敬敬让出了沈阳城……

伊藤友和虽然听不懂歌词，但被这首歌凄怆的曲调深深地打动了，他站在那里，闭着眼睛，右手情不自禁地轻轻打着拍子。歌声刚完，他迫不及待地要许有年将歌词翻译给他听。当许有年一句句翻译完了之后，只见伊藤的脸上挂着愧疚和不安，站在原地，半晌不说话。陷入了深深的沉思。

这时，一个八路军战士迎面走过来，用一口纯正的日语对智子说道：

"老师早，有什么需要我帮忙的吗？"

"谢谢，不用，我们随便走走。"

伊藤友和大吃一惊，睁大眼睛，疑惑地对那位战士问道："你……你是日本人？"

那位战士笑了笑："对不起，我不是日本人，我是智子老师的日语学生。"

伊藤智子骄傲地看了看弟弟：

"怎么样，连你都以为他是日本人，说明我的教学质量不错吧？"

他们信步来到一个挂着红十字标志的地方，智子说道：

"这是一所临时医院，走，咱们进去瞧瞧。"

伊藤和许有年跟着智子走进医院，只见医院里的墙壁和顶棚被粉刷得雪白，穿着白大褂的医生和护士们都在紧张地忙碌着，但到处都显得井然有序。

他们来到一间门口有个岗哨的病房，智子微笑着对站岗的战士点点头，那位战士"啪"地立正，左手撩开门帘，用日语对智子说道：

“老师您来了，请进。”

屋里并排放了两张病床，靠外的一张床上背对着门坐着一个腿上缠着绷带的人，他正在和靠里面的另一张病床上的人说着什么。见他们进来，腿上缠绷带的人赶紧歪歪斜斜地站起来，并对着智子敬了个军礼。智子赶忙走过去，扶着他，用日语说道：

“山口君，快坐下，小心你的伤口。”然后指着伊藤对他说道：

“我来介绍一下，这是我弟弟，叫伊藤友和，他今天专门来看望你们。”

刚说到这里，躺在另一张床上的伤员突然瞪大了眼睛，用微弱的日语喊道：

“伊藤老师……”

屋里的几个人同时吃了一惊，伊藤友和惊讶地回头仔细看了看那个伤员，好半天才喊道：

“井上俊男？井上君，真的是你，你怎么……”

原来，这两个日本兵都是120师在一次战斗中的俘虏，山口吉夫是一个中士军曹，大腿上中了一枪。而井上俊男是一位上尉，他是腹部被大刀砍了一刀，要不是被皮带和水壶挡了一下，他早就被大刀拦腰砍断了。刚抬回来那会儿，他俩拒不配合治疗，后来在智子的多次做工作后，山口吉夫渐渐认识到了这场“圣战”的欺骗性、战争对中国人民和日本人民的危害性，并主动配合治疗。而井上俊男到现在都还冥顽不化，非但拒不配合治疗，还拒不吃东西。医生们无奈，只好将其绑在床上，强制性地给他注射葡萄糖，维系着他的性命。到现在他已经奄奄一息了。

智子见弟弟认识井上，连忙将弟弟拉出门外，问他到底是怎么回事？

原来，井上俊男是伊藤友和在东京时的一个学生，在学校时，由于井上家里十分贫寒，伊藤经常用自己的薪水资助他，而井上为了感谢老师，也经常帮伊藤老师做一些力所能及的家务事，后来井上应招当兵来到中国后，还给伊藤老师写过几封信。在信中，他称伊藤老师为“自己一生中最为信赖，最为尊敬的人”。

智子将井上俊男的情况告诉了弟弟，伊藤友和听后，笑着说道：

“一把钥匙开一把锁，这事交给我吧！待会儿你们都出去，看我的。”

智子笑着点点头：“好吧，弟弟，这事我们就看你的了！”

说完，进屋去和许有年将山口吉夫搀扶出病房到院里慢慢散步。不一会儿，就听见病房里传出伊藤激动的骂声和井上微弱的辩解声，再一会儿，就只有伊藤的声音了。一小时后，伊藤笑着出来了：

“好了，给这家伙煮一大碗面去，将绑他的皮带解开，让他自己吃。”

就这样，内心封闭而又深受军国主义思想影响的井上俊男居然被伊藤友和轻而易举地融化了。后来，伊藤友和在八路军干部和许有年的协助下又和井上谈了几次话，使他彻底认识到了这场侵华战争的实质。

1941年11月，井上俊男参加了“日本在华士兵觉醒同盟”，并于1942年在延安参加了“反战同盟会”，做了大量的反战宣传工作，并受到了朱德和吴玉章的接见。井上俊男于1945年年底回国，于20世纪80年代病逝。

伊藤在山西一个月时间的所见所闻，再加上贺龙和他的一次促膝长谈，也使他完全认识到了自己所任院长的“铁道学院”对中国人民的欺骗性和危害性，他感觉到自己无意中成了日本政府侵华的工具和傀儡。他再也不能忍受了，决定一回北平就关闭这所伪“远东中央铁道管理学院”。

有关部门经过研究，认为伊藤个人是没有能力关闭“学院”的。你伊藤走了，日本政府还会派其他人来管理“学院”，这样的话，我党的一切努力将付诸东流。所以，有关部门又通过许有年给伊藤做工作，让他“循序渐进”，在半年之内不露声色地“俟机关闭”，不留后患。

就这样，伊藤回北平后，又勉勉强强地挨过了六七个月，伪“远东中央铁道管理学院”在1939年的2月正式宣布：“由于生源不足以及其他原因，学院暂停授课。”

伊藤和其他几个日本教员随即回国，再也不到中国来了。对此，日本当局也无可奈何。后来，这个“学院”再也没有复课。“学院”的寿命只有十个多月，就“寿终正寝”了。日本人完全没想到，他们精心策划的

“大东亚共荣圈”这么个怪物，就这样被共产党轻轻地掰下一条胳膊。

至此，许有年完美地完成了党组织交给他的这个十分艰巨而又“轻松”的任务。（日本人投降后，南京政府专门研究过“远东中央铁道管理学院”神秘关闭的内幕，但一直不得其解。这个疑点在《金陵遗史》[修订版]中有所记载。）

伊藤临回国前恭恭敬敬地对许有年鞠了个躬，并紧紧地握着许有年的手说道：

“我现在也清醒了，你们是站在正义的一方。你们最终会胜利的。还有，你们为我和我姐姐做了那么多事，我不知道该怎样报答你们，我现在知道你是共产党员，为了报答你们，我已向北平有关当局极力推荐了你，如果我的推荐能对你们的抗战工作有所帮助的话。也就算我为你们的国家做了一些我力所能及的工作，和表示我为自己的祖国对中国赎罪的诚意吧……”

学院关闭后，许有年又回到了丰台车站，由于伊藤友和的极力推荐，日本有关当局任命许有年为丰台车站的站长，原日本站长龟田寿已调至其他车站。

在这期间，许有年又去过郭蕴家几次，郭英杰的病情越来越严重，经中医诊断是“肺痨”，许有年找了很多有名的医生来给郭英杰看病，但看了后所有医生几乎都是摇摇头，开了几服无关痛痒的中药后就赶快走了。

天渐渐冷了，郭英杰躺在病床上已经奄奄一息。这几天，许有年和郭蕴一直陪伴在郭英杰的身边，郭英杰已经处于深度昏迷状态，有三天没睁眼了，郭蕴急得每天在许有年的怀里哭好几次。

这天傍晚，郭英杰忽然睁开眼睛，他看了看守候在他左右的许有年和妹妹，笑着说道：

“小蕴，你……你怎么啦？怎么眼睛肿得像核桃似的，我这不是还没……没死吗？”

接着，他又回头看了看许有年，苦笑着说道：

“我……我知道自己快……快不……不行了，小蕴就……就托付给你丫了，小蕴能认识你丫，她真……真是有福……福气啊。”

说完，他从被里伸出瘦得只剩一层皮的双手，颤抖着将许有年和郭蕴的手拉在一起，然后，他微笑着，慢慢地永远闭上了眼睛。

处理完郭英杰的后事后，许有年和郭蕴于1939年2月（也就是“学院”关闭的那天）喜结良缘。此后，他俩携手共同在日本人的心脏中战斗并生活着。

第七章

一

1942年初，抗日战争进入相持阶段。由于太平洋战争的爆发，致使日本军队颇感人力和财力之缺乏，便竭力推行它的“以战养战”的战略方针。日军盘踞在各地的许多重要岗位，都换上了他们十分信任的汉奸和伪军来管理。

北平的冬天，冷风卷着雪花刮了一天，到黄昏时才停了下来，留在空中的雪花，就像扇动着翅膀的白蝴蝶，轻轻地飘飞着。时任丰台车站站长的许有年站在窗前，望着纷飞的雪花，内心十分激动。

今天上午，他接到日本占领军驻北平最高司令部的调令，调他到保定火车站任站长职务，并限令三日内到保定车站报到。接到调令后，他立即找到吴明同志。

吴明仔细听了他的汇报，兴奋地握着他的手说道：

“小许啊，太好了！小鬼子的日子不长了，最近，我们又有许多同志打进了日本人的重要岗位，对我党来说，这是一支非常强大而又隐蔽的力量！你到了保定后，尽快和保定铁工委的赵华同志联系，他们会协助你的工作的。记住，你的联络暗号便是你的代号‘铁魂’。回答暗号是‘驱寇’。”

保定，是日本占领军在冀中的一个重镇。火车站位于保定城西门外，站长的职务一直是由日本人担任的。由于共产党的武工队和游击队不停地骚扰和破坏，致使沿线铁路从来就没有太平过。前任站长川岛信夫就在上个月，不知被什么人打死在他的办公室里。而且是近距离被不知是什么东西敲碎脑瓜而死的。川岛死后，站长的职务暂时由保定铁路最高指挥官，宪兵司令渡边大佐亲自代理，副站长是一个中国人，叫李瑞林，是一个胆小怕事、五十岁开外，整天一支铜烟袋不离手的小老头。

宪兵司令渡边大佐，个子不高，应征入伍之前，曾在东京交通大学读书。入伍后，他所在的部队被调遣到中国东北，由于他作战勇猛，又有文化，再加上关东军司令官长谷清川是他的娘舅，他很快就被提升为联队长，由于在一次战斗中他左腿中弹，治好后走路时有点瘸，故被调到保定任宪兵司令长官。渡边鼻子上架着一副金丝边眼镜，并始终戴着一双雪白的手套，给人一副儒雅的印象，但他内心却十分狡猾、凶残，他瞧不起同级军官，更瞧不起中国人，是个典型的法西斯分子。

此时，在他的办公桌前，摆着一份人事档案：

姓名：许有年

年龄：30岁

籍贯：辽宁怀仁县人

学历：沈阳交通学校毕业，远东中央铁道管理学院进修（大日本承办）

简历：历任北平至塘沽一线多个车站职员。曾任北平丰台车站站长职务。

……

最引渡边注目的是，在档案袋里，有一份铁道学院院长伊藤友和的推荐信，他称许有年是“日中亲善的表率，具有很强的铁路管理工作能力”等。

渡边在东京读书时，曾是伊藤的学生，他对伊藤老师十分敬佩。老师的推荐，使他对这个年轻的中国人产生了一丝好感。

这天下午两点，许有年穿着铁路站长制服来到渡边的办公室报到，一个日本卫兵领着他来到渡边的办公室门前，用日语喊了一声：“报告！”只听屋里：“进来！”许有年跟着日本卫兵走进了办公室。

一进门，就看见对面的办公桌上，一挺轻机枪的枪口正对着大门，桌子后面的墙上，挂着一面刺眼的太阳旗。靠近窗口的小茶几上，摆着一盘围棋的残局。渡边大佐背对着阳光站在窗前，他不理双手递给他公函的卫兵，两眼从棋盘上慢慢抬起来，透过金丝边眼镜的镜片直勾勾地盯着许有年，半天不说话。

许有年镇定地站在那里，两眼炯炯有神地看着渡边，也不出声。就这样僵持了好几分钟，渡边脸上才慢慢挤出了一丝笑意，用生硬的中国话说道：

“你的，许有年君？哟西，年轻人，大大的好！”

接着，渡边右手一指旁边的椅子：“坐，坐下的说话。”然后用日语对还站在那里的日本兵说道：“唔，给他倒杯茶，然后叫王翻译官进来。”

令渡边意想不到的是，许有年突然用一口纯正的日语说道：

“谢谢渡边君，我不喝茶，来杯白开水就行了。”

渡边吃惊地抬头看着许有年：

“你会日语？在哪里学的？”

许有年接过日本兵递过来的白开水，慢慢地坐在椅子上，看着渡边，笑着说道：

“在我们东北家乡，很多人都会说日本话，渡边师兄不应该不知道吧？”

渡边猛然想起，档案上写着许有年是东北辽宁人，而渡边也在东北关东军当过三年兵，知道“愚民教育”政策。那么，许有年会说日本话，渡边也就不觉得奇怪了。

这样一来，说中国话十分费劲的渡边顿时对许有年又多了一丝亲近感。

交接完车站的工作程序，两人又寒暄了几句后，渡边突然摘下眼镜，眯缝着双眼问道：

“你是伊藤教授的学生？”

“怎么，不像吗？”

“伊藤教授有个姐姐在中国，你知道吗？”

“你是说伊藤智子？她是我在东北时的日语老师。”

“听说她现在不在东北了。”

“哦？回国了？”

“……”

渡边顿了一下，没再继续往下说。沉默了几分钟后，渡边又说道：

“最近中国的军队和共产党的游击队在胶东、冀中、晋西北等铁路和各车站活动频繁，并在我们身边潜伏了许多异己分子。许君，对此您有什么高见吗？”

许有年笑了笑，对渡边揶揄地说道：

“我接到的命令是管理车站，至于治安和其他方面的事，大概不在我的职权范围内吧？渡边君您说呢！”

渡边尴尬地擦了擦眼镜，轻轻地点点头，没说话。许有年抬头看了看墙上的挂钟，已快六点了，他趁机起身告辞，步履轻快地走出了宪兵司令部。

许有年走后，渡边陷入了沉思：

“这个年轻的中国人真是个谜，他的身上有一种使人感到捉摸不透的城府和压倒一切的气质，这是我在其他亲日中国人身上从来没有感觉到过的。从外形和口音来看，他极像我们日本人，再加上他也是伊藤老师的学生，这一点倒是很合我的胃口。”

但他转念一想：

“但万一这个许有年是个异己分子的话……唔，光这点危害性就极大。这个人不简单啦……他到底是个什么样的人呢……唔，不行，得考察一下再说！”

想到这里，渡边浑身不自觉地颤抖了一下。

渡边立即传来下属山本少佐和其管理的汉奸侦缉队队长何凤志，命令他们密切监视许有年的行踪，有疑点立即报告。

侦缉队长何凤志，原是保定附近安新县的一个地痞流氓。日本人来之前，他是当地的一霸，成天带着一帮混混、流氓，欺行霸市，侮辱妇女。有一次，不知怎么的，惹上了当地县太爷的三姨太，他在安新县混不下去了，逃到了保定，以给大户人家当狗腿子为生。俗话说：“京油子，卫嘴子，保定府的狗腿子。”何凤志在给人家当狗腿子期间，由于会奉承，脑瓜子灵活，颇得主人的欣赏。但由于地位低贱，何凤志内心深处始终感到不满。

日本军队占领保定后，何凤志认为发财和改变地位的机会到了，他立即投身到日本人的怀里，当了一名铁杆汉奸。由于何凤志天性残忍、狡猾，经常带领一帮汉奸到各村抓抗日军人和游击队员的家属。有一次，何凤志抓住了游击队的一个小通讯员，当他看见通讯员将一张纸条塞进嘴里，并吞下肚时，他竟活生生地用刺刀剖开那个小通讯员的肚子……

当地老百姓对他恨之入骨，给他取了个外号："何疯子"。何疯子十分狡猾，武工队多次专门针对他的袭击，均被他脱逃。那段时期，哪家的孩子夜里哭闹时，只要大人说一声："再哭，何疯子来了！"孩子马上就会吓得闭上了嘴。

许有年回到车站，和副站长李瑞林谈了一会儿工作后，掏出怀表看了看，说道：

"哟，七点过了，咱们一块儿出去吃点东西吧。"

说着，站起身来，伸了个懒腰。

就在这时，许有年突然发现窗外一个黑影一闪。

"谁！"

他猛地推开窗户，只见一个满脸麻子的人正鬼鬼祟祟地蹲在窗台下面。麻脸汉见许有年发现了自己，干脆站起来吹着口哨，吊儿郎当地离开了窗户。而就在旁边站岗的伪军好像什么都没看见似的，头也不回地站在那里。李瑞林一见，赶紧站起身来，轻轻说了一句：

"是侦缉队的王麻子。"说完，提着饭盒，低着头急匆匆地走了出去。

天，渐渐黑了下来，车站的墙上、地上、铁轨上都蒙着一层惨白的月光，轨道两边的乱草堆里，许多小虫在凄厉地叫着，许有年此刻的心绪，就像离开了娘的孩子一样空寂。他看着不远处那个像鬼一样盯着这边的人影和一闪一闪的烟头亮光，心想：

"哼，看样子，渡边对我还是不放心，像这样，我根本没法开展工作，要想办法尽快和组织上取得联系。可敌人盯得这么紧，我该怎么办？怎样才能摆脱这些狗东西呢？"

他想了一阵，也没想出一个好办法来。只好揉了揉两边的太阳穴，摇摇头，心想：

"管他的，明天看看情形再说！"

第二天傍晚，许有年穿着铁路站长的制服走出了车站，朝着人多、热闹的街上走去。一路上，他暗暗留意着周围，还真发现身后不远处始终吊着一条尾巴。那个盯着他的人又瘦又矮，像只猴子，嘴里老是叼着一支香烟。许有年时而加快脚步，时而又慢下来，那个人却不紧不慢地跟着他。许有年见实在没法甩掉这条尾巴，无奈地买了点生活必用品就准备回车站去。

这时，一个黄包车夫拉着车来到他跟前喊道：

“先生，要车吗？”

许有年心里正烦躁，摇摇头，快步朝车站方向走去。

夜里，许有年躺在床上，心里非常焦急。没法和组织上取得联系，自己就像断了线的风筝一样没着没落的。自己刚到这里，人生地不熟，连个帮手也没有，而那些盯梢的特务都是本地人，大街上哪里有棵树，哪里有个坑他们都一清二楚。但再一想：“急也没用，明天再试试看。”想到这里，许有年才慢慢地进入了梦乡。

第二天傍晚，许有年又来到街上，他发现身后还是跟着那条尾巴，怎么也甩不掉。就在许有年一筹莫展，准备再返回车站的时候，意想不到的事发生了，只见两个汉奸模样的人冲着那个盯梢的特务走去，其中一个戴着墨镜的人径直走到那个特务面前，挡住了特务的视线，另一个人嘴里叼根烟，吊儿郎当地说道：

“嗨，对不起，兄弟，借个火。”

就在这时，许有年身边突然出现一个身穿长衫，头戴礼帽的人，他伸出有力的右手拉着许有年的胳膊，一闪就进了旁边的一条胡同，一辆黄包车正候在那里，那人将许有年一把推上车，自己迅速地跳上去，坐在他身边，车夫二话不说，拉起车飞快地朝胡同的另一个方向跑去。

事情发生得非常突然，许有年刚反应过来，想挣扎一下，只听身旁的那个人非常清晰地在他耳边轻轻说了一句：

“铁魂！”

许有年一愣，眼泪忍不住一下子涌了出来，他一侧身，激动地握住对方伸过来的手：“驱寇！”

二

这是一座普通的两层楼房，一楼是一个窄小的店铺，落满灰尘的货架上稀稀拉拉地摆放了一些花生、瓜子、香烟和糖果。一位三十来岁的大嫂坐在门里的小椅子上，就着昏暗的路灯在纳鞋底，并时不时抬头警惕地看一眼匆匆忙忙经过的路人。

二楼上，四个人围着一盏煤油灯，正在小声地谈着什么。不大的窗户上遮了一幅厚厚的窗帘，屋里充满了烟味，使本来就不亮的煤油灯显得更加昏暗。

铁工委书记赵华，也就是亲自去和许有年接头的人，轻轻地对许有年说道：

“这里是我们的一个秘密联络点，楼下给我们放哨的大嫂姓郑，是自己人，非常可靠。她的丈夫和她七岁的儿子去年夏天被日本人杀害，留下她一个人支撑着这个店铺，今后就是她和你直接联络。”接着，赵华向许有年介绍了另外两位同志，他指着个子高高的，像铁塔一样结实的人说道：

“他叫王大壮，是区武工队队长，刚才也就是他和另一位同志化装成汉奸挡住了那个盯梢特务的视线。”

王大壮憨厚地笑了笑说道：

“这个狗日的汉奸当时急得乱跳，他将人跟丢了，回去肯定不敢如实地向他的主子汇报，否则，又要挨鬼子的大耳刮子了。”

说完，自己禁不住笑了起来。

另一位长得像书生一样的年轻人引起了许有年的好奇，只见他穿着一件蓝色的长衫，脸白白净净的，一对不大的眼睛炯炯有神，并不时地闪现出智慧的光芒。赵华指着他笑着说道：

“这位是我们的‘智多星’，名叫李智，现任武工队的政委。别看他不到三十岁，但却是个老革命了。今天大街上上演的那出戏，就是由他导演的。”

说完，大家都轻轻地笑了起来，小楼上顿时充满了欢乐的气氛。

“几天前，我们就收到了北平铁工委关于铁魂同志调到保定工作的密电，并告诉了我们你的特征，这几天我们都非常高兴，大伙儿都盼望着你的到来。”赵华微笑着接着说道，“拉黄包车的葛亮同志这两天都在车站附近转悠，准备接应你。昨天，他在街面上看见了你，也发现了那个盯梢的特务，想给你解围，却被你拒绝了。”

说完，忍不住“哈哈”地笑了起来。许有年回想起昨天的情形，也尴尬地笑了起来。

接着，赵华严肃地说道：

“我们接到可靠情报，小鬼子最近将利用铁路运送大量的物资到晋西北前线，对边区进行大扫荡。为了配合边区部队的行动，上级命令我们，随时监视敌人的动向，伺机破坏或炸掉这些满载军用物资的列车。但是，我们没法得到运送物资列车的车次和准确时刻表。现在，许有年同志在车站的地位对我们十分有利，我们现在最紧迫的工作，就是帮助许有年同志取得鬼子的信任。大家商量一下这个工作怎么做。”

只见三双眼睛不约而同地投向“智多星”李智。

李智见大家都看着自己，不慌不忙地站起来，背着手在屋里来回地踱了几步，回到座位上，说道：

“这件事，我从前天起就在酝酿，直到现在才有了一个初步的计划。我提出来，大家看看，还有那些地方要补充的。”

说完，他向前趋着身子，小声地，如此这般地说出了他的计划。

大家听了异常兴奋，又七嘴八舌地补充起来。

窗外，寒风肆虐着，一丝寒风从这座老旧的民房的房缝中挤了进来，使得桌中央的煤油灯一闪一闪地几欲熄灭。而许有年却像回到母亲身边的孩子一样，心里觉得暖烘烘的。

三

第二天傍晚，许有年按昨晚的计划来到宪兵司令部，主动向渡边汇报了车站的工作，并提了一些关于车站保安工作的建议。渡边听了非常满意地说道：

“有年君，我非常欣赏你对工作的主动性，难怪伊藤老师对你另眼看待。”

许有年没搭他的茬儿，他站起身来，四处看了看，像是无意中发现了窗前的棋盘：

“噢，渡边君爱下围棋？”

渡边的两眼忽地亮了一下，但接着又暗了下来：

“这是我自己和自己下的残局，我的部下没一个会下围棋的。许君会吗？”

许有年笑了笑：“在学院里跟伊藤老师学过，已经好久没下过了。”

渡边一下子兴奋了起来，并略显傲慢地说道：

“围棋虽然发源于中国，却在我们大日本发扬光大。在你们中国，如今已没有几个高手了。许君会下围棋，请问段位几何？”

许有年笑笑说道：“什么段位不段位，我学围棋，纯粹是健脑健身，自娱自乐而已。至于棋艺嘛，在中国我是最臭的。渡边君，要不要试一试？”

渡边听出许有年话中的揶揄味道，扶了扶眼镜，急切地说道：

“太好了，我们今晚不谈工作了，先大战几个回合再说。”

说完，他迫不及待地搬过棋盘，和许有年下了起来。

许有年没想到计划一开始就这么顺利，他抑制着兴奋的心情，稳健地用黑子在棋盘的右上角布下了第一颗棋子。

夜，已经很深了。宪兵司令部周围静悄悄的，只有站岗的鬼子兵的皮鞋“橐橐”的响声。前两盘棋局许有年和渡边各赢一局，这是第三局。渡边正盯着棋盘上被许有年围了一大片的领地，绞尽脑汁地在棋盘上寻找突破点准备突围。

这时，挂在墙上的时钟“当当”地响了十一声。许有年趁机抬头看了看窗外，心里有些着急，心想：

“怎么还没动静？”

刚想到这儿，忽听窗外“轰”的一声巨响，一颗手榴弹在院里爆炸，震得窗户的玻璃碎片“哗啦啦”地落了一地，接着，一片密集的枪声响了起来。渡边愣了一下，很快地跳了起来，瘸着腿跑到墙边，拔出挂在墙上的安度士（王八盒子）手枪向门口跑去。就在这时，门被人从外面猛地一脚踹开，一个身穿黑衣，脸上围着黑巾，只露出一对眼睛的人对着渡边“啪”的一枪，正打在渡边举枪的胳膊上，渡边被子弹冲得在原地转了一圈，手里的枪在空中划了半个圆弧“啪”地掉地上。门口那人快步跨进来，用枪顶住渡边的脑门儿，渡边立即闻到那人身上有一股浓烈熏人的酒气，川岛信夫死在办公室里的惨相在他脑海里一闪：

“完了，今晚轮到我为天皇捐躯了。”

在这千钧一发之时，只见许有年迅速地捡起渡边掉在地上的手枪，一个箭步向那人跨去，身子还未落地，左脚已飞快地朝那支顶在渡边脑门儿上的枪踢去，只听“啊”的一声，那支枪已被踢飞，许有年“啪啪”两枪朝那人头顶打去。只见那人一低头，已冲出门外，许有年追到门口，又对着黑暗中放了一枪，只听不远处“噗”的一声，有人重重地摔在地上。

这时，又听到外面有人大喊了一声：

“糟糕，老王中枪了，快看看去。”只听另一个声音喊道：

“快走，老王头上中了一枪，已经牺牲了。”

“那快走，不然来不及了，鬼子要来了！”

只听脚步声渐渐远去。院子里又恢复了平静。

许有年探出半个头，朝院里扫了一眼，月光下，只见十几个尸体摆了满院，他正要缩回头来，内心猛地一紧，只见墙角老槐树后有一双阴沉沉的眼睛也正在注视着他，他再仔细一看，那双眼睛一闪就消失了。他的心激烈地跳动起来：“这人是谁？是敌？是友？还是我眼睛看花了？！”

许有年回过身来，定了定心神，给已坐了起来的渡边包扎伤口，渡边用感激的眼光看了他一眼，说道："许君，你很勇敢，是中国人的这个。"说着竖起了左手的大拇指。

许有年用鼻子"哼"了一声，没有说话。给渡边包扎完后，拾起黑衣人掉在地上的驳壳枪，仔细看了看，只见枪柄上歪歪扭扭地刻了三个小字，"王有财"。他顺手将枪递给渡边，渡边左手拿起枪，凑在眼镜前看了看，皱着眉头，咬牙切齿地嘀咕道：

"王有财？哼！"

渡边思索了一下，摇摇晃晃地站起身来，艰难地走到墙边，撩起墙上的太阳旗。墙上赫然露出一扇嵌在墙内的保险柜的铁门，只见渡边抓住铁门上的一个圆盘左右旋转了几圈，插进钥匙轻轻一扭，"啪"的一声打开了保险柜，从里面取出一把崭新的带套的"安度士"手枪和一盒子弹，说道：

"有年君，这把枪我从未使用过，今天您救了我一命，我无以报答，这把枪就送给您留个纪念吧，请您收下。"

就在这时，山本少佐和何凤志带着几十个鬼子兵和汉奸赶到，只见院里一片狼藉，十几个日本兵和伪军的尸体横七竖八地躺了一地，渡边右胳膊上全是血，吊着纱布，身后站着车站的许站长。

渡边压抑着怒火，左手指着那些尸体说道：

"先清理一下现场，看看有没有八路的尸体。"

许有年佯装查看尸体，踱到老槐树后面，只见树后松软的地面上有一双清晰的胶鞋印，他想："鬼子和伪军都穿的是大头皮鞋，而武工队员们都穿的是老百姓自己做的布鞋。这个穿胶鞋的神秘人物到底是谁？"

这时，两个正在清理尸体的伪军喊了起来：

"太君，这里有一具八路的尸体。"

渡边快步地走过去，鬼子兵一下子围了上来，只见一个穿着黑衣的人趴在那里，后脑勺上正中了一颗子弹，已然毙命。两个伪军将尸体翻了过来，一股酒气扑面而来，一个伪军用手捂着鼻子，扯开蒙在尸体脸上的黑布仔细一看，觉得有点儿面熟，突然，一个伪军叫道：

“这不是侦……侦缉队的王有财，王……王麻子吗？”

这时，天已微亮，何凤志看着那张瞪着一双死不瞑目眼睛的麻脸，的确是自己的部下王有财！他感到莫名其妙，摸摸自己的脑门儿，偷眼看了看正在怒视着自己的渡边和山本，平时十分灵活而又狡猾的大脑顿时一片空白。

渡边再也压抑不住怒火，大吼一声：“八嘎！”左手狠狠地向何凤志的脸上扇了过去，只听“啪啪”两声，何凤志倒退了两步，双腿一软，跪在那里：

“太……太君，冤枉啊，王麻子他……他……他……”

渡边回过头来，对山本少佐吼了一句：

“全体集合！”

日本兵和汉奸、伪军赶紧列队，站在院里。渡边走到队伍前面，盯着山本看了一眼，一个大耳光扇在山本脸上，然后站上台阶，用日语恶狠狠地吼了半天，才对王翻译官点了点头，王翻译扯着嗓子喊道：

“渡边司令说，土八路上个月打死了车站的前任站长川岛信夫，今天又来袭击宪兵司令部，你们他妈的都跑到哪里去了？！由于许站长的英勇抵抗，赶跑了袭击司令部的土八路，更可贵的是，司令官亲眼看见许站长将打伤司令的八路头子，就是那个混在侦缉队里的王麻子就地正法。为了表彰许站长对大日本帝国的忠心，司令官已将自己心爱的“安度士”手枪赠送给了许站长，并派一名帝国的勇士来专门保护许站长，免遭川岛站长的命运。”

这时，在离保定城不远的李庄，武工队员们正在欢快地打闹。一个队员戴着队长王大壮用来蒙脸的黑巾，右手指比画成手枪的模样，抵在另一个队员的脑门儿上：

“不许动，缴枪不杀！”

又引来一阵欢快的哄笑。参加战斗的队员们虽然不知道当时渡边办公室里发生了什么事，但是都知道又打了个大胜仗。王大壮和李智站在不远处，两人对视了一眼，也会心地笑了起来。

渡边和何凤志的心里都始终有一个疑团：王麻子这个无恶不作的铁杆汉奸到底是怎么回事？要说他是八路，可他又亲手杀死过老百姓，在拷打游击队家属时又心毒手辣。他们心里都清楚，八路对这样的人是恨之入骨的。要不是渡边亲眼看见王麻子用枪顶着自己的脑袋，并闻到他身上一股刺鼻的酒味，还真不敢相信这个王麻子是八路。

其实这件事很简单：昨天傍晚王麻子吃过晚饭从家里出来，剔着牙，哼着下流的小曲儿来到一条小胡同找他的情妇夏翠花，刚走进胡同口，一条有力的胳臂从后面一下子勒住他的脖子，另一只手敏捷地拔出吊在他腰间的盒子炮，他刚“啊”了一声，一双臭袜子就塞进了他的嘴里，他还没反应过来，就被一枪柄砸在脑后，晕了过去。至于后来怎样被人灌了半瓶酒、换了衣服，又怎样被人从后脑勺开了一枪，像扔死狗一样扔在宪兵司令部的院子里，他到死都没搞明白是咋回事儿，更何况渡边和何风志了。

第八章

一

渡边对许有年的信任度每天都在增加，车站由于许有年的到来，已有一个多月没被游击队袭击和破坏，这在过去，是连想都不敢想的。

许有年在这一个多月里，哪儿都没去，每天就在车站里忙碌着。他身后，始终跟着一个背着三八大盖，对他恭恭敬敬的日本兵，这是渡边专门派来保护他的“帝国勇士”，名叫三浦太郎。每当许有年回到办公室，这个日本兵就像一根木桩似的站在门外，没有许站长的吩咐，他把着门谁也不许进去，包括太郎自己。这个“排场”令许多汉奸羡慕不已，这些汉奸心想：“要是有一个日本兵恭恭敬敬地跟在我的屁股后面，老子在大街上耀武扬威地这么一走，那是多么的威风。”

其实，许有年外表看起来挺平静，内心却非常焦急，渡边虽然撤销了汉奸对他的监视，也没有限制他的行动自由，但屁股后面老跟着一个鬼子兵，这对他来说，比汉奸盯梢还要难受，他心想：“这么长时间没和组织上取得联系，赵华他们肯定也很着急。得想办法甩开这个日本兵。”想到这里，他向车站外走去。

这时，天上淅淅沥沥地下起了小雨。车站外，熙熙攘攘的有很多人。许有年站在检票口，眼睛看着忙碌的人群，内心却在激烈地活动着：“有什么办法甩掉后面的尾巴，和党组织取得联系呢？”

正在这时，许有年突然听见身旁有个声音问道：

“先生，买香烟吗？”

许有年回头一看，不禁喜出望外，站在他身边的，正是那天在楼下给他们放哨的郑嫂。只见郑嫂穿了一件蓝花花棉袄，被雨水淋湿的一缕头发贴在脸上，双手端着一个卖烟人专用的盒子，盒子一端的带子挂在脖子上，她正用询问的眼光看着自己。许有年抑制住内心的激动，扫了一眼方盒里的烟：

“来一盒骆驼牌香烟。”

说着，从衣兜里掏出钱来递给郑嫂。郑嫂把香烟递给许有年后说：

“找你钱。”

说着，从衣兜里掏出一卷零钱递给他。许有年用眼睛的余光瞟了一眼身旁的鬼子兵，只见他正在用胳膊遮挡着细雨，并注意着周围的人群，眼光根本没朝这边看。许有年接过找来的钱，数都没数，迅速揣进了裤兜。

在外面转了一圈后，回到办公室，许有年吩咐日本兵：

“我要休息一会儿，别让人打搅我。”

说完，走进办公室内的另一间小屋，关上门后，掏出郑嫂找给他的零钱，用微微颤抖的双手展开裹成一卷的零钱。果然，在钱中夹着一张很小的纸条。许有年把纸条凑到灯下，正要看时，忽听门外一阵嘈杂声，他赶紧将字条塞进鞋垫儿里。只听三浦太郎用日语大声地吼叫着：

“浑蛋，谁也不准进！站长在休息！”

另一个声音小声地说：“太君，我是来给站长送报表的。”许有年一听，是副站长李瑞林的声音，立即开门出来，只见李瑞林弓着瘦小的身躯，穿着单薄的铁路制服，一只手捧着当天的报表，另一只手攥着铜烟袋，烟袋上吊着一只黑色的烟荷包在寒风中摇摆着。这时，许有年注意到这只烟荷包上绣了一对精美的鸳鸯，他接过李瑞林递过来的报表，笑着说道：

“哎呀，是李站长啊，您老亲自来送报表，快，快进来烤烤火，暖和暖和！”

李瑞林弓着腰，一边后退一边说：“不了，不打搅您了，您休息，休息。”说完，退了出去。

许有年回到屋里，又关上门，平静了一下心绪，从鞋垫儿里取出纸条，凑在灯光下，只见纸条上用极小的字写道：

"母知你身体欠佳，勿躁，郑大夫随时恭候。"

看着这短短的十六个字，许有年眼中涌出了激动的泪花。党组织已知道自己现在的处境，已派郑嫂每天在车站外以卖烟做掩护，自己随时可以和她取得联系。他抹去泪水，又将纸条仔细看了一遍后，才掏出火柴，将纸条烧成灰烬，从墙角的下水道冲了下去。

许有年躺在床上，闭上眼睛，听着外面站台上火车头"哧、哧、哧"的放汽声，和屋檐流下的雨水声，这些天焦急的心情平静了下来，睡意袭来，他闭着眼睛，渐渐睡着了。

突然，许有年被门外一阵吵闹的声音惊醒，他看了看摆在桌上的闹钟，已经是傍晚六点过了。他凝神一听，外面吵闹的声音都是日语，只听他的"卫兵"三浦太郎大声地吼叫：

"八嘎！谁也不许进去！"

许有年赶紧披上衣服，从里屋出来，一眼看见在厨房打杂的十七岁的姑娘小翠蜷缩在办公室的墙角发抖，正用一双惊恐的眼睛望着他。

许有年看了她一眼，没说话，走过去一看，四个鬼子伤兵正在嬉皮笑脸地想往屋里挤，其中两个鬼子嘴里还"花姑娘，花姑娘"地乱叫，而浑身湿透了的三浦太郎则发疯似的大骂着，横着枪拼命地将他们往外推。看见许有年从屋里出来，三浦太郎"啪"地立正，站在那里直喘粗气。四个鬼子愣了一下，许有年二话不说，挥起一掌，挤在前面的一个上士军衔的鬼子脸上狠狠地挨了一耳光。只听许有年咬牙切齿地用日语骂道：

"八嘎，也不看看这是什么地方，跑到这里撒野，滚！"

四个鬼子一下子被许有年镇住了，只见他披着铁路站长制服，以为他是日本军官，"啪"的一声一低头，全体立正，转身灰溜溜地走了。

原来，车站来了一列运送伤员的列车，停在站台加水。几个轻伤的鬼子跳下闷罐车，准备透透气。忽然看见正给站长办公室送开水的美丽的小翠，他们眼睛一亮，嘴里喊着"花姑娘、花姑娘"，冒着雨像狼一样扑向小翠。吓得小翠一下子溜进了办公室，躲在角落里不敢出来，这才有了前面的一幕。

直到运送伤员的列车走后，小翠才颤抖着从屋里出来，许有年拍拍小翠瘦弱的肩膀，轻轻地说：

“小翠，没事了，回去吧。”

小翠含着眼泪对着许有年深深地鞠了个躬，然后转身又对着三浦太郎鞠了个躬，轻轻地说了声“谢谢”，转身跑回厨房去了。许有年看了三浦太郎一眼，只见他面部毫无表情，还是像木桩一样僵立在那里。

二

回到屋里，许有年沉思了一会儿，从文件柜里取出一瓶二锅头和一包花生米，将三浦太郎叫进屋来说道：

“三浦君，外面冷，快进来，把湿衣服换了，咱哥俩喝两盅，驱驱寒。”

三浦太郎一看见酒，原本呆板的脸一下子生动起来，只见他喉结上下动了动，二话不说，将枪靠在桌边，脱下湿透的上衣，一屁股坐在许有年的对面，端起许有年倒在茶杯里满满的一杯酒“咕嘟、咕嘟”地喝了一半下去，然后喘了口气，用手背揩了一下嘴角，叫道：

“好酒哇，好酒！”

说完，端起剩下的半杯酒，对许有年喊了一句：“干杯！”一口气将半杯酒喝得干干净净。

许有年看了三浦太郎一眼，抿了一小口酒，又将三浦太郎的杯子斟满，说道：“三浦君真是海量，来，干了！”三浦太郎看了一眼已经倒光了的空酒瓶子，有些遗憾地说道：

“这么好的酒，我们慢慢喝。”

许有年回身又从柜里拿出一瓶酒来：

“三浦君喜欢喝，酒有的是，来，干！”

这时三浦太郎已经有了些醉意，他拿起筷子敲着杯边，自顾自地唱起了日本民谣《渔夫曲》。唱着唱着，又趴在桌上哭了起来，边哭嘴里边喊着："樱子，樱子，我对不起你啊……"

许有年见状站起身来，走在三浦太郎身旁，轻轻地拍着三浦太郎的肩说道：

"三浦君，有什么痛苦别憋在心里，给大哥说说。"

三浦太郎抬起头来，醉眼蒙眬地看了看许有年，说道："太像了……她……她太像我的樱子了。"

许有年一头雾水，问道："你说的是谁？像谁？"

三浦太郎闭着眼睛，像是在回忆什么，好一阵，才说了一句：

"小翠太像我的立花樱子了。"

"噢？立花樱子？她是你的……？给大哥讲讲好吗？"

三浦太郎沉思了一会儿，流着眼泪断断续续地讲起了他自己的故事。

三浦太郎出生于日本冲绳县宫古岛的渔民家庭，父亲在他很小的时候一次出海打鱼遇到了台风，就再也没回来，全靠母亲一人含辛茹苦地将他养大成人。

他十六岁时就跟着大人下海捕鱼，幼小孱弱的身子经过大海的洗礼，变得非常结实，古铜色的肤色加上富有弹性的肌肉，使他成为渔村姑娘们钦慕的对象，就在他十九岁时，和邻村的一个漂亮伶俐的姑娘立花樱子相爱了。每当三浦太郎出海打鱼快回家时，樱子就会像所有渔民的妻子一样，守候在大海边的岩石上，一直等到他回来。每次打鱼回来，三浦太郎站在船头，远远地看见岩石上熟悉的身影，心里总觉得暖洋洋的。

夏天的傍晚，他俩并肩坐在岩石上，樱子的头依偎在太郎宽厚的肩上，望着太阳的余晖，看着广袤的大海上蒙着一层放射磷光的烟霭，波浪在他们脚下纵情地沸腾。三浦太郎感到幸福极了，他紧紧地搂着樱子微微颤抖的肩，梦呓般地在樱子耳边轻轻地说："我对大海发誓，这一生我三浦太郎绝不会爱上其他女子……"

但是，好景不长，就在三浦太郎又一次出海归来，他像以往一样站在船头，却没看见樱子的身影。三浦太郎立即感到一种不祥的预感。上岸之后，他急急忙忙地跑回家，猛地推开院门一看，顿时像五雷轰顶一般呆在那里。

只见院里像被人洗劫过似的一片狼藉，樱子赤身裸体地躺在墙边的地上，头顶和下身均流着鲜血，双眼睁得大大的，已然死去。母亲呆滞地跪在樱子身旁，嘴唇一动一动地不知在说什么。三浦太郎像疯了似的扑到樱子身边，双手摇着樱子的身体，大声哭喊道：

“天呐，这是怎么啦？樱子，快告诉我，樱子，樱子……妈，到底是怎么回事？妈，快说话呀……”

母亲隔了半天才“哇”的一声哭了出来，断断续续地讲出了事情的经过。

原来三浦太郎早上出海后，县知事原田义结到岛上来“视察”，中午在村长家喝了酒后，带着一帮部下醉醺醺地在渔村里乱转。经过三浦太郎家门时，看见樱子正在院里补渔网。原田一看见美丽的樱子姑娘，就嬉皮笑脸地从后面凑了过去，猛地抱住还没反应过来的樱子，充满酒气的臭嘴在樱子脸上乱亲一气，双手在樱子丰满的乳房上一阵乱揉，吓得樱子大喊救命。母亲从屋里跑出来正要拉原田时，却被原田的部下拖出了大门。就这样，樱子被原田和他的四个部下轮奸后，不堪凌辱，撞墙而死。

听了母亲的哭诉，三浦太郎突然大吼一声，飞快地奔进屋里抓了一把尖刀，不顾母亲的阻拦，冲了出去。

在海边，原田义结和村长刚告完别，正准备上船，忽听一声大吼，只见三浦太郎像疯了一般手持一把尖刀向他猛刺过来，吓得他猛地一闪，躲在了一个部下身后，尖刀直插进这个部下的肩部，三浦太郎拔出尖刀准备再刺时，被原田的几个部下从后面死死地抱住，夺下尖刀，并将三浦太郎捆绑了起来。

三年后，三浦太郎被县衙释放回家，才知道母亲就在他被捆走的当天晚上，气死在家里。从此，在日本已没有任何亲人的三浦太郎整天借酒浇愁，一喝醉就哭喊着：“樱子，我对不起你啊……”

就这样，又过了一年，到了昭和十四年（1939），三浦太郎应征入伍，来到了中国。由于三浦太郎寡欢的性格和暴躁的脾气，特别是见不得同伴强奸妇女的行径，谁要是当着他的面调戏妇女，他就会大发雷霆，和人打架，甚至动刀。因此他周围所有的日本兵和军官都不喜欢他。渡边大佐也知道他在队里不合群，正好借此机会将他派给许有年当警卫，既笼络人心，又甩掉包袱，真可谓一举两得。

许有年听了三浦太郎的诉说后，陷入了沉思：

“原来不光是中国人民，连日本兵也有这样悲惨的遭遇，一定要想办法将三浦太郎争取过来。”

他拍拍三浦太郎的肩膀，真诚地说道：“三浦君，我很同情你的遭遇，在中国，像你这样的悲惨故事何止千万，你的同胞们糟蹋了多少像你的樱子那样纯洁的中国姑娘，”他停了一下，看了看陷入沉思的三浦太郎，接着说，“我看得出，你是个好人，在日本你没有亲人了，如果你愿意，就当我是你的亲哥哥，来，哥和你干了这杯酒。”

说完，一口气喝干了杯里的酒。三浦太郎平素寡言寡语，更听不懂中国话，他也知道日本同伴们和上司都不喜欢自己，所以平时颇感孤独。此时面对许有年亲切的笑容，他内心感到一阵阵的温暖。他噙着泪水，轻轻地叫了声：“哥哥。”仰面一口喝干了杯中剩余的酒。

第二天一大早，许有年一觉醒来，来到外屋，看见三浦太郎还睡在床上，嘴里说着胡话，他俯身摸了摸三浦太郎的额头，感觉滚烫，他赶紧叫小翠到站外请来了大夫。这位老大夫是保定城里有名的老中医，他摸了摸三浦太郎的脉搏，又看了看他的舌苔，问道：“你昨天淋雨了吗？”三浦太郎听不懂中国话，叽里呱啦地说了通日语。老大夫一听是个日本人，皱了皱眉头，慢慢地站起来，二话不说，收拾起药箱就往外走。许有年一看急了，拉住大夫的衣袖，动情地说道：

“大夫，我知道你痛恨日本人，但日本人和咱中国人一样，有坏人也有好人哪，请你相信我，这个日本人和其他鬼子不一样。”

老大夫鄙夷地看了他一眼，心里骂了一句：“狗汉奸！”一甩衣袖，就要出门。这时，站在一旁的小翠忽然“扑通”一声跪在老大夫面前，流着泪说道：

“爷爷，爷爷，我求求你救救他呀！昨晚要不是这个日本人救我，我早被一帮鬼子兵给糟蹋了啊。”

三浦太郎虽然听不懂中国话，但一看眼前的情景，全都明白了，自己的同胞怎样残害中国人，他心里非常清楚，中国人痛恨日本人，他也理解。当他看见许有年和小翠为了给他治病而向大夫求情，他内心被震撼了。他拖起被子蒙住自己的头，像个孩子似的呜呜地哭出声来，内心暗暗发誓："我三浦太郎今后决不能残害一个中国百姓！"

老大夫被小翠感动了，他弯腰扶起小翠：

"好孩子，快，快起来，爷爷给他瞧病。"

他放下药箱，拿出纸笔，边写方子，边对许有年说道：

"请你们原谅，我的孙女就是被日本人给糟蹋了的啊。"

说着，一滴眼泪滴在了药方之上。

这几天，小翠每天将熬好的药送过来，许有年扶起三浦太郎，让他靠在自己的身上慢慢地喝下中药。对此，三浦太郎每次都感动得热泪盈眶。

第四天早上，三浦太郎感觉自己的病完全好了，他不顾许有年的劝说，背起三八大盖，又在门口站起岗来。

三浦太郎在许有年的影响和帮助下，参加了日本士兵反战同盟会，1945年年底回国后，又做了大量对中国人民有益的工作。三浦太郎于1965年死于大阪一场车祸，时年49岁。

第九章

一

了解了三浦太郎的遭遇后，许有年对他产生了好感，而三浦太郎更是将许有年当成自己的亲哥哥，对他言听计从。这就给许有年的行动自由创造了很好的条件，没事时，他故意带着三浦太郎在车站内外到处溜达，让人们产生始终有一个日本兵跟在他后面的感觉。当他要和党组织联络时，就叫三浦太郎站在办公室外，不让任何人进去。而自己则借口到车站外去“买烟”与郑嫂联络。

8月的一天下午，太阳烤得站台的地面滚烫，车站来了一辆每节车厢都用红漆刷了红十字的列车，停在车站加水、检修。明眼人一看就知道这是运送伤员的专用列车。按照惯例，车一到站停稳，就会立即拉开所有的车门给伤员透气，并有一些穿白大褂的医生从车上跳下来忙碌着给伤病员打针换药。但是，这趟列车刚一停稳，从车上跳下来的不是医生，而是一百多个荷枪实弹的鬼子兵，他们一下车就如临大敌，背对列车，排成一条线，将列车团团围住，不让人靠近。

许有年觉得有问题，决定要看个究竟，他故意点燃一支烟，带着三浦太郎朝列车走去，还未靠近列车，一个鬼子兵远远地喊道：

“八嘎，不许吸烟！”

三浦太郎一下子火了，骂道：

“八嘎，这是本站站长！”

许有年心里已经明白了一半，他掐灭刚点燃的香烟，来到那个鬼子兵面前，拍拍他的肩膀，用日语说道：

“你，好样的，很尽职。”

那个鬼子兵以为许有年是日本军官，“啪”地立正，小声地说：

“对不起长官，没办法，整车都是武器弹药，一不小心就会爆炸啊。”

许有年点点头，没说话，带着三浦太郎离开了。

回到办公室，他用最快的速度写了张纸条，出站交给郑嫂，只说了一个字：“快！”

郑嫂见许有年急迫的表情，点点头，左右看了看，二话没说，将纸条别在发髻里，转身快步离去。

又过了二十几天的一个上午，郑嫂带来赵华的一张纸条，让他晚上八点务必到联络点开一个重要会议，估计要四五个钟头。看了纸条后，许有年沉思了一下，出来笑着对三浦太郎说：

“三浦君，今晚有人要给哥哥介绍一个对象，估计回来得较晚，你在家守电话，记住，别让人进办公室，好吗？”

三浦太郎点点头：他知道这种场合有一个日本兵在场不合适，只提醒了一句：“哥，注意安全，早点回来。”

晚上八点，当许有年走进秘密联络点时，屋里已经坐了三个人，除了赵华和李智外，还有一个他不认识的、穿着长袍、戴着礼帽的中年人。他们见许有年进来，都笑着站起来，赵华快步来到许有年面前，握住他的手说道：

“许有年同志，来，我给你介绍一下。”他把许有年带到那个穿着长袍、中等个，浓眉大眼的中年人面前，“这位是刘云团长，是吕正操司令员手下的一员虎将。”

刘云团长紧紧地握住许有年的手，爽朗地笑道：

“许有年同志，你好！我们前些日子在石门附近，打掉了一辆鬼子他妈的装扮成医用列车的军用列车，缴获了大量的轻、重武器和弹药，我们利用这些武器最近在第二战区狠狠地打击了小鬼子，并使小鬼子这次在晋西北的‘大扫荡’彻底失败，为此，我们得到了党中央的嘉奖。许有年同志啊，这个功劳你占了一半，因为这次行动全靠你送出来的重要情报啊。在这里，我代表我们全体指战员向你致敬！”

说完，“啪”地立正，向许有年敬了一个非常标准的军礼。

许有年没想到自己的工作产生了这么大的连锁反应。长期以来孤身对敌的紧张心情得到了回报，既激动又兴奋，更坚定了在隐蔽战线继续战斗下去的决心。

赵华招呼大家坐下后，刘云团长说道：

“我今天来，一是代表主力部队向地方党组织表示感谢和慰问，并带来了几十支缴获的长短枪、机枪和其他战利品，其中还有小鬼子的服装和罐头。二是向咱们的铁道专家‘铁魂’同志请教难题来了。”

许有年向前凑了凑，非常专注地看着刘云。刘云笑着说道：

“最近，我们的八、九、十军分区在河间、高阳、安国、大成、献县等地打了一个又一个的大胜仗，我们的十八团在白洋淀地区打得鬼子嗷嗷叫。我们得到情报，小鬼子从东北调集了大量的军队和武器，将在最近用火车运送到这里，妄图消灭我们冀中的主力部队。上级指示我们，破坏敌人的所有运输线，而铁路运输线是我们的重点打击对象！”说到这里，他的右手握成拳头有力地捶了一下桌面，接着说道，“过去，我们的游击队时时刻刻都在破坏敌人的铁路，这确实给小鬼子制造了不少麻烦，但是现在还是用老办法搞的话收效不大了，为什么呢？因为鬼子他也学精了。他们现在采取的对策是：

“一、采用铁甲列车运送兵员和物资。他们欺负我们没有重武器，你的机枪、手榴弹对他没有威胁，你打你的，他走他的，他根本不理睬你。

“二、在铁甲列车前面五百米左右，还有一辆配备了轻、重机枪和小钢炮的装甲车给它开道，一旦发现有被炸毁或被拆卸的路段，就立刻停下来进行抢修，并在短期内将被破坏的路段修复。

“这样，我们只能对他们进行骚扰，拖延他们的时间，不能从根本上解决问题。这也是我们最头疼的事。许有年同志，我想请教一下，从铁路‘安全’的角度考虑，您能否给我们一点建议，怎样才能不费一枪一弹而让小鬼子的列车不安全？”

大家的视线一下子集中在许有年的身上。

许有年皱着眉头，陷入了沉思，他想起上次和伊藤到山西去的火车上也遇到过铁轨被拆的经历，确实是很快就被小鬼子修复了。是得想个更好的办法来打击鬼子的运输线，他嘴里喃喃道：“从铁路安全的角度考虑……铁轨……道钉……机车……装甲车……”

时间一分一秒地过去，屋里静得掉根针都能听见。大伙儿都不说话，生怕打搅他的思路。十几分钟后，许有年眼睛一亮，一拍大腿站了起来，他擦了擦额头上的汗水，兴奋地说：“有了！”说完，拿起纸笔来，在桌面上一边画，一边讲解起来。

就在他们开会后的第四天，一辆满载着武器弹药的铁甲列车在徐水以东出轨，并发生了大爆炸，致使这一段铁路瘫痪了近半个月。鬼子的铁道专家们来勘查了半天，也没找出原因来。最后的结论是：“运输过程中，由于气温太高，列车内弹药自燃引起爆炸……”

原来，游击队采用了许有年的“偷梁换柱”之计，以“木钉”取代道钉的办法。他们在铁轨转弯的地方拔掉道钉，换上同样大小的“木钉”，为了不让巡逻的鬼子发现，他们又用油漆在木钉的顶端涂上和道钉一样的颜色。当前面较轻的装甲车碾过去时，这些木钉还勉强可以承受，顺利地过去了。但是当沉重的铁甲列车一上来，木钉一下子全部被震断。列车在倾翻时，强烈的碰撞又使车内的弹药发生爆炸和燃烧，铁轨和枕木已被炸得面目全非，而那些木钉早已被烧得不见踪影。难怪那些鬼子专家们查不出原因来。

二

许有年回到车站时已经是半夜一点过了，车站外一片死寂，昏暗的街灯在风中摇摆着，给人一种怪异、恐怖的感觉。但是年轻的许有年此时的心情却和眼前的景象截然不同，他心里充满了阳光，真希望有人来分享他此刻的欢乐。这时，他想起了远在北平的郭蕴，他想：“小郭蕴现在在干什么呢？她睡了吗？她也在想我吗？”

此刻，郭蕴那温柔而略带稚气的神态占据了许有年的整个脑海。过不一会儿，许有年便使劲摇摇头，心想：“现在还不是想这些的时候，等把日本鬼子赶出中国以后再说吧。”

回到办公室，只见三浦太郎趴在桌上，三八大盖平搁在大腿上，已经睡着了。许有年没敢惊动他，轻轻地走进里屋，上床睡了。

第二天一大早，许有年醒来，感觉神清气爽，好久没睡过这么好的觉了，他伸了个懒腰，来到屋外，只见三浦太郎已经在门外站岗了。三浦太郎见他出来，对他笑了笑，关心地问道：

“哥，昨晚的姑娘怎么样，相中了吗？”

许有年愣了一下，但马上反应了过来，哈哈大笑起来：

“哎，算了，别人嫌我个子太矮，看不上我，别提她了。走，吃饭去。”

说完，带着三浦太郎到站外吃早饭去了。

就在这时，从北平到太原的一趟客车进站了，车上塞满了乘客。车刚一停稳，立即从车门和车窗跳下好多挤得满头大汗的人，站在站台上惬意地乘凉。

最引人注目的是两个十七八岁，学生打扮的姑娘，她们一下车，就朝着正在给列车加水的水管跑去，跑在前面的姑娘，齐肩的短发和漂亮的花裙子被风吹得飘了起来，圆圆的脸上充满了调皮的笑容。跟在她后面的，是一个穿着月白色衬衣和蓝色长裙，扎着小辫儿，左手提着蓝色挎包的秀气姑娘。她们跑到水管旁边，就着往外渗漏的清水洗起脸和手绢来，一边洗，一边打闹着，完全不知道一场噩梦正悄悄地向她们袭来。

侦缉队长何凤志这几天内心忒不痛快，日本人的一辆装满军火的列车在石门附近被八路抢光，并炸毁了机车头。时任日军驻华北方面军司令长官多田峻中将把铁路沿线的佐级军官招来，一个个被骂得狗血淋头。渡边和山本挨骂回来后，又将一肚子窝囊气撒在侦缉队和伪军头上。

这几天，何凤志整天提心吊胆，生怕一不小心又得罪了日本人，成天带着十几个汉奸像疯狗一样到处乱窜，祸害了不少老百姓，今天，他们又来到了车站。

何凤志一走进车站，两只贼眼就向站台上的人群扫来扫去，人们远远地看见一群带枪的汉奸向这边走来，都吓得纷纷挤回了车厢，本来喧哗的站台一下子变得冷冷清清，只有远处两个正在嬉戏的姑娘一点都没察觉，还在打闹。何凤志一挥手，领着汉奸快步向姑娘走去。

扎小辫儿的姑娘首先看见汉奸们向她们走过来，赶紧小声地说道："小凤，别闹了，有狗来了，咱们回车上去……"

话还没说完，何凤志已来到她们身边，他乜斜着三角眼，看了看两个姑娘，阴阳怪气地说：

"哦，狗来了？你们见过这么大的狗吗？哼，干什么的？"

穿花裙子的姑娘理直气壮地说："我们是乘火车的，你们想干什么！"

何凤志将手里的烟头往地下一摔："乘火车的？给我搜！"

一个戴墨镜的汉奸一把抢过扎小辫儿姑娘手里的蓝色挎包，从包里一下子掉出一本书来，他不识字，交给何凤志："队长，这是什么？"

何凤志接过书朝封面一看，立即眼睛一亮，兴奋起来："好哇，踏破铁鞋无觅处，得来全不费工夫，原来是两个共党分子。给我带走！"

两个姑娘张嘴正要喊"救命"，两团破布立即塞进了她们的嘴里，她们挣扎着被汉奸们架出了车站。

许有年和三浦太郎回到车站时，客车已经开走，只有几个铁路职员还围在那里悄悄地议论着什么，看见许有年过来，就一下子散开，各走各的了。许有年感到有些不对劲儿，正要找人问清楚，只见厨房的小翠向他走过来，悄悄地对他说：

"他们说你是汉奸，不让我和你说话，但我知道你不是坏人……"

许有年急切地打断她的话："到底发生了什么事？小翠你快说！"

小翠看了看周围，小声地说道："刚才侦缉队的人在车站抓走了两个女学生，说她们是共党分子。"

"共党分子？两个女学生？"许有年的呼吸有点急促，他抑制住自己的情绪说道，"小翠，你说清楚点，到底是怎么回事？来，到我办公室慢慢说。"

小翠跟着许有年来到办公室，一五一十地讲了事情的经过，最后说道："听当时正在旁边给列车加水的谢师傅说，他们从一个女学生包里搜出一本什么书，就把人给抓走了。"

小翠走后，许有年内心非常着急，心想："一本书？到底是什么书？被抓的两个女学生是不是我党的同志？一定要想办法打听清楚！"他冷静地思考了一会儿，提笔飞快地写了一张字条，交给了在站外卖烟的郑嫂，然后带着三浦太郎向宪兵司令部走去。

渡边见许有年到来，高兴地迎了上去：

"有年君，好久没来了，这几天没人和我下棋，憋死我了。来，我们先杀两局再谈别的！"

许有年笑着说：

"好哇，渡边君有兴趣，我奉陪到底。"

说着，漫不经心地从办公桌上拿起一本书看了看：

"哦，《七月诗派》。渡边君还有这个雅兴？"

"不，我对诗不感兴趣，也不懂。这是侦缉队刚送来的，说是抓了两个女共党。他们正在审讯。"渡边眯缝着双眼，看了看许有年："有年君对诗也感兴趣吗？"

"当然感兴趣。"许有年翻了翻书，"这本书现在的大学生几乎都读过，我在铁道学院读书时也有一本，我最喜欢牛汉的《鄂尔多斯草原》，伊藤老师也喜欢这首诗。"

许有年将书往桌上一扔，用眼睛的余光瞟了渡边一眼，只见渡边懊丧地拍了拍额头。他装作什么也没看见，来到棋盘边：

"来吧，咱们杀两局，看谁胜谁负。"

现在的渡边已经没有兴趣下棋了，他本来以为抓了两个共党可以向上司邀功，听许有年这么一说，看来希望不大了。他摇了摇头，苦笑了一下："对不起，有年君，我的头突然有点疼，唔，下次吧，我们下次再下吧。"

许有年笑了笑："哦，渡边太君不舒服，那可要好好休息一下哦。那，我今天告辞了。"

其实，《七月诗派》是由国统区出版的一本爱国诗刊，它的代表诗人有艾青、田间、绿原、牛汉等人。《七月诗派》的政治色彩非常浓厚，它主张抗日，是当时千千万万的爱国志士和进步青年十分喜爱的刊物之一。许有年欺负渡边不懂诗，故意轻描淡写地说了一通。

许有年回到车站，接到郑嫂带来的回条，上面写道：

“今晚八点到老地方见。”

晚上八点，许有年刚走进联络点就吓了一跳，只见四五个鬼子兵正虎视眈眈地盯着他，其中一个曹长军衔的鬼子两眼一瞪：

“八嘎，什么人的干活！”

他还没回过神来，这些“鬼子兵”一下子都笑了起来。许有年仔细一看，也笑了起来。原来，这些“鬼子兵”都是武工队员化装的，那个“曹长”就是队长王大壮。

赵华和李智从暗处走了过来，两人握住许有年的手，赵华道：“许有年同志来了，来，咱们商量一下今晚的营救计划。”

大家都坐下后，赵华站起来，低声说道：

“最近，侦缉队像疯狗一样到处乱咬，特别是那个何疯子，我们早就想干掉他，正好，今晚一来救人，二来打击侦缉队，现在，由李智同志说说今晚计划。”

李智站起来，双手撑着桌子，兴奋地说道：

“刘云团长昨天才送给我们的礼物，今天就派上用场了。咱们今晚这样干……”

三

晚上十二点，侦缉队院里。

这里离车站较近，在夜里可以清晰地听见火车排汽和车轮与铁轨摩擦的声音。在靠北的一间阴森森的屋里的两根柱子上，分别绑着两个女学生。扎小辫的姑娘名叫吴萍，她嘴角流着血，头上的小辫儿已经散开，月白色的衬衣上布满了鞭子抽过的血痕，她怒目瞪视着站在暗处的两个汉奸。绑在另一根柱子上的是十七岁的小凤姑娘，她的花裙子上半身已被撕烂，一对丰满雪白的乳房露在外面，她此时正在抽泣着，已经哭不出声音了。

站在暗处的两个汉奸正淫亵地看着小凤露在外面的乳房，一个龅牙的汉奸淫笑地走到小凤面前，用一把匕首刮了一下小凤裸露的乳头，阴阳怪气地说：

“别哭了，咱们队长已经将你许配给山本太君了，再有一会儿，队长就把太君请来了，嘿嘿，你这对宝贝今晚可就要享福了。”说完，哈哈淫笑起来。

这时，门外响起一阵皮鞋声，龅牙汉奸赶紧小声说：“这不，太君来了。”两个汉奸“啪”的一声立正。

门开了，进来的不是山本和何队长，而是一队鬼子兵，前面的一个留仁丹胡子，戴着眼镜的矮个儿的军官用日语说了句什么，一个翻译模样的人说道：

“太君问，你们何队长呢？”

龅牙点头哈腰地说：“队长去请山本太君了，马上回来，马上回……”

话没说完，一把刺刀从他背后直插心脏，他两眼一翻，还没搞清楚是怎么回事，就见阎王爷去了；另一个汉奸见势不妙，正要拔枪，一把刺刀也从他后面透心而过，他“扑通”一声倒在地上，两脚抽搐了一阵，也断气了。

被绑在柱子上的两个姑娘看着这一切，也惊呆了，还没回过神来，只听耳边有人说道：

“姑娘别怕，我们是八路军武工队员，是来营救你们的。”

话没说完，绑在姑娘身上的绳子已经被刀割断。两个姑娘吃了不少的苦头，绳子刚被割断，小凤就瘫软在地上。化装成日本军官的许有年取下粘在唇上的小胡子，扶起小凤，脱下日本军装，披在小凤裸露的身上。这时，两个武工队员提着一挺机枪进来说道：

“都搜遍了，没有其他人了，他妈的，何疯子又漏网了，但我们在何疯子的屋里找到了这个，嘿！一挺崭新的歪把子机枪！”

那个化装成“翻译官”的李智爱抚地摸了摸铮亮瓦蓝的枪身，笑着点点头。他一眼看见早已毙命的龅牙皮带上挂着一把匕首，他灵机一动，将龅牙的匕首从他腰间皮带上抽出来，狠狠地插入另一个汉奸尸体的背上，低声说了声：“撤！”一个粗壮的“日本兵”（王大壮）将龅牙的尸体塞进一条早已准备好的麻布口袋里，扛起就走，另两个武工队员背起两个姑娘跑出门，大门边，还有两个侦缉队的汉奸倒在地上，早已断气。

整个营救过程只用了八分钟不到，街面上，依然平静。

出门后，许有年将鬼子军裤和皮靴脱下来，交给王大壮，和同志们握手道别，匆匆往车站走去。谁知许有年刚一转弯，就看见前面一户大户人家的石狮子后面一对阴森的眼睛正注视着自己，他内心打了个激灵：“这不是那天晚上在渡边院里看见过的那双眼睛吗？不管是敌是友，今晚不能让他跑了。”

他迅速拔出安度士手枪，一个箭步冲过去，但那人的身手比他快多了，只见黑影一闪，那人已跳上高墙，在墙上几蹿就不见了踪影。许有年只是在星光下隐隐约约地看见那人有一副瘦小的身躯，头上除了眼睛外，其他部位都被黑布裹得严严实实。许有年站在那里愣了几秒钟，满怀狐疑地正要转身回车站去，这时，他突然发现那人刚才蹲过的地上有一团黑乎乎的东西，他赶紧过去俯身拾起仔细一看，大吃一惊，充满疑惑地想道：

“怎么，难道会是他？！”

又过了五分钟，山本醉醺醺地随着何凤志来到侦缉队，一迈进大门，山本就淫声大喊：“花姑娘的，我的来了……”

话音未落，就被一堆软绵绵的东西绊了一个狗吃屎，还没爬起来，跟在后面的何凤志就嚎了起来：

“太君，有八路！”

山本的酒劲一下子醒了一半，仔细一看，绊倒自己的是两具血肉模糊的尸体，他笨拙地爬起来掏出手枪，对着黑洞洞的屋里“啪、啪”开了两枪，枪声在夜里特别刺耳。枪响后，山本见屋里没动静，拔出指挥刀嚎叫着冲了进去，刚冲进屋，“扑通”一声，又被一具尸体狠狠地绊了一跤。这一下把山本气得发疯，爬起来，抱起尸体就是一个“大背”，“咚”，尸体摔在地上毫无动静，接着又是一下。

枪声引来了渡边和大批鬼子、汉奸，他们迅速包围了侦缉队大院。当他们冲进屋里，十几把电筒一照，一幅恐怖的画面映入他们的眼帘：浑身是血的山本像疯子一样在和一具尸体较劲，而那具尸体已经被摔得完全看不出是什么模样了，山本瞪着通红的双眼，嘴里还叼着那具尸体血肉模糊的耳朵。

渡边气得“八嘎”一声大骂，过去狠狠地扇了山本两耳光，这才把山本打醒过来，“嗨”的一声，站在那里直喘粗气。

这时，屋里的灯亮了起来，只见屋里一片狼藉，上午抓的两个女“共党”也不知去向。渡边的眼光在屋里横扫了一遍，从地上捡起一把血淋淋的匕首，他拿起匕首仔细一看，匕首把上刻了一个“冯”字。渡边抬眼看见刚从屋外溜进来的何凤志，他一把揪住何凤志的领口，眼冒凶光，咬牙切齿地问道：

“你的，说，怎么回事？”

何凤志吓得浑身哆嗦，口吃地说：

“是……是八…八路干……干的……”

这时，另一个汉奸跑进来，不长眼地对何凤志大声嚷道：

“报告队长，冯龅牙家里也没人。”然后放低声音，“是不是跟八路跑了？”

渡边一听，将何凤志狠狠一搡，拔出指挥刀，高高地举起来，正要向何凤志的脖子劈下去，突然转念一想：

“现在正是用人之际，还不能杀他。”

他长长地呼了一口气，慢慢放下刀，插进刀鞘，回身狠狠地踹了何凤志一脚，叽里咕噜地说了一通日语，转身一瘸一拐地离去。王翻译官看了看远去的渡边，对还躺在地上发抖的何凤志说道：

“太君说，上次出了个王麻子，这次又出了个冯龅牙，你们侦缉队他妈的已经成了一个八路窝子。留你一条狗命，限你三日内破案，否则……”

说到这里，王翻译官顿了顿，放低声音说道，“唉，何队长，你知道下场是什么。”

这时，还没缓过劲来的山本，因为刚才挨了渡边的两耳光，一肚子气很想撒在何凤志身上，苦于浑身脱力，只能边喘粗气边恶狠狠地吼道：“八嘎，你的良心大大的坏，三天不破案，死啦死啦的！”

四

烈日下，保定城西门外。天上没有一丝丝云，树上的蝉没完没了地“吱吱”鸣着，偶尔还能听见不远处火车放汽的“哧哧”声，两种声音混合着，搅得路上的行人昏昏欲睡。离城门不远的大树下，一个西瓜摊前围着几个路人正在吃瓜，卖瓜的中年汉子不时地用一条已不知是什么颜色的毛巾擦着直冒汗的光头，并大声吆喝着：

“哎，卖瓜啦，又沙又甜的大西瓜，吃一口，甜掉牙，快来买哎。”

侦缉队长何凤志醉醺醺地摇摆着走出城门，他穿着一件敞开胸襟的白绸子上衣，腰间的宽皮带上斜插着一把盒子炮，嘴里骂骂咧咧的，不知道在说些什么。

城门的岗哨上，四个正在盘查老百姓的伪军看见何凤志走过来，赶紧谄媚地向他点头哈腰，带班的伪军李三撩起衣襟擦了把脸上的汗水，从衣兜里掏出一包哈德门香烟，抽出一支讨好地递了过去：

“何队长辛苦了，抽烟，嘿嘿，抽烟。”

何凤志哼了一声，眼皮都没有抬一下，大大咧咧地从李三面前走过去，李三递烟的手僵在那里，尴尬地站着，眼角瞟见几个伪军和百姓正在窃笑。他见何凤志走远了，朝地下“呸”地吐了一泡口水：

“什么东西，神气个啥，迟早挨八路的黑枪。”

何凤志此刻的心里正不是滋味。昨天上午抓的两个北平的女学生到了晚上莫名其妙地失踪，自己的三个部下不知被谁用刺刀捅死，而自己的亲信冯龅牙活不见人，死不见尸，三把短枪和一挺机枪不翼而飞。还有渡边太君“赏”他的几个大耳刮子……想到这里，他情不自禁地摸了一下到现在还火辣辣的脸，心头无名火起，忍不住大骂了一句：

“他妈的小鬼子，浑蛋！老子替你们卖命，没功劳还有苦劳……”突然，他心里一紧，想起山本太君的吼叫：

“八嘎，你的良心大大的坏，三天不破案，死啦死啦的！”

他嘴角抽搐了一下，顿时感到口干舌燥，两只三角眼向四周巡视了一番，看见正前方有个西瓜摊，他的舌头情不自禁地舔了下干裂的嘴唇，径直向西瓜摊走去。

围在西瓜摊前的人们见他走过来，有些人早已认出他就是远近闻名的恶人“何疯子”，于是都像是看见瘟神一样，赶紧躲开。

何凤志来到西瓜摊前，二话不说，抱起一个大西瓜掂了掂，一拳头砸得稀烂，凑在眼前看了一眼，嘴角一撇，狠狠地摔在地上，又抱起一个瓜，一拳砸烂，还是不满意，又摔在地下。瓜摊前顿时一片狼藉，鲜红的瓜汁流得到处都是。

卖瓜的汉子见何疯子一副凶神恶煞的样子，又见他腰里别着一支大张着机头的盒子炮，早已吓得浑身打抖，说不出话来。见何疯子又砸开一个大瓜，抓起一块红瓤子哧溜哧溜地啃了起来。

卖瓜人见围观的人越来越多，他用无助的眼光向人们求援，但大多数人都是敢怒而不敢言，他只好镇定了一下发颤的双腿，壮着胆子颤抖地说道：

“何……何队长，给几个瓜钱吧，家里等着我买米下锅啊……”

何凤志乜斜着三角眼，看了卖瓜人一眼，阴阳怪气地说道：

“嘿，你个王八蛋，不识好歹！要钱不是？好哇，待会儿跟老子到侦缉队拿去！”

卖瓜汉子哪敢跟他到侦缉队去要钱，只得忍气吞声地小声嘀咕道：

“唉，吃瓜不给钱，这是什么世道啊！唉！”说着，懊恼地摇了摇头。

何凤志昨晚挨了日本人的打，正在气头上，双眼一瞪，一下子站起来：

“你说什么？什么世道？皇道乐土！你不满意是不是，老子怎么越看你越像是八路！”

说着抓起案板上的西瓜刀，回身架在卖瓜人的脖子上，左手摸着他的光头，狞笑道："老子看你的这个瓜像是熟透了，砍开看看是红瓤子还是白瓤子！"

说着，举刀就向卖瓜人头上砍下去。围观的人们吓得"哗"的一声，向四处奔跑，胆小的人赶紧闭上了眼睛。

许有年从宪兵司令部出来，往车站方向走去。他身后跟着三浦太郎。昨晚成功地营救出两个进步女学生，杀了四个汉奸，并将渡边的视线引向侦缉队。刚才听说，渡边当着所有人的面，几个大耳刮子打得何疯子两眼冒金星，当场瘫倒在地上。想到这里，许有年嘴角露出了一丝不易察觉的微笑。这时，他脑海里又浮现出那一对阴森的眼睛，他不自觉地摇摇头，苦笑一下，心想："管他是敌是友，迟早会露原形的。"

刚走出城门，远远看见一大群人正在慌乱地东奔西跑，他定睛一看，只见侦缉队的何疯子抓着一把西瓜刀正架在一个中年汉子的脖子上，举刀正要向那人头上砍去。说时迟，那时快，许有年大吼一声：

"何疯子，住手！"

何凤志愣了一下，条件反射地回头看了一眼，还未看清楚是什么人，举在头上的西瓜刀已被那人夺了下来。这时他才看清楚夺他刀的是车站站长许有年。何凤志瞪着已被酒精烧得血红的双眼，愣在那里。许有年将夺下来的西瓜刀往地下一扔，大声说道：

"好哇，何疯子，你不去破案，跑到这里来发什么酒疯！"

何疯子平时就知道这个许站长是渡边太君身边的红人，他也知道这个人轻易得罪不得，但此时当着这么多人的面他下不来台，再加上酒劲和疯劲一上来，就什么也顾不得了，他乜斜着三角眼，脱口骂道：

"你他妈的是什么东西，管到老子侦缉队头上来了！"

说着伸手从腰里拔出手枪，还没来得及将枪举起来，只听得"八嘎！"一声，脸上已被三浦太郎狠狠地揍了一拳，他仰面一倒，只觉得眼前金星乱窜，不自觉地扣了一下扳机，只听"砰"的一声，一颗子弹朝天上飞去。许有年敏捷地一把拧下他手中的枪，心想，这正是惩罚这个狗汉奸的好机会，立刻用日语对三浦太郎命令道：

"打，给我狠狠地打！"

早已被激怒的三浦太郎举起三八大盖，用枪托向倒在地上的何凤志劈头盖脸地一顿乱砸，打得何凤志抱着头在地上乱滚，嘴里哀号着：

“太君……太君，饶……饶命啊……”

周围的老百姓刚开始还没搞清楚是怎么回事，只见一个鬼子兵用枪托暴打一个人人痛恨的恶汉奸，而另一个“汉奸”则在旁边大声喊打，这场景实在罕见。老百姓平时都十分痛恨日本鬼子打中国人，但此时却都感到非常解恨。大家都情不自禁地大喊：“打！打！打死这个狗东西！”

何疯子这时已被打得奄奄一息，喉咙里发出微弱的声音：“太……太君……饶……”

满头是汗的日本人又抽出皮带，对着何疯子一顿乱抽，眼看要将何疯子打死。许有年用日语对三浦太郎嘀咕了几句，三浦太郎这才收手，还不解恨地朝瘫在地上一动不动的何疯子的头上狠狠地踢了一脚。

许有年回头朝四个感到莫名其妙的伪军看了一眼，说道：

“还愣在那里干什么？把这条死狗抬回侦缉队去，就说是我许有年打的！”

说完，带着三浦太郎扬长而去。

何凤志被抬回侦缉队的当天晚上就一命归西，据说，他死之前还在不停地哀号：“哎哟，痛啊……太君啊，冤枉啊……我是你们的一条忠实的狗啊……”

第二天，这件事很快就传遍了保定城和周边的几个县，“日本兵毒打铁杆汉奸”的话题被编成几个版本流传着，离保定城不远的清苑县和高阳县还有人放起了鞭炮。一些死心塌地为日本人卖命的汉奸都感到抬不起头来，很长时间都不敢像过去那样猖狂地欺负老百姓，路上看见日本兵再也不像过去那样点头哈腰地迎上去，而是尽量躲着走。

渡边大佐总觉得这件事有点儿不对劲，暗中找来三浦太郎调查，可三浦太郎一口咬定是何凤志先拔出手枪对着他和许站长，并且居然开了枪，所幸子弹打偏了，才没有伤着人。而最具有说服力的是四个当班伪军的证词。伪军班长李三由于何凤志曾当众让他下不了台而对他心怀不满，故在渡边找他们问话时添油加醋地说：

“何队长那天出城门时嘴里就一直在骂太君，我听得真真的，不信您问他们。”

他身后的另三个伪军见渡边的目光向他们投来，赶紧点头说：“是，班长说的一点儿都没错。确实是这样。”一个伪军还补充说道：“是的，那天我也听见了，何队长还骂太君是小鬼子，是浑蛋。”

渡边眉头一皱，“嗯”了一声，接着两眼一瞪：“八嘎！”

吓得说这话的伪军打了个寒战，赶紧点头哈腰地说：

“那是何队……不……是……是何凤志说的，不是我说的。”

见渡边的态度慢慢缓和了下来，李三又接着说道：

“当时何凤志正在一个西瓜摊前发酒疯，许站长和一个太君叫他赶紧去破什么案，他掏出枪来就要打许站长和太君，还开了一枪，才被太君打了一顿。其他的我们就不知道了。”

渡边眯缝着双眼，狠狠地吸了一口烟，回想起那天晚上自己当众打了何凤志几个耳光，何凤志肯定心怀不满，如果他不死，说不定还会闹出什么更大的事来。想到这里，他轻轻地点了点头，挤出一丝笑容对着伪军们说：

“你们的，良心大大的好，许站长的，太君的朋友！”

第十章

一

自从许有年被日本人调到保定车站以后，党组织为了让他更好地开展工作，决定暂停对车站管辖区内进行破坏和骚扰，因此车站表面上一直都很平静，而周边铁路和许多小站都闹翻了天。不是今天这里翻车就是明天那里爆炸。因此，渡边在沿线铁路治安会上得到了多田峻中将的嘉奖。

渡边对同僚们吹嘘，说是全因为自己的兵力“调配有方”，所以自己的防区内“固若金汤”，他虽然在同僚面前显得十分得意，但其内心却颇感纳闷儿，自己的兵力不足，根本不存在什么“调配有方”的问题，那么又是什么原因使自己的防区，特别是车站保持了近一年的平静呢？这时，他想起多田峻中将在铁路治安会上讲的一席话：

“根据内部情报，有一个代号为‘铁魂’的共党分子，就潜伏在我们的内部。他最近一年来在冀中一带活动频繁，石门附近的军火列车被劫案和徐水附近的铁甲列车颠覆案等都与这个‘铁魂’有关。我现在一想起这个‘铁魂’就感到头疼！至于这个‘铁魂’究竟藏身何处，我们的情报部门正在通过各种渠道进行挖掘！相信要不了多久，这个所谓的‘铁魂’就会被我们挖掘出来！到时候，我要将他碎尸万段！”

想到这里，也是在自己管辖的车站干了近一年的许有年的形象在他脑海里闪了一下：“这个许有年难道真的有这么大的本事，将这个曾被抗日分子搅得天翻地覆的车站管理得保持了近一年的平静？”

想到这里，渡边顿时感到一丝莫名其妙的不安。他将许有年来到保定后的表现统统在脑海里重新过了一遍，还是找不出一丝可怀疑之处，他渐渐放下心来。而最使他放心、也是最得意之处就是他给许有年配了个“卫兵”。他听下属们向他汇报，三浦太郎每天像影子一样跟着许有年，就连晚上睡觉都只有一墙之隔。由此，他得出结论：许有年根本没有单独活动的可能。车站管辖区内的平安，是天皇保佑的结果。

渡边哪里知道，三浦太郎由于在国内的悲惨遭遇和来到中国后的所见所闻，再加上许有年平时对他的教育，他早已对这场战争和自己的上司、成天想着烧杀奸淫的同僚们产生了极度的厌恶感，他对许有年的一些行动，其实也早已有些察觉，但由于他已将许有年视为自己的亲哥哥，故采取睁一只眼、闭一只眼的态度，甚至在渡边找他调查时，他也极力为许有年掩饰，就这样，渡边对许有年仅有的一丝怀疑也就烟消云散了。

许有年这段时期也没闲着，他先后在车站发展了四个积极分子：机修工谢宗贵、调度室鲁保田、仓库保管员老李头和小翠。谢宗贵是曲阳县人，二十八岁，祖辈都是县里有名的锁匠，日本人来之前，他曾在一次灾荒年中，独自一人潜进县太爷家中，轻而易举地打开县太爷的儿子从英国买回来的保险柜，盗出大量的金银财宝分给老百姓而被国民党县总部通缉，他逃到保定，并在车站隐姓埋名工作多年。现在已被许有年发展为中共党员。小翠也承担了送情报和与郑嫂联络的工作，这样，许有年的工作比刚到保定时轻松多了，没事的时候许有年还向谢宗贵学习开各种锁的技巧，并利用车站唯一的一辆破旧的卡车学会了开车。如今，表面平静的保定车站，实质上已成为一颗深埋在敌人内部的定时炸弹。

车站的职员都知道是三浦太郎打死了人人痛恨的汉奸何疯子，故大家都对三浦太郎颇有一些好感，但是，看见他平时站在许站长办公室门前凶巴巴的样子，又没人敢去招惹他，只有活泼可爱的小翠一点儿也不怕他，成天“狼（郎）哥哥”长，“大灰狼”短地叫他。小翠曾利用几个晚上的时间，织了两双毛线袜子，一双送给许有年，另一双她拿到三浦太郎面前，撩起他的裤脚：“大灰狼，试试看，合脚不？”令大家奇怪的是，每次三浦太郎只要一看见小翠，原本呆板的面孔就会浮现出一丝温柔的笑容。这时，他接过小翠织的毛线袜子，捂在胸前，用许有年教他的，还很生硬的汉语说了声：“谢谢。”然后仔细地将毛线袜折好，揣入裤兜里。

但谁也不知道，这双毛线袜子三浦太郎从来就没上过脚，而是像宝贝似的珍藏起来。一直到1965年他在大阪因车祸去世时，人们从他的遗物中的一只小铁盒里，发现了两件东西，一件是刻着立花樱子名字的玉手镯，另一件就是一双手工织的没分大脚趾的中式毛线袜子。

8月中旬的一天下午，许有年接到一个非常重要的任务，不惜一切代价搞到一辆秘密列车的准确运行时刻表。这辆列车装载着日本731部队刚研制的细菌弹，准备从哈尔滨运到太原，计划在第二战区晋西北边区试投放。这个计划一旦实施，将给边区人民和抗日军队造成巨大的灾难。日本人给这个计划取了个代号：“3A行动”。由于这个计划的密级极高，除了日本有关高级将领外，能得到准确运载时刻表的只有沿线铁路的极少数日本佐级军官，渡边大佐的手头肯定也有一份。

铁工委书记赵华在向许有年布置任务时语重心长地说道：

“这个任务我党非常重视，已下达到各站有关的地下工作者手中，上级认为，相比之下，你的条件较成熟，所以寄予的希望也比较大。你回去把各种细节仔细考虑一下，需要我们从哪些方面配合，我们会全力以赴地配合你的。一定要记住，切忌打草惊蛇！哦，我这里有一台刘云团长送给我们的德国造蔡斯微型照相机，这也是上次在石门缴获的战利品，你拿去熟悉一下性能，到时候它要起关键作用哦。”

许有年沉思了一会儿，站起身来，表情严肃地说道：

“谢谢党组织对我的信任，就是豁出性命，我都要想方设法去完成任务！我刚才考虑了一下，为了不惊动敌人，这个任务人不宜多，就我和谢宗贵两个人足够了。谢宗贵这个人我了解，他开保险柜是把好手，我也知道渡边保险柜的具体位置。另外，我了解到，如果没有特殊情况，渡边每个礼拜天晚上都要回家和他的夫人、孩子们在一起度过，渡边的家，就在离宪兵司令部不远的王四胡同里。至于行动时间，我想越快越好，最好明天晚上就行动，因为明天正好是礼拜天。至于行动计划，我准备这样干……”

赵华和李智仔细地听了许有年的计划后，非常高兴，李智又补充了一些细节，使这个计划更加完美。

回到车站，天色已晚，许有年将谢宗贵叫到办公室，将这次任务的内容说了一遍，并说出了自己的计划，谢宗贵听了异常兴奋，一拍胸脯道：

“许站长你放心，再难开的保险柜，我都能想办法打开，到时候你就看我的吧。”

第二天晚上，许有年和谢宗贵来到地下党秘密联络点，换上赵华他们早已准备好的鬼子军装，李智取出一副金丝边眼镜和一双雪白的手套，给许有年戴上，并用毛笔在他的眉毛上涂了几下，在昏暗的灯光下看，挎着日本指挥刀的许有年还真有七八分像渡边大佐。赵华看看表，已经十一点过了，他站起来，紧紧地握住许有年的双手：

“许有年同志，注意安全，我们在这里等你们的好消息。”

宪兵司令部门前的街上，天黑蒙蒙的，昏暗的路灯被晚风吹得摇摇晃晃，寂静的街面上传来一阵皮鞋的踢踏声。门口站岗的两个伪军正昏昏欲睡，听见脚步声后抬眼一看，只见远处渡边太君正一瘸一拐地和一个卫兵向大门走来，他们赶紧打起精神，胸脯一挺，目不斜视地站得笔直。渡边来到大门口，用手电筒朝两个伪军的脸上照了照，手电的强光使他们的瞳孔一下子缩小，眼睛一瞬间什么也看不清，只感觉到渡边扬了扬手，说了句：“哟西！”就一瘸一瘸地进了大门。

大院内，由于司令部上次被武工队袭击过一次，渡边也学乖了，院里晚上不开灯，整个院里一片漆黑，几个暗哨全部潜伏在院子的角落里。这时，潜伏在暗处的几个鬼子和伪军看见渡边回来了，都从潜伏点出来，“啪”地立正，以示自己没有偷懒。渡边用鼻子哼了一声，抬手挥了挥，鬼子和伪军们又回到各自的潜伏点。

来到渡边的办公室门前，谢宗贵掏出早已准备好的一片薄铁片递给许有年，并对他点点头。许有年接过铁片，按照谢宗贵所教的开锁要领，插入锁孔，轻轻地一挑，一转，只听轻微的“咔”的一声，门开了。

进门后，许有年迅速拉上窗帘，打开桌上的台灯，看了看怀表，和谢宗贵来到膏药旗面前，撩起旗帜的一角，保险柜就毫无遮盖地显现在他们眼前。谢宗贵凝神仔细观察了一遍，确定没有报警装置后，将万能钥匙插入保险柜的锁孔，右耳紧贴保险柜的铁门，左手轻轻地来回转动着密码盘。

许有年屏住呼吸，紧张地看着谢宗贵，身体不由自主地微微颤抖着。他此刻只觉得时间在飞快地流逝，自己的心脏也在“咚、咚、咚”地剧烈跳动着，他甚至开始怀疑谢宗贵能否打开保险柜。

忽然，只听“啪”的一声轻响，柜门打开了，许有年下意识地看了看已经被自己捏出了汗的怀表，时间其实还不到两分钟！他俩都长长地出了一口气。

谢宗贵打开保险柜后，向许有年点点头，轻声说句：“看你的了。”就按原定计划背起三八大盖到门外放哨去了。许有年用电筒照了一下保险柜，只见柜内有一大摞文件和许多金条，他仔细看了看文件摆放的位置，然后小心地将文件取出，一份一份地找他所需要的那份文件。

时间一秒一秒地过去了，当他翻到第六份文件时，“3A行动”四个红字赫然出现在眼前。他赶紧掏出微型相机，将这份文件摆在台灯下，仔细地拍了下来。拍完后，又顺便拍了一份《秋季扫荡计划》。然后将文件摞好，照原样放回保险柜内，轻轻关上柜门，将密码盘旋转了两下，仔细检查了一下周围，确定没有留下任何痕迹后，关了灯，拉开窗帘，出门和谢宗贵扬长而去。

走出大门后，他俩相互看了看，都会心地笑了，没想到任务完成得这么顺利，他们觉得步伐轻便了许多。走到站岗的伪军看不到的拐角，许有年摘下金丝边眼镜，和谢宗贵快步向联络点跑去。

这时，没有意料到的事情发生了。

二

大街上空无一人，许有年和谢宗贵放松了警惕，一路小跑向联络点跑去。

自从王麻子和冯龅牙出事后，何疯子又被许有年指使三浦太郎打死，整个侦缉队现已完全瘫痪。剩下的十几个汉奸人人自危，再也没有了往日的狂劲，都成天躲在家里不敢出门，侦缉队的院里空空如也，灰尘积起老厚，大门上始终挂着一把生了锈的大锁。

渡边顿时感觉到像是失去了一条胳膊一样难受，因为日本鬼子在中国人生地不熟，语言又不通，若没有汉奸们的协助，就像瞎子和聋子一样极不方便。

渡边决定重新组建侦缉队，他委派山本少佐在周边地区物色一个汉奸来担任新的侦缉队长。通过筛选，山本将白洋淀地区王家寨据点的伪军中队长韩恩荣调到了保定城里。

今天晚上，韩恩荣为了感谢太君的提拔，特意在自己的临时住所设宴招待山本，并让自己的情妇作陪。山本酒足饭饱后，带着一个卫兵和王翻译官从韩恩荣家出来，这时已是半夜十二点过了。和王翻译分手后，山本带着卫兵摇摇晃晃地朝宪兵司令部走去。刚走到一个十字路口时，寂静的街上传来一阵急促的脚步声，山本在拐角处探头往东面一看，只见不远处两个黑影正朝这边跑来。山本的酒劲顿时醒了一半，低声对卫兵说道：

“不许开枪，抓活的！”

然后轻轻地抽出腰间的日本指挥刀，紧贴着墙角，等待着“猎物”的到来。

许有年和谢宗贵正在兴奋地小跑着，冷不丁从旁边的民房顶上飞下一片瓦来，正好落在许有年的前面，“啪”的一声摔得粉碎。他猛地站住，拔出手枪，轻声喝道：

“谁！”

躲在拐角处的山本以为许有年发现了自己，和卫兵跳了出来，两支手电筒同时照着对方的脸。许有年一看，是山本，心里一紧，他暗暗提醒自己，先不要开枪，免得惊动了鬼子。而山本也认出对方是车站的许站长，他阴险地嘿嘿一笑：

“噢，是许站长。哦？还穿着大日本皇军军服！哈哈，我明白了，你就是大名鼎鼎的‘铁魂’吧！真没想到，对不起了，许大站长，请跟我走一趟吧。”

许有年心想：“山本有一股蛮力，而且摔跤技巧和刀法都不错，自己和谢宗贵两人加起来也未必是他的对手，开枪吧，但是枪声一响就会引来附近巡逻的大批鬼子，自己牺牲了倒没什么，关键是兜里的胶卷怎么办？”这些念头都是在一瞬间闪过了他的脑海。

而山本也吃定了许有年不敢开枪，他双手握着刀，瞪大了眼睛，慢慢逼近许有年，准备出其不意地用刀背将二人打翻在地，然后抓个活口。就在这千钧一发的时刻，一个黑影突然从房顶跳下，双脚还未落地，只听“噗”的一声，山本旁边的鬼子兵就不知被什么东西敲得脑浆迸裂，闷哼了一声倒在了地上。山本大吃一惊，回身闪电般地劈出一刀，这一刀正砍在黑衣人的肩上，只听黑衣人“啊”的一声，倒在了地上。就在这一瞬间，谢宗贵抓住了这仅有的机会，猛地一挺三八枪的刺刀，刀刃直接穿进了山本的心脏。谢宗贵双手用力一拧，山本的心脏顿时被刺刀搅得稀烂。山本猛地回过头来，瞪大眼睛恶狠狠地看了谢宗贵一眼，嘴唇动了动，像是想咒骂什么，但一点声音也没发出来。谢宗贵猛地一抽刺刀，一股鲜血喷得老高，山本肥硕的身躯轰然倒地，双脚抽搐了几下，就断气了。

许有年俯身看了看山本，确信他已经断气了，就凑近山本的耳边，轻轻地用日语嘀咕道：

“你猜得不错，我就是‘铁魂’，可惜你知道得太晚了，现在，你可以到阎王爷那里去告密了！”

说完，许有年赶紧扶起倒在地上的黑衣人，只见他黑布蒙面，只露出一对眼睛。许有年轻轻地喊了一声：“李站长，坚持住。”接着，迅速脱下自己的白衬衣，并撕成条状，熟练地给黑衣人包扎起来。黑衣人顿时吃惊地瞪大双眼：

“你……你知道是我？”

许有年点点头，从兜里掏出一只绣了一对鸳鸯的烟荷包，递给黑衣人：“现在不是说这些的时候，快，我背你走！”

说完，不由分说，背起黑衣人就走，谢宗贵收起鬼子的长短枪和掉在地上的铜烟袋，跟在许有年的身后，向联络点走去。

原来，这个黑衣人就是车站的副站长李瑞林，他是受重庆情报机构派遣打入保定车站的国民党特工人员。李瑞林是河南登封人氏，从小在少林寺出家，练得一身极佳的轻功，而他的独门武器就是那根从不离手的铜烟袋，已有十几个鬼子的头颅被这只铜烟袋的铜头敲碎，其中包括前任站长川岛信夫。李瑞林成天走路弓着腰，装出一副胆小怕事的模样，谁也不会怀疑他是个抗日分子。他上次不小心丢失了烟荷包，恰巧被许有年拾到，许有年一眼就认出这是李瑞林的东西，他很快就向上级做了汇报。几天后，通过党的内线，将李瑞林的底细查得一清二楚。党组织给许有年下了指示："只要他是抗日的，就是我们的朋友。不要惊动他，等待时机和他联络。以便相互掩护，共同抗日。"

而李瑞林也发现了许有年是共产党的特工，他打内心佩服这个年轻人的胆识，并决定在适当的时候暗中帮助许有年。这次，他也接到了上峰的命令，要他想办法搞到"3A行动"的计划文件，但他的行动还是比许有年慢了一步。当他看见许有年已经得手时，心里虽然有一些失落感，但内心深处还是替他们感到高兴。他悄悄地跟在许有年他们的后面。当他感觉到许有年他们由于兴奋而放松警惕时，又决定在暗中保护他们，顺便查清许有年他们的"巢穴"所在地。他施展轻功，在房顶上无声无息地快速奔跑。当他从高处发现了山本而抛瓦示警时，已经晚了，山本已经认出了许有年。本来李瑞林站在国民党的立场上完全可以坐山观虎斗，不蹚这次"浑水"，但他的民族意识使他不顾一切地跳了下来。

许有年背着浑身是血的李瑞林来到联络点时，赵华和李智见状都吃了一惊。许有年简短地讲述了事情的经过后，李智立即用盐水清洗李瑞林的伤口，用绷带重新将伤口包扎起来，并派武工队连夜将李瑞林和胶卷送到八路军十八团驻地。

第二天一早，巡逻的鬼子兵在离韩恩荣住处不远的街口发现了山本和另一个鬼子的尸体，渡边气得暴跳如雷。经过调查和王翻译官的证实，山本是在韩恩荣家喝了酒后，在回家的路上遇害的，这样，韩恩荣也脱不了干系，日本人将他吊起来，拷打了半天也没有问出个结果，最后不了了之，关了三天后，让他的家人将他抬回了王家寨。

韩恩荣在家里养了一个多月伤后，不思悔改，又跑到王家寨据点去当汉奸。不久后，在一次袭击中，韩恩荣被雁翎队抓住并处决。

第十一章

一

1944年初春，日本军队由于在亚洲的战线越拉越长。加之其主力部队被中国的人民战争拖了七年之久，兵员和物资极度匮乏，在这种情况下，他们将过去法律规定不许当兵的“二等公民”朝鲜人也征召入伍，充当他们的炮灰。但不管他们采取什么措施，都不能扭转其在各战场战况日益恶化的局面。

许有年就是在这样的背景下又被日本人调回北平，并被委任为马家堡车站站长。比起保定车站，马家堡车站只是一个小站，连站长算上，才只有五个职员。但是，这个小站在日本人眼里却是一个极重要的战略要地，它地处丰台和永定门之间，在当时，北平南来北往的大多数列车，都要经过这个小站，而日军的很多重要军用物资都要在马家堡车站停靠、装卸。所以，在兵员极度匮乏的情况下，日本人还是在马家堡车站配备了一个中队的伪军来担任警备任务。

马家堡车站的前任站长是个日本人，叫须藤俊吉。此人长着两片厚厚的嘴唇和大大的眼睛，给人的第一印象是此人属忠厚老实型，其实他内心却十分狡猾和残忍。他现已被调至唐山的一个大站任副站长。这天，须藤俊吉在和许有年交接完工作后，对许有年说道：“听说你也是伊藤老师的学生，那，我就是你的师兄了。我还听说你在保定时救过渡边大佐的命，看在伊藤老师和渡边学长的面上我给你一个忠告：在马家堡车站当站长，你就是睡着了都要睁开一只眼睛，因为这个站就像个火山口，说不定哪天就会喷出熊熊的岩浆。中国的反日人士，就像岩浆一样，随时都会渗透到这里的各个角落，让你防不胜防。”说到这里，他停顿了一下，眯缝着眼睛看了看许有年，然后又说道，“我们去年先后在这个车站的职员中破获了几宗盗窃军火案，抓了三个反日分子，有共党分子，也有南京政府的派遣特务。他们虽然都没有成气候，但也给我们制造了不少的麻烦！”

许有年心中一阵冷笑，心想：

“老子这个现成的共党分子现在就站在你的面前，看你这个小鬼子能把老子怎么着！”

但嘴里却说道：“谢谢师兄的忠告，师弟万事俱备，就等着这些抗日分子的到来！他们要是来了，我还真得要好好招待招待他们！”

须藤“哈哈”大笑：“唔，不错，是得要好好‘招待招待’他们！”

交接完工作后，许有年独自一人在车站周围巡视了一遍。他看见，这个车站和其他车站大同小异，其不同之处是，其他车站几乎都是用木栅栏将站内外隔离开来，而这里却耸立着铺设电网的围墙。在车站的两端还有伪军的岗哨，可以说是戒备非常森严。靠站台东端有一段近两千米的会车停靠线。在会车停靠线的末端，是一堆像小山一样的土堆。

当天晚上，许有年来到北平地下党他的直接领导人吴明同志的住处，吴明非常高兴地接待了他。当许有年向吴明汇报了他被调回北平，被日本人安排在马家堡车站任站长的情况后，吴明一下子站了起来，兴奋地说道：

“真没想到啊！我们已经从保定铁工委那里得到你被调回北平的消息，但不知道你回来后会调到哪个站工作。说实话，我们完全没料到日本人会将你安排在马家堡这么重要的车站任站长。你知道吗，自从北平沦陷后，马家堡车站的站长职务一直都是由日本人担任的，现在由你这个中国人来任站长，说明日本人前方人员奇缺，只能大量抽调后方人员上前线。这从侧面说明：小鬼子快要完蛋了！当然，有你在马家堡任站长，对我们今后的工作更加有利了！”

“那我下一步的工作该怎么做？”

“你刚上任，暂时不要有所动作，先从基础工作做起。在取得了日本人的信任后，才能做出更大的动作。这一点，你在保定车站就做得非常好！不过，你可以留意一下，有没有大量运送医药用品的列车，因为咱们在前线的部队现在最紧缺的就是医药用品。”

“好，我记住了，一有这方面的情报我立即向你汇报！”

“太好了，你这一回来，咱们是如虎添翼，小日本这回又该更头疼了！哦，还有一件事我要告诉你，非常巧的是，在马家堡车站的对面，有一家‘豫香园’酒楼，酒楼的老板杨志宗是自己人，他的特征是胖胖的，说一口河南话。有紧急情况你可以去找他，你就说你的代号是‘铁魂’，他就知道了。另外，我现在可以告诉你，杨志宗同志也是咱们北平地下党‘铁工委’的负责人之一。”

“太好了！这一下我的工作可方便多了！”

和吴明同志告别后，许有年掏出怀表看了看，已经快晚上八点了，他想起今早出门时答应了妻子郭蕴早点回家，一想起妻子那善解人意的眼神，他的心里就充满了柔情和幸福感，情不自禁地加快了回家的步伐。

回到家后，许有年一进门就看见妻子郭蕴亲手包的饺子和热腾腾的菜，还有一瓶酒已经摆在桌上，而郭蕴正安静地坐在窗前等他回家。这久违了的平和景象，使他心里感到既幸福又过意不去。他和郭蕴结婚已经五年了，在这五年中，许有年的头脑中与鬼子斗争的弦始终都处在紧绷的状态下。为了郭蕴的安全，他甚至有两年多的时间将郭蕴独自留在北平，自己只身一人在保定战斗，在保定，许有年一直称自己是“光棍一条”，这样，即使是暴露了自己，也不会牵连到爱妻。

许有年现今已经三十二岁了，他非常喜欢孩子，在保定的那段时间，他连做梦都在逗自己的孩子，有一天晚上他梦见自己在阳光灿烂的蓝天下逗一个小男孩，他甚至高兴得都笑醒了。但他又怕有了孩子后会分散自己抗日工作的精力，这使他常常感到很内疚，觉得对不起自己的妻子。想到这些，他斟了一杯酒，双手捧起，深情地说道：

“蕴，大道理我就不说了，自从你嫁给我后，我就没有让你过一天舒心的日子，反让你成天提心吊胆地为我操心。唉，反正我是欠你的！来，我今天借你的薄酒，敬你一杯，权当给你赔罪。”

郭蕴听了这席话，眼泪就像断了线的珍珠般落了下来。她作为一个女人，本来也有一些怨言，但现在这些怨言却一下子就无影无踪了。她双手接过酒杯，一仰头，将一杯酒和着泪水吞了下去。

就在当天晚上，当郭蕴再一次表示想要一个孩子时，许有年沉默了，过了好一会儿，他才深情地对郭蕴说道：

“我也非常想要一个自己的孩子，但现在咱们国家正处在水深火热之中，我不希望咱们的孩子一来到这个世界就成为一个小亡国奴，满眼看见的都是杀戮和大量丑陋、肮脏的东西。另外，一旦有了孩子后，就会牵扯我很大一部分精力，万一不小心在哪里出现点儿纰漏，那后果将是不堪设想的。所以，我想，咱们现在暂时不能要孩子，你看好吗？”他看了看噘着小嘴一言不发的郭蕴，又笑着说道：

“等抗战胜利了，咱们一定要生一男一女两个孩子……”

郭蕴撒娇地说道：“我不嘛，两个太少，我要三个！”

“好，好！三个也少了，咱们就生四个吧，男孩个个沾‘铁’！”

郭蕴抬眼看了看正在笑嘻嘻地注视着自己的丈夫，娇羞地扑进了丈夫的怀里。

后来，许有年果然有四个儿女。三个男孩分别取名铁驴、铁生、铁骑，还有一个女儿叫许浒。

二

第二天一大早，许有年刚进马家堡车站，就看见一个鬼子兵和两个伪军正在追打一个瘦弱的铁路员工，而刚收拾好自己的行李，正在等火车的前站长须藤俊吉则站在办公室门前，右手两个手指捏着下巴，咂巴着厚厚的嘴唇，正津津有味地看着这场闹剧，并不上前制止。

刚开始，许有年以为他们只是在闹着玩，但他刚要走进办公室时，忽然看见两个伪军一下子将那个员工摔倒在地，那个日本兵则将步枪靠在站台的柱子上，从腰间抽出皮带，没头没脑地对着那个人狠命抽打起来，那两个伪军则站在一旁嬉皮笑脸地看着，时不时地还对着在地上翻滚的员工身上狠狠地踢上一脚。而那个员工则瞪大着眼睛，咬着牙，在地上翻滚着，一声也不哼。而车站的其他员工则一个个躲得远远的，没一个人敢上前制止。

许有年一看，赶紧跑过去，拉着两个伪军大声喊道：

“你们这是在干什么？他犯了什么罪，你们怎么这样将他往死里打？”

一个屁股上吊着盒子炮，名叫胡三的伪军中队长两眼一翻：

“嘿，你他妈的是个什么东西？来管这个闲事，太君想打谁就打谁，你管得了吗，毙了他又怎样？！把老子惹急了，连你小子一块儿打！”

就在这时，那个日本兵忽然一转身，抡起皮带，从后面朝着许有年的头上狠命地抽打过来。许有年耳边听见右方呼呼的风声，他敏捷地将头往左一偏，一转身，伸手飞快地一把抓住抡过来的皮带的末端，双手顺势用力一拽，那个日本兵完全没有料到这个中国人会反抗，一个趔趄，“扑通”一声摔倒在地上。许有年这时气得浑身发抖，用日语大骂：

“八嘎！老子打死你这个狗东西！”

趴在地上的日本兵一愣，瞪眼看了看穿着便服的许有年，吃力地爬起来，回身抄起三八大盖，“咔嚓”一声子弹上了膛，对着许有年就开枪。

就在这时，站在一旁“看热闹”的须藤俊吉怕事情闹大了不好收拾，赶紧跑过去将三八大盖枪口一抬，只听“啪”的一声，一发子弹射向了天空。须藤对着那个日本兵“啪啪”就是两个耳光，骂道：

“浑蛋，你还真来劲了？这是新调来的本站站长，瞎了你的狗眼！”

接着，须藤又对着两个伪军，甩起大巴掌，每人赏两个大耳刮子：

“八嘎！你们的，死啦死啦的！”

这几巴掌打得两个伪军两眼冒金星，“扑通”一声跪在地下，满地找牙。

须藤回过头来，对许有年“啪”地立正，一点头，皮笑肉不笑地对许有年说道：

“对不起，学弟，让你受惊了，只怪师兄平时疏于管教，以至于他们居然敢在你面前撒野，实在对不起了，请多多包涵！”

许有年这时意识到，这肯定是须藤故意安排的一出戏，给自己来一个“下马威”。他对须藤大声喊道：

“须藤君，你难道不知道，车站就只有这么几个人，打死或打伤一个，谁来为大日本帝国效力？到时候如果真误了事，我如实向上司汇报，看你拿什么交代！”

须藤俊吉愣了一下，他知道，许有年在保定任站长时颇得多田峻中将的褒奖，不能轻易得罪，他尴尬地笑了笑：

“学弟说得有道理，有道理，请多多包涵！嘿嘿，”一边说着，一边回头对还站在那里的日本兵和伪军吼道，“还愣在那里干什么？滚！”

许有年不理睬须藤，他蹲在地上，仔细看了看躺在地上，头上流着血，使劲咬着牙，忍住不呻吟的员工。只见他三十岁左右，额头上流下的血已糊住了眼睛，身上的铁路制服上全是泥土和血。许有年轻轻地问道：

“你不要紧吧？来，我扶你到我办公室包扎一下。”

那个员工用感激的目光看了看他，挣扎着要站起来，许有年连忙将双手插在员工的两边腋下，一用力，将那个员工抱了起来。员工“哎哟”一声，吸了口气，皱皱眉头，说道：

“谢谢您，我……我自己能……能走。”

许有年回头狠狠地瞪了一眼须藤俊吉，搀扶着那个员工进了办公室。他扶着那个员工坐在椅子上，一边给他清洗伤口，一边问道：

“你叫什么名字？他们为什么打你？”

“我……我叫申连科，是扳……扳道工。唉，咱们现在已经成了亡国奴，日本人想要打你，还需要什么理由吗？哼，过去他们已经追打过我好……好几次了，我从来不求饶，他们说，只要我跪地求饶就罢手，但我决不给他们下跪！”

“好！有中国人的骨气！”许有年情不自禁地赞扬道。

申连科疑惑地打量了一眼许有年：“您是……？”

“哦，自我介绍一下吧，我叫许有年，是新调来的站长。你不要害怕，我虽然在替日本人做事，但我也是一个有良心的中国人！”

“许有年？哦，我知道您，您在西直门车站干过吧？”

“噢？你认识我？”

“我是前年从西直门车站调过来的，我到西直门车站上班时，您已经调到丰台车站任副站长去了。黄世豪黄站长和同事们经常提起您，黄站长他老人家和大家对您的印象非常好。他们都很想念您。”

许有年微笑着说道：“是吗？我也很想念他们啊。哦，你以后不要老是‘您您’的，就叫我老许吧。”

第二天，许有年专程去拜访黄世豪，并从侧面打听申连科的为人。得知申连科出身于铁路工人，生性正直倔强，是发展党员的好苗子。

许有年立即向上级做了汇报，党组织批准了他发展申连科的计划，并指示他：

“在确保你本身安全的前提下，你可以自主发展党员，并成立党小组。”

从此，许有年一有空就和申连科在一起“唠嗑”，并将自己的真实身份告诉了他。申连科在许有年的帮助下，进步得非常快。不久，他主动向许有年提出了加入共产党的申请。

三

五月初的一天，天上下着绵绵细雨，一大早，许有年撑着雨伞来到车站。他的卧室就在办公室的右侧，但他现在几乎每隔十几天都要回家一趟，和郭蕴在一起享受片刻小家庭的乐趣。但他从来都是对大家声称他是到一个东北老乡家去玩，他知道，自己随时都有暴露的可能，所以，他也为一切有可能发生的突发事件做好了妥善的安排和防范工作。今天，他刚进车站，远远看见在会车停靠线上停了一列军用列车。本来，这是一件很平常的事，几乎每天都有货车停靠在那里检修或会车。他来到办公室，翻开摆在桌上的当天的调度日志，只见这趟列车的调度日志上“所载货物”一栏是空白，按照一般常规，如果是空车，则在这一栏上一定要填上一个“空”字。但这趟列车却什么也没填，那，这趟车到底运送的是什么物资呢？

就在这时，申连科进来了，他一边脱下雨衣，一边说道：

“老许，你来了。”

“你们这是在干什么呢，浑身湿淋淋的？”

“这些狗日的小日本真他妈会折腾人，车顶漏雨，他们懒得一个也不愿动，就知道端着枪押着我们去倒腾货物，还命令我们，将咱们车站库房里的防雨篷布全部搬来，盖在这趟车的车顶。你看，我全身都湿透了。”

许有年赶紧问了一句：“是什么货物这么娇贵？还怕淋雨？”

“没什么值钱的，十几节车皮全装的是医药用品，有一些纸箱都湿透了……。”

“医药用品？你看清楚了吗？！”

“没错，有几个纸箱破了，掉出来的全是药棉花和绷带、药片、针剂什么的。”

“噢？我去看看！”

说完，他换上站长制服，快步朝会车停靠线走去。还没靠近车厢，许有年看见三个鬼子兵披着雨衣，端着枪在这趟车的车厢周围来回巡逻，他远远地故意用日语喊道：

“哎，这是什么车？为什么停在这里占道，马上给我开走！”

几个日本兵看见一个穿着站长制服，态度蛮横的人走过来，以为是日本军官，马上“啪”地立正，一个佩戴少尉军衔的日本军官跑步来到许有年面前，“啪”地敬礼：

“报告长官，这趟列车是从满洲里过来，终点到石门的医疗用品专用列车。因车顶漏雨和检修汽管，只好借贵站暂时停放，最迟明早一定离开。请长官多多关照！”

许有年用鼻子“唔”了一声，走到车厢跟前，拉开车门看了看，只见这节车厢里面装得满满的全是一箱一箱的“盘尼西林”针剂。许有年一看，心跳一下子加快，他知道，这可是伤病员最需要的救命药物啊！他抑制住内心的兴奋，回身对日本军官说道：

“就你们这几个人押送吗？”

“报告长官，我们一共十个人，三个人一班，轮流值岗。其他人都在守备车上休息。”

“哟西，车可以停在这里，但明早一定要离开！”

“是，谢谢长官！”

许有年围着这趟列车转了一圈，回到办公室，关上门，赶紧写了一张纸条，并在纸条背面详细地绘画了车站草图和这趟列车的停车位置图、岗哨点等。然后，他不慌不忙地披上雨衣，来到车站的街对面，径直走进了“豫香园”酒店。

这是一家不大的两层楼的酒店，主食是面食，但也经营腌卤食品和河南风味的酒菜。许有年在前不久的一天晚上还来这里吃过一次刀削面，并对这个酒店进行过比较详细的观察，所以对这个酒店的陈设并不陌生。因为现在不到上午十点，店堂里静悄悄的还没有一个客人。

这时一个“堂倌”跑过来，殷勤地喊道：

“客官早，请问您想吃点什么？”

“对不起，我是来找你们杨老板的。”

就在这时，从楼上下来一个四十岁左右，穿戴体面，胖胖的男人，他上下打量了一下身穿铁路制服的许有年，操着一口河南话问道：

“俺就是杨老板，请问客官找俺有啥事儿？”

“哦？杨老板，你好！”接着，许有年向周围看了看，压低嗓门儿说道：

“是一位朋友让我来找您的，我叫‘铁魂’。”

这个“杨老板”就是杨志宗。河南开封人氏，杨志宗的父亲晚清时曾在郑州开了一家较大的酒店，故其家境殷实，供其在燕京大学读了书。杨志宗在读书期间接触了许多进步人士，参加了多次北平的学生运动，并于1931年加入了中国共产党。他一生中只谈过一次恋爱，但他刻骨铭心地喜欢的那个女人最终嫁给了天津的一个富豪当姨太太，为此，他大病一场，病好后他发誓终身不娶，并将多余的精力全部投入在革命工作当中，至今还单身一人。

这时，他一听“铁魂”二字，对“堂倌”挥了挥手，那个“堂倌”点点头，立即跑到店外“望风”去了。杨志宗轻轻地对许有年说道：

“跟俺来！”

说完带着许有年来到楼上的一间小小的账房。一关上门，杨志宗回身一把握住许有年的双手，激动地说道：

“铁魂同志，可见到您了！吴明同志和保定的赵华同志都在俺面前提起过您好多次，他们一提起您就跷大拇指，他们说您聪明、胆大，俺对您已是久闻其名。今天才得一见！甚幸啊。来，俺们坐下谈。”

许有年连忙说道：“杨志宗同志，今天我在这里不敢待久了，时间长了日本人会怀疑，我这里有一份情报，必须马上送出去。”

说完，许有年从上衣兜里取出那张纸条，递给杨志宗，然后补充道：

“日本人的这趟满载医疗用品的列车最迟明早就要走，如果要行动的话最好是在今晚。否则就来不及了。”

杨志宗迅速看了看纸条，一拍桌子，站了起来，兴奋地说：

“中！这份情报太及时了，俺马上去安排，今晚狠狠地干它一票！”

但他迟疑了一下：“铁魂同志，那事后您怎么办？”

许有年道：“不碍事，我想好了，咱们这样……”接着，许有年说出了自己的主意。

杨志宗听后思考了一下：“中，就按您的主意办，不过有点委屈您了。”

回到车站后，许有年叫来负责车站保安的伪军守备中队的中队长胡三和车站的全体员工。许有年听申连科说起过，四个员工中有个胖胖的叫曾志和的人是日本人安插在车站内的奸细。而中队长胡三，就是许有年刚来的那天，帮着鬼子兵追打申连科的伪军中的一个。许有年故意当着大家的面对胡三说道：

“今天有一辆运送医疗用品的列车，要在咱们车站停靠一晚上，明天一早就走，你们守备中队今晚最好不要睡觉，眼睛瞪大点，以免发生意外。”

胡三一听就不高兴了，歪着脖子看了看许有年：

“就这事儿啊，我还以为有什么大不了的事呢，我看没这个必要，过去经常有不少军火列车停靠在这里，我们晚上照样睡觉，不是也他妈的也没发生什么事吗！再说了，你许站长好像也没有调动我这个中队的权力吧？”

许有年要的就是胡三的这句话，他故意沉吟了一下，说道：

“嗯，我是没有这个权力，那你就看着办吧。”

胡三转身就走，一边走，一边还嘴里骂骂咧咧地嘟囔着。许有年盯着胡三远去的背影，在心里冷笑了一声，心想：“明天就是你的末日。”

天，渐渐黑了下来，雨越下越大，许有年和申连科面对面地坐在办公室里，他们之间的小桌上摆着一副象棋。窗外除了“哗哗”的雨声，一片静寂，许有年轻轻地在给申连科交代着什么。屋里还时不时传来象棋子和棋盘“啪啪”的撞击声。墙上的时钟已经指到凌晨一点五十分了，许有年抬头看了看时钟，又掏出怀表看了看，焦急地站起来，在屋里来回走着。

就在这时，许有年听见站台上有轻微的响动，他立即关上办公室的灯，站在门边往外观察，只见有十几个人影正从停放军用列车的方向轻捷地快步跑来，仔细一看，领头的正是杨志宗。许有年兴奋地迎上去，一把握住杨志宗的双手，轻轻地说道：

“你们可来了！我还以为……咳，说那么多干啥，来，我给你介绍一下。”他指着申连科，“这位也是咱们的同志，他叫申连科。”

杨志宗高兴地和申连科握了握手，笑着说道：

“申连科同志，你们辛苦了！许有年同志早就给组织介绍了您的情况，欢迎你加入到革命队伍中来！哦，俺也给你们介绍一个人。”

说着，转身拉过身后的一个人：“这位是……”

“刘云团长！”许有年轻轻喊了一声，赶紧接住那个人伸出来的手，紧紧地握着。

刘云微笑着也轻轻地喊了一声：“铁魂同志，你们辛苦了！咱们又见面了。这次，你又立大功了，由于你的准确情报，我今晚只带了一个连的兵力过来，根据你的草图和详细的日伪兵力部署情报，没费一枪一弹就解决了战斗！否则，只怕一个营的兵力也不够啊！”

“哦，你们认识？太好了，俺就不用介绍了。铁魂同志，部队的同志已将车站两端的伪军全都捆绑起来，我们查了一下，只有一个中队长不知去哪儿了。另外，列车上的十个鬼子已全部解决！”

许有年兴奋地说道：“真没想到你们的动作这么快，我们在屋里怎么一点儿都没察觉。对了，你们打算怎样将这些药品运走？”

刘云笑道：“前几天，我们在通县胡各庄打了个伏击，将日本人的四卡车武器弹药连车带武器全部缴获，今天，这四辆卡车都正好派上用场了，这不，咱们的战士现在正在往车上装货呢。”

许有年兴奋地点点头，他警惕地看了看周围，轻轻说道：

“调度室和库房里还有三个员工正在睡觉，你们赶快将我们全部捆绑起来！否则，日本人查起来，大家都脱不了干系。”

刘云对身后的一位战士说道：“你马上带几个人过去看看，注意，不要伤着他们！”

不一会儿，一个战士跑过来，笑着说道：“都绑好了，我们进去时，他们都睡得跟死猪一样，见到我们，倒不怎么害怕，只有调度室里的一个胖胖的职员吓得尿了一裤子。”

申连科笑道：“他当然会吓得尿裤子啦，因为他本来就是个汉奸嘛！”

一个战士马上说道：“那我马上去干掉他！”说完，回身就走。

许有年忙笑着阻止道：“不用费那事儿，留着他有用。”

这时，一个战士在远处给刘云团长打了个手势，刘云点点头，低头看了看表，说道：

“现在已经快三点一刻了，车已全部装好，咱们准备撤！”

许有年和大家握握手，笑着说道：

“好了，为了我们的安全，你们赶紧按计划把我们俩也捆绑起来，一定要捆紧一点，否则要露馅儿。”

刘云团长点点头，笑着说道：“那就委屈你们了。”

“没事，三点五十五分左右有一趟煤车要在本站停靠，到时候就会有人来给我们解开绳索了。快！”

不到一分钟，许有年和申连科被绑得结结实实的靠在墙角，刘云指挥部队快速撤离。不一会儿，车站又恢复了一个多小时前的平静。雨，渐渐地停了，东方慢慢露出了一丝晨曦。

四点，一趟运送煤炭的列车徐徐进站了，押车的两个鬼子兵跳下守车来到站台，只见站台上空无一人，四周乱糟糟的全是被雨淋湿了的空纸箱和药棉花，墙上和柱子上到处都贴着红红绿绿的抗日宣传标语。两个鬼子兵吓了一大跳，“咔嚓”一声子弹推上了膛，小心地一步一步来到车站办公室。一个鬼子兵“砰”的一脚踢开办公室的门，只见办公室角落里蜷缩着两个人，这两个人已经“昏迷不醒”。再仔细一看，其中一人还穿着站长制服。一个鬼子兵立刻抓起桌上的电话向宪兵司令部报告，另一个鬼子兵拔出刺刀，将捆绑在许有年和申连科身上的绳索割断，并从院里端了一盆凉水，“哗”的一声浇在许有年和申连科的头上，他俩这才慢慢“苏醒”过来。许有年“虚弱”地用日语说道：

“快……快向宪兵司令部报……报告，八……八路袭击车……车站了。”

两个日本兵“啪”地立正：“报告长官，我们已经打了电话了！”

不一会儿，院里传来一阵汽车和摩托车的轰鸣声，宪兵司令鸠山一郎进来了，鸠山一进门就问：“八嘎！到底是怎么回事？”

一个日本兵“啪”地立正：“报告长官，我们进来时给这位站长松的绑，其他的我们就不知道了。”

许有年说道：“两点左右，我和这位员工正在这里值班，突然冲进来几十个八路，将我们绑了起来，其他的我们也不知道了。”

鸠山对身后的日本兵吼道：“马上将车站给我搜查一遍，不要漏掉任何角落！”

不一会儿，一个日本兵跑过来，凑在鸠山的耳边轻轻嘀咕了几句，鸠山听后脸色大变，只见他身子晃了晃，跟着那个日本兵匆匆朝会车停靠线方向跑去。

天已经大亮了，鸠山将车站的员工全部集中在车站院里，准备一个一个地叫进车站办公室里，关起门来审问。

第一个叫进办公室的就是曾志和，曾志和一进门，就向他的主子哭诉：“太君啊，肯定是胡三那小子将八路勾引来的，你们快先将胡三抓起来再说！”

接着，曾志和将昨天许站长把大家召集在一块儿开会的经过绘声绘色地说了一遍。

曾志和话没说完，门“砰”的一下被撞开了，两个鬼子兵推搡着将一个穿着便服、满身酒气的人押了进来：

“报告，这小子鬼鬼祟祟的，一进站就贴着墙根儿走，肯定是八路的密探！”

鸠山一看，正是他的下属胡三，“嘿嘿”一笑：“胡三，你的昨晚什么的干活去了！”

胡三这时酒已吓醒，他完全不知道昨晚车站发生了什么事，也绝不敢说出自己擅离职守，一晚上在外面喝酒、赌博、嫖妓的事。只见他两眼骨碌碌一转，对着鸠山谄媚地笑道：

“太君这么早就来巡查了，真是我们的榜样啊。我也刚在外面巡视了一大转，这不，我也是刚回来。嘿……”

第二个“嘿”还没出口，只听“啪啪”两声，胡三脸上被鸠山狠狠地抽了两个耳光。鸠山咬牙切齿地吼道：“把这个八路的密探给我绑起来！”

两个日本兵一下子冲了上来，几下就将胡三捆得像粽子似的，抬出去像扔麻布口袋一样扔在了停在外面的汽车上。

鸠山来到隔壁许有年的卧室里，拍着躺在床上“养伤”的许有年的胳膊，笑着说道：

“许站长，你放心吧，这个案子并不复杂，我已经基本破案了，胡三有极大的嫌疑，我们已经将他抓起来了。还有，我本人对你昨天主动提出保护皇军军用列车的行为表示欣赏，并准备上报北平皇军最高司令部。从今天起，车站的守备中队全部归你调配、指挥！谁要是不听你的指挥，任你处置，你有先斩后奏的权力！另外，由于守备中队的枪支弹药全部被八路劫走，我准备重新给他们配备新的武器，包括两挺机关枪。”

鸠山走后，许有年站在窗前，望着东方冉冉升起的太阳，深深地吸了一口雨后清新的空气，笑了。

当天下午，许有年将守备中队的花名册拿来仔细研究了一番，并将三十几个伪军一个一个地找来谈话。这些伪军昨晚被绑了大半夜，直到日本人来了才被松绑，再加上队长胡三被日本人抓走，一个个都显得萎靡不振的样子。

鸠山已通知他们，从今天起，守备中队全归许站长调配，故他们几乎都是一来到许有年面前，就强打精神，点头哈腰地极尽阿谀奉承之能事，弄得许有年感觉十分厌恶。只有一个年纪稍大的，叫刘金贵的伪军引起了许有年的注意。

这个刘金贵一进屋就一声不吭，许有年问他什么他就答什么，决不多说一个字。当许有年问到他家里还有什么人时，他流泪了，隔了半晌才颤抖着嘴唇说道：

“我……我的父母都去世了，只有妻子和一个十二岁的儿子在河北老家，也不知道他们现在是死是活。”

“那你为什么要出来当兵？”

“我……唉，我是前年春天在地里干活时被路过的皇军拉来帮他们扛炊具，用枪抵着脊梁骨来到北平的。到了北平后，他们又将我编入守备队，那个狗日的胡三还三天两头打我，哼，他现在遭报应了吧！”

许有年察言观色，断定刘金贵没说谎，他一拍桌子，站起来说道：

“好，现在就由你来管理这个中队，谁要是不服从你的命令，你就告诉我，由我来对付他。但你记住，不许像胡三那样，动辄就打骂人，更不能像他一样，吃、喝、嫖、赌样样俱全，你能办到吗？”

“是！谢谢许站长的信任和栽培，我刘金贵一切都听您的！”

四

转眼就到了7月9日，这天上午十点，许有年接到吴明传过来的消息，让他到“豫香园”酒店去一趟。在酒店的二楼上，吴明和杨志宗正在低声地交谈着，见许有年到来，他们同时站起来与许有年握手。寒暄了几句后，三个人坐成一圈，杨志宗直截了当地说道：

“铁魂同志啊，我们今天要您来，是有一件极其重要的任务要您去完成。我们得到一个重要情报：日本人的一个‘军官休假团’就在这两天将从北平出发，他们准备在青岛疗养、休假一个月后乘船回国。这个‘军官休假团’里，有不少日军的佐级军官，这些军官全是残害中国人、杀人如麻的魔头，我们不能让他们就这样舒舒服服地回去了。所以我们的主力部队准备袭击这趟列车！但这趟列车的准确时刻表您不好搞。现在，我代表北平地下党给您下达这个任务：您要想尽一切办法搞到这趟列车的详细资料！”

许有年听到这里，浑身热血一下子沸腾起来。他激动地说道：“请党组织放心，我许有年就是掉脑袋，也要完成这个任务！”

吴明笑着说道：“脑袋掉了怎么完成这个任务呢？我们也考虑过了，日本人为了保命，肯定会严密封锁这趟列车的一切信息，但不管怎么封锁，它肯定会露出一点蛛丝马迹，从现在起，你就要注意这方面的信息，并靠你自己的聪明才智来判断信息的真伪。”

许有年点点头，表情凝重地说：“我在十三年前，在关外一个叫青堆子的地方就发过重誓，一定要让小鬼子加倍地偿还血债！这次，我决不放过他们！”

回到车站，许有年对申连科传达了党组织的决定，申连科一听，兴奋地说道：

“去年的这个时候，也有一趟说是‘军官休假团’的列车经过咱们这个小站，当时的那个热闹劲儿就甭提了，守备中队全体出动，提前三个钟头在车站列队站岗，也不知道从哪儿调来的一支日本军乐队，车还没到，就‘呜啦呜啦’地乱吹奏一气，听得人毛骨悚然。”

“噢？他们还搞这些名堂？太好了，这就是‘蛛丝马迹’嘛！”

“老许，还有一件事，最近我发现车站西面会车停靠线的信号灯老是有问题，一淋雨就窜电，红绿灯乱闪，是不是检修一下？”

“是吗？走，咱们去看看。”

许有年和申连科来到车站西头的信号灯前仔细检查了一遍，发现这盏信号灯确实有问题：由于使用年限太久，长期日晒雨淋，线路严重老化，很多地方铜线裸露，一遇到下雨就经常短路，造成信号灯无法控制的现象，而日本人根本不愿意花钱维修。许有年盯着这些裸露的线路看了一会儿，一个绝妙的主意浮上脑海。他兴奋地对申连科说道：

“走，咱们回办公室研究一下，我有一个好主意！”

在办公室里，许有年和申连科经过一番策划，一个周密的计划形成了。

当天下午，许有年来到守备中队找到刘金贵，对他说道：

“这两天你要注意了，有一辆皇军的特殊列车要经过咱们这个站，到时候上面会通知你们加强戒备，接到通知后立即向我报告。否则出了问题咱们都担待不起！”

“是，有任何情况我马上向您报告！”

然后，许有年又来到“豫香园”酒楼，将自己的想法和计划向杨志宗做了汇报，杨志宗听后沉吟了一会儿，问道：“你有把握吗？”

“有绝对把握！”

“中！我本人同意你的计划！你还有什么需要组织安排的吗？”

“从现在起，我不能离开车站一步，希望组织能帮忙将我和申连科的家人安排到安全的地方，完成任务后我们去和她们会合。”

“中！你们放心，我马上去布置。完成任务后，你们到……”杨志宗详细地将会合地点向许有年作了交代。

第二天，7月10日下午五点，刘金贵气喘吁吁地跑步来到许有年的办公室：

“报告许站长，我刚接了宪兵司令部的电话，今晚十二点有一趟304次列车要经过咱们站，要求我们中队穿戴整齐，在月台上列队警戒。”

“304次？是运什么的车，这么威风？”

“电话里没说，不过去年也有过两次这样的情况，都没说是运什么物资的车，但我们知道其中有一趟是什么‘军官休假团’专列，虽然这趟专列在咱们站没停，但从窗户上我们都看见列车内非常豪华，在车内走动的全是日本军官。另外，月台上还有日本人的军乐队在奏乐呢，呜里哇啦的真好听，嘿嘿。”刘金贵讨好地说。

“好了，你赶快去安排吧！”

刘金贵走后，许有年和申连科又紧张地研究了一会儿。许有年问道：“你紧张吗？”

“确实有点紧张，但我不是害怕！嗯，老许，万一我牺牲了，希望党组织照顾好我的家人。”

“你放心吧，咱们都不会死，完成任务后咱们都还要到约定地点去和家人会合呢。”

接下来的时间就是焦急而紧张的等待了。

就在这时，天上“咔嚓”一声响起了炸雷，大滴大滴的雨水落了下来，不到七点，天已完全黑了下来。许有年望着窗外夜幕中的大雨，心里暗暗高兴，心想：

“连老天爷都在帮助咱们，看来，小鬼子的日子真的不长了！”

十一点四十分，守备中队早已在月台上全副武装地站成一排，许有年故意让站台上的大喇叭奏起日本军歌，并将声音调到最大。申连科穿着雨衣，挎包里藏着一截铜线和钳子，和从前一样，到道岔口去了。许有年也披着雨衣，摆出一副巡视的样子，远远地跟在申连科后面。就着站台昏暗的灯光，他模模糊糊地看见申连科正在扳道岔，他知道，申连科此刻正在按计划行事。

十一点五十七分，从西面传来一声火车的鸣笛声，一道光柱从远方迅速疾射而来，这时，调度室里的曾志和将主干道上的红色信号灯转换为绿色通行信号，信号灯刚一亮，站在灯旁的申连科迅速地用钳子剪断裸露在外面的电线，绿色信号灯戛然熄灭。接着，申连科快步跑到会车停靠线边的红色信号灯前，用早已准备好的铜线在灯下的白线和绿线之间一搭，红灯一闪，“啪”的一声轻响，红灯转瞬间变成了绿灯。

火车越驶越近，铁轨上已经感觉到微微的震动，就在这时，调度室里的曾志和通过雨水的反光发现灯光有点不对劲，他疑惑地快步从调度室里跑出来，来到信号灯前，一眼看到申连科正背对着自己，双脚叉开，右手扶着道岔扳手，脸朝着列车方向，稳稳地站在那里。而岔道上的铁轨已被扳到会车停靠线上，曾志和大吃一惊，他大声骂道：

“天哪，姓申的，你他妈的疯了，你……你知道你在干什么吗？老子……老子要向皇军告发你！你小子等着吧！”

他的这些叫骂声被远处站台上震耳欲聋的日本军歌湮没了。他边骂边跑到道岔扳手前，一把夺过握在申连科手中的道岔扳手，“咔嚓”一声将铁轨又扳回了主干道。申连科被曾志和摔了一个趔趄，他一下子急了，爬起来破口大骂道：

“曾志和，你这个狗汉奸！老子今天和你拼了！”说着，向曾志和猛扑了过去。

顷刻间，两人在铁轨旁激烈地扭打起来，但瘦弱的申连科哪里是粗壮的曾志和的对手，曾志和一下子将申连科的头压倒在铁轨上，并用双手紧紧地卡住申连科的脖子。

列车在飞快地驶近，铁轨上已经感觉到明显的震动。

就在这千钧一发的时刻，正在得意地狞笑的曾志和的头上突然被一个大石头猛地一击，他顿时脑浆迸裂，哼都没哼一声，就像一条死狗一样滚到铁轨的路基下面。

只见许有年不慌不忙地扔掉手里的大石头，连看也不看倒在他脚下的曾志和的尸体，双手在雨衣上擦了擦，来到道岔扳手前，“咔嚓”一声，又将道岔扳回到岔道上。然后回头对正在慢慢站起身来，大口喘着气的申连科喊道：

“你快走，到预定的地方会合！”

已缓过气来的申连科对着许有年点点头，飞快地朝车站北面跑去。

此刻，304次列车正呼啸着飞驰过来，列车上灯火辉煌，鬼影迷离，群魔乱舞。机车头上，日本司机用手遮挡着扑面而来的雨滴，费力地看了看前方的绿色信号灯，一拉汽笛，“呜”的一声，火车从许有年身边疾驶而过，一阵风将许有年的雨衣吹得飘了起来，但许有年像磐石般地立在路基上，望着列车飞快地朝着自己给它挖掘的墓地奔去，心中感到一阵阵的快意。

时间一秒一秒地过去了，这一刻，许有年觉得时间怎么过得那么慢。突然，前方火光一闪，“轰隆隆”的一阵震耳欲聋的爆炸声从不远处传来。在火光的映射下，只见许有年坚毅的面孔浮现出一丝微笑，他重重地出了一口气，回头向车站方向留恋地看了一眼，喃喃道：“北平，我还会回来的。”说完，快步消失在黑沉沉的雨幕之中。

第二天，北平各大报纸和电台的头条新闻都争先刊登和播出了一条消息：

……今日凌晨，一列满载皇军军官的304次列车在驶过北平马家堡车站时发生大爆炸，包括一名日军少将和二十三名佐级军官全部殒命。另有八十多名皇军士兵和皇协军军官也同时遇难，几百名同车官兵不同程度负伤。……据悉，此次灾难震动了日本国天皇陛下，天皇连夜发来了唁电……这是共党分子的又一次有预谋的活动。目前，皇军正在大规模地搜捕制造这场惨案的直接元凶——代号疑为“铁魂”的共党分子许有年及其帮凶申连科……

第十二章

一

1945年8月15日，日本昭和天皇裕仁以广播《停战诏书》的形式，向全世界宣布无条件投降。10月10日，北平战区受降仪式当天，我八路军的一个记者以《大公报》记者的名义，混入了受降仪式现场，并撰写了一篇文章，发表于我军的报刊上：

今天，风和日丽，秋高气爽，这一天是北平二百万市民难忘的日子。今天上午，北平战区受降仪式在故宫太和殿前广场隆重举行。无疑，这是中国近代史上的一个里程碑。

早九点，国民党第九十二军两个营的官兵在军长侯镜如率领下，列队于太和殿的广场上，市民代表陆续进入指定区域。这时，主持受降仪式的第十一战区司令长官孙连仲步入会场。日本华北军司令官根本博中将率领缴械投降代表团六十人站立在主席台一侧。他们一扫往日的骄横，一个个灰头土脸。会场上一片肃穆、寂静。

上午九点十八分——这是为了纪念九一八事变设定的特定数字，太和殿前受降仪式开始。会场上军乐队奏乐，礼炮齐鸣。全体肃立，为在抗日战争中牺牲的将士默哀。日本代表团成员个个低头躬身，向中国人民谢罪。

按大会程序，由孙连仲上将在日本华北军投降书上签字，接着由日军华北军司令官根本博中将在投降书上签字。紧接着，在众目睽睽之下，日军以根本博为首的五名将官代表双手捧着自己身上佩过的战刀来到签降桌前，先是向中国将军鞠躬施礼，然后恭恭敬敬地交出沾满中国人民鲜血的战刀，放置于桌上。

最后，交出战刀的五名日本将级战犯立正站好，给中国军民致以最后的军礼，表示华北战区日本军队无条件投降。

至此，四万万华夏儿女用了漫长的十四年时间的浴血奋战，以三千五百多万军民的死伤为代价，换来了这么一个后来几十年都还颇具争议的胜利。

抗战胜利后，全国人民欢欣鼓舞，企盼和平。但是，国民党政府却置全国人民的期盼于不顾，又在“蒋管区内”搞起了“白色恐怖”。

日本人宣布投降后不久，许有年在地下党的派遣下，又潜回了北平。由于去年许有年和申连科颠覆日军304次列车事件已见诸北平各报端，当时的北平几乎是老少妇孺都知道“铁魂”和许有年这个名字，并知道许有年是共产党员。因此，许有年已经暂时不适宜在“蒋管区”范围内以公开的身份活动。

日本人投降后，联合大学又陆续从西南迁回了北平，恢复了正常上课。这段时间，许有年接受了做“学运”工作的任务，并化名为许言午。

由于吴明被调至石家庄担任特派员，杨志宗成了许有年的直接上级，在各大学里，他俩和北平地下党“学委”负责人余涤青配合得天衣无缝，“学运”工作搞得轰轰烈烈，把一大批进步学生团结在党的周围。为此，他们多次受到党中央的嘉奖。

现在已是11月中旬了，今年北平的初冬十分寒冷，傍晚，许有年顶着凛冽的寒风，回到双槐树他和郭蕴的暂住地。这是一个独立的四合院，门前有棵老槐树，房东是一位老太太，老伴早已去世，只有一个儿子在附近的一所大学任教，平时很少回家，整个院里十分清静。许有年一进门，郭蕴像小时候一样兴奋得扑在他的怀里，她红着脸，在许有年的耳边悄悄说道：

“有年哥，我今天感觉到他在我肚子里动了，你快摸摸。”

许有年回身关上门，又回过头来呵了呵冰冷的手掌，隔着厚厚的棉袄摸了摸爱妻微微隆起的腹部，笑着说道：

“这才几个月，你就能感觉到胎儿的蠕动？”

“我算了算，都五个月了，我听房东大娘说，胎儿五个月就能动了。”接着，郭蕴噘着嘴嘀咕道，“都快当爹的人了，还那么糊涂，哼！”

许有年柔情地看着郭蕴，笑着道：“你说咱们的第一个孩子是男孩还是女孩？”

“前一段时间我特喜欢吃酸的，房东大娘说肯定是个男孩，你不是一直想要个男孩吗？”

“嘿嘿，其实男孩女孩都一样，我都喜欢。”

“如果真是个男孩咱们给他取个什么名字？”

许有年沉思了一会儿，口中喃喃说道：

“小日本投降了，国民党也是秋后的蚂蚱，没几天蹦跶头了。在咱们中国，终将会诞生一个新的人民的政府，咱们要全心全意地拥护这个新政府……唔，有了，如果是男孩，咱们就给他取名‘拥政’，小名‘铁驴’怎么样？”

“‘铁驴’？为什么是‘驴’而不是马或其他动物呢？”郭蕴噘着嘴嘀咕道。

“你可别小看驴这种动物，它体形不大，却吃苦耐劳，从不张扬，它和马不一样，马很挑食，但驴从不挑食，却能负担起和自己体重一样重的货物长途跋涉。不是有一句诗词是这样形容驴的吗：‘平生历尽坎坷路，不向人间诉不平。’我希望咱们的儿子今后能具备‘驴’的这种性格，千万不要成为一个纨绔子弟！”

郭蕴顺从地点点头。她了解自己的丈夫，并从心底里敬佩他。

他们不知道，一场生死攸关的严峻考验正在悄悄地逼近许有年。

二

11月19日下午六点，北平天上下着毛毛细雨。在国民党军统局北平站的会议室里，正在召开一个紧急的秘密会议。胖胖的、快四十岁的少校副科长蒋济森正在擦着脖子上的冷汗，站长刘德山上校当着其余五位同仁的面正在训斥他：

“密云的那件案子你是怎么办的？你真他妈的是头蠢猪，几次到嘴的肥肉都被你给丢了。老板来电说了，别看你是委员长的远亲，到时候照样可以把你这个副科长给撸了，并送上军事法庭！”他停顿了一下，用两根指头在鼻梁上抬了一下金丝边眼镜，缓和了一下表情，又说道：

“好吧，现在再给你一个任务，这个任务关系到能否一举剿灭中共北平地下党的关键！”刘德山又停顿了一下，斜眼瞟了一下满头是汗的蒋济森，继续说道，“这可是一次戴罪立功的机会哦，你可别辜负了戴老板对你的厚望啊。是成是败，你自己看着办吧！”

原来，就在今天上午，几个便衣警察在天桥附近抓住了两个正在散发传单的女大学生，其中的一位女学生名叫朱慧丽，虽然其父亲是国民党的一个上校军医，但由于她表现十分积极，平时给公众演讲时能说会道，故成为大学里进步学生的骨干。

在警察局的分别审讯过程中，另一位叫邱思萍的瘦弱女生一直都表现得非常坚强，虽然被打得遍体鳞伤，但她却宁死不屈，并对审讯官大骂不止。而漂亮的朱慧丽自被带进阴森森的刑讯室时起就吓得一直在哭泣。当恶狠狠的审讯官问到“是谁指使你散发传单”时，她睁大惊恐的双眼，浑身发抖，一句话也不说，双手一直下意识地紧紧揪住自己的衣襟。审讯官见状，冷笑一声，突然吼道：

“把她的衣裤扒光！给我吊起来！”

两个彪形大汉淫笑着，上来就像扳小鸡似的将她扳倒在地，俯身撕扯着她的衣服。朱慧丽尖叫着，在地上翻滚挣扎，但她哪里是两个大汉的对手，他们轻松地将她的上衣扒光，正要扒她的裤子时，她死死地揪住裤带，嘶哑着嗓子歇斯底里地叫道：

“别……别，我……我说，我说……”

审讯官给两个大汉使个眼色，两个大汉这才意犹未尽地松了手。朱慧丽翻身坐在地上，低着头抽泣着，双手环抱在赤裸的胸前，企图遮住挺翘的乳房。抽泣一阵后，她断断续续地供出了她所知道的一切。（第二天，朱慧丽的父亲朱毅凯将她领回了家。当天晚上，她在自己的家中上吊身亡。这是后话。）

警察局感觉到这是一桩重大的政治案件，光凭警察局的办案能力，办起来会十分棘手，故按照当时国民党内部的规定，当即将此案移交给了军统部门。

晚上九点，在蒋济森的带领下，一个连的国民党军队和便衣警察悄悄包围了甘家口的一座四合院。杨志宗当时正在和十几位各大学的进步学生代表讨论下一步的宣传工作的安排。而许有年则刚从这里出去联络保定和其他学院的进步学生。

甘家口四合院内，杨志宗正在给同学们讲话，只听他慷慨激昂地说道：

“……同学们，我刚才讲到，日本人投降后，我国的民主党派提出组建一个联合政府，并公选一位领袖来治理中国。但蒋介石却违反民意，一意孤行。他已计划在全国范围内发动全面内战……我们要有充分的思想准备，千万不要抱什么幻想！我们要以自己的实际行动来证明我们这里是当之无愧的第二条战线……”

就在这时，只听得“嘭”的一声巨响，大门被人撞开，一群军警像恶狼似的扑了进来。一瞬间，几十把雪亮的刺刀把杨志宗和同学们围了起来。

蒋济森背着手踱进屋里，得意地扫了杨志宗和同学们一遍，最后两眼盯着杨志宗：

“你就是杨志宗吧？哼，还有一位姓许的呢？”

他见杨志宗不理睬他，自觉没趣地哼了一声。这时，在院里搜查的士兵进来报告：

“报告，院里没搜到其他人！”

蒋济森又哼了一声，青筋暴涨地吼道：“全部给我带走！”

当天晚上，军统北平站对杨志宗进行连夜突击审讯，由蒋济森少校亲自主审。审讯一直持续到凌晨五点，各种刑具交替使用，杨志宗昏死了几次，但他一直都咬紧牙关，决不屈服。沮丧的蒋济森解开制服的扣子，擦了擦脖子上的汗水，挠了挠已经半秃的头顶，心中骂道：

“他妈的！这些共产党人到底是什么材料做的？这样折腾都不屈服，照这样下去，那个娘西皮的上司又要骂人了。唉，这样不行，得想其他法子！”

想到这里，他疲惫地挥挥手：“先拖下去，今晚再继续审！”

蒋济森满脸倦色地从大楼出来，径直来到他的姘妇吴文珍的家里。这个吴文珍是个上海人，二十六岁。她原是一个越剧戏子，长得非常妖艳性感，曾被北平的一个姓周的汉奸头子包养了三年。日本人投降后，国民政府将姓周的汉奸和她一并都抓了起来。半个月前，蒋济森到女子监狱提审吴文珍时，祖籍为浙江的蒋济森一下子被吴文珍的妖艳和吴侬软语迷得魂不守舍，他当时就悄悄对她许愿：

“我会尽快想办法放你出来。”接着，他又色眯眯地补充了一句，“但这是有条件的啰，嘻嘻……”

吴文珍当即就领会了他的意图，嗲声说道：

“哎呀，长官，侬放心，我晓得我该怎样报答侬……”说着，她扭动了一下柔软的腰肢，挺了挺高耸的胸脯，抛了个媚眼给他，“我今朝一看见侬，就晓得侬是个真正的男人……”

就这样，吴文珍在被蒋济森提审后的第三天就被放了出来。当她扭动着腰肢走出监狱的大门时，蒋济森正亲自开着小轿车在监狱大门口等着她，她刚上车，还没有坐稳，蒋济森就迫不及待地将她搂在怀里，一张臭嘴喘息着凑了上去。当天下午，两人就姘居在一起，一直到现在。

现在，蒋济森一进屋就累得瘫软在沙发上，他紧闭着双眼，用右手的拇指和食指揉捏着太阳穴，并不耐烦地推开吴文珍递过来的茶杯。

吴文珍见状，嗲声问道：

“哎呀，侬又遇到了什么烦心事体，快给我讲讲，看我能勿能给侬想个法子？”

蒋济森不耐烦地摆摆手。突然，他灵机一动，心想：

“对啊，这个小骚货十分精明，据那个姓周的汉奸交代，他在日本人那里做的许多坏事中，有一多半是这个小骚货出的主意，我为什么就不能试试让她给我想个法子呢？”

想到这里，他睁开眼睛，认真地将昨晚审共党分子杨志宗一无所获的过程给吴文珍讲了一遍，然后又补充道：

“这是日本人投降后我们抓到的第一个有价值的共党分子，如果真能让他开口说话，哼，我老蒋这个副科长的‘副’字，就该取掉了，到时候，老子将那个在南京的黄脸婆一脚踹了，你就是我的正式夫人了。”得意之际，他又学着吴文珍的语音嗲声说道，“到那个时候，阿拉的钞票多得数勿清爽，我带侬到美利坚去白相白相。”

叼着一支香烟，在屋里来回走了一圈后，坐在床边，对斜躺在床上的蒋济森说道：

“我晓得这些共产党，他们都是些不怕死的家伙，你们的那一套刑讯逼供的办法对他们一点儿都没用。侬可以试试另一种法子，肯定管用！”

“什么办法？”蒋济森立即伸长了脖子问道。

“美人计！”

“美人计？你不会是要亲自出马吧？”

“我亲自出马侬舍得吗？侬放心，我自知没有这个本事。但我有一个结拜姊妹，艺名叫白兰花，长得交关漂亮。有一个叫川岛芳子的女人侬晓得伐？”

“那个日本娘们儿谁不知道？”

“侬错了，川岛芳子勿是日本人，伊是清朝肃亲王的十四格格，因为被一个姓川岛的日本老头子收养而改名为川岛芳子……”

“好了，不说川岛芳子了，你快说白兰花吧，她现在到底在哪儿？”蒋济森不耐烦地打断了她的话。

“侬勿要猴急嘛，听我慢慢给侬讲。这个白兰花十五岁时就被川岛芳子用清廷的宫廷秘法培训出来了，可以这样讲：只要是个男人，就绝对挡勿住伊的魅力！前些年头，伊是日本人特高课中的红人，侬晓得伐，有多少个你们党国的‘精英’，‘战败’在伊的床头上，最后成为日本人的傀儡？”

蒋济森的嘴角情不自禁地淌下了一丝口水，他用舌头舔了一下嘴角，忙问道：

“你快说，她现在到底在哪里？”

吴文珍看了看他那副馋样儿，皱了皱眉头，用食指戳了下蒋济森的脑门儿，嗲声说道：

“看侬急得像个小瘪三。你们这些臭男人们啊，平时看起来衣冠楚楚，其实骨子里全都长满了色髓。我也晓得只要白兰花一出马，我的日子也许就勿好过了。不过为了报答侬，也只好这样了。但有一条，侬一定要保证我的这个妹妹的安全，因为现在你们的警察正在四处搜捕伊。现在，只有我一个人晓得伊躲在哪里厢。只要我不讲，你们是逮勿到伊……”

“好了，好了，我答应你，只要她能将功赎罪，把这件事办好，然后嘛……唔，你也知道，我肯定能保证她的性命安全！至于你嘛，你放心，我不会亏待你的！”

“那好，阿拉今晚这样办……”吴文珍将嘴凑在蒋济森的耳边，如此这般地嘱咐了一遍。只听得蒋济森眉飞色舞，又哈哈大笑起来：

“我真没看错侬，侬真他妈的是个小妖精……”

当天晚上，在军统北平站所盘踞的大楼的地下室里，杨志宗戴着沉重的脚镣，坐在冰冷的地上，他的面前摆着一个小方炕桌，上面摆满了鸡鸭鱼肉和一壶酒，扑鼻的香味诱惑着他饥肠辘辘的肠胃，从昨晚起到现在，他已经是滴水未进。他看着摆在面前的美味佳肴，回味着刚刚送酒菜来的狱卒说的话：

“吃吧，吃吧！这是你最后的晚餐，唉，明年的今天就是你的忌日了。按咱们中国人的规矩：上断头台前要吃饱喝足再上路，免得变成饿死鬼。”

想到这里，杨志宗的心顿时又“咯噔”一下，紧紧地抽了一阵。虽然早有思想准备，但还是有好半天心里一片空白，对死亡模糊的恐惧，在他脑海里时隐时现。他甚至想到：自己死后也许尸骨都会被人拿来喂狗……他想哭，但是哭不出来。过了好一会儿，他才慢慢缓过劲儿来，心想：

“唉，早点死了也好，免得遭受更多的罪，要是那样，保不定自己真的扛不住了，说出点什么来。自己这一生中是个很要面子的人，别临到头了给自己戴上一顶叛徒的帽子。唔，上刑场时一定要挺直腰板，大义凛然地喊几声口号！”想到这里，一股豪情一下子从脑海里升起。他挣扎着站起来，用手指蘸着从伤口中流出的鲜血，豪情满怀地在墙壁上写下了两行字。

写完后，他拿起酒杯来，斟了满满的一杯酒，端在鼻子前闻了闻，一股酒香扑鼻而来。他猛然想起了曾经爱过，后来又嫁给了别人的女人，心里浮上一丝惆怅：

“唉！俺杨志宗这一辈子连女人都没沾过，更甭说留后了，自己死了倒不打紧，俺们杨家就在俺这一茬断根儿了……”此刻，他心里十分沮丧，真有点后悔当初发的“终身不娶”的重誓，“唉，早知今日，又何必当初啊！”

他张开嘴，一口喝干了端在眼前的一杯酒。这时，杨志宗的心里乱极了，一不小心将手里的空瓷酒杯掉在地上，“啪”的一声碎了。他低头看了看地下的碎片，顿时感到有些头晕：

“唔，空肚子喝酒是他妈的容易醉，唉，借酒浇愁愁更愁。管他妈的，醉就醉吧，反正俺今晚就要死了，今儿就喝他妈个痛快！”

想到这里，他干脆举起铜酒壶，嘴对着壶嘴，“咕嘟、咕嘟”地将一壶酒喝得一滴不剩。刚将壶嘴从嘴里抽出来，他立刻感觉头晕目眩，嘴里情不自禁地大着舌头嘀咕着：

“这酒还……还真他妈的劲儿……劲儿大，俺……！”话没说完，他眼前一黑，晕倒在地上。

也不知道过了多久，杨志宗醒了。他醒来后的第一个感觉就是有一只散发着香气、柔软的小手在他的身上敏感之处轻轻地抚摸着，他立即感到有一种这一生中都没有感觉过的惬意和一阵阵陌生的冲动。他慢慢地睁开眼睛，在昏暗的灯光下，眼前模模糊糊地出现了一个全裸的、丰满漂亮的女人，而自己则躺在一张铺着雪白的床单的床上。在屋里的不知哪个角落里，一台留声机正在放着一支柔曼的外国乐曲。刚开始他以为自己在做梦，他慢慢地闭上眼睛，想充分享受这“梦里”的温柔。忽然，那只小手不小心触到了他下腹部的鞭痕，他疼得吸了口冷气，情不自禁地呻吟了一下。

这时，他才感觉到自己全身上下光光的，什么都没穿。虽然他的脑子里还是迷迷糊糊的，但他隐隐约约地感到有些不对劲儿，他挣扎着想坐起来，但浑身除了某个部位，到处都软软的使不上劲。他使劲睁大了眼睛，想看清楚自己到底是在什么地方。映入他眼帘的是一片模模糊糊的影象，他使劲睁了睁眼睛，一张非常漂亮性感的女人的脸清晰地显现在他的瞳孔里。只见这张脸上有一对像会说话的眼睛，长长的睫毛半掩着有些哀怨的目光，他顺着她的脖子慢慢地往下看，首先感觉到她那雪白丰腴的肌肤嫩得就像吹弹即破。再慢慢往下看，他看到……杨志宗的呼吸开始急促起来，他觉得有一股子热气从自己的下身直往脑海里窜。他顿时感到浑身发热，脑子里除了眼前的这具诱人的胴体外一片空白。

白兰花见自己在酒里下的日本人研制出来的催情药，和过去多次在男人身上使用时的效果完全一样，开始起作用了，她嘴角泛起一丝不易察觉的微笑，轻轻地对着暗处点了点头，并慢慢向下身伸出一只手帮助着急促而又笨拙的男人……

突然，屋里早已安排好的四支聚光灯唰地一下骤然亮了，四支雪亮的光柱照射在杨志宗和白兰花赤裸的身上，只听“咔嚓、咔嚓”几声响，闪光灯的光芒刺得杨志宗睁不开双眼。杨志宗愣了一秒钟，立即不顾趴在他身上的女人，“呼”的一下翻身坐了起来，并本能地用左手遮挡着自己的隐秘处，右手背遮挡着刺眼的光芒，不知所措。而被杨志宗掀翻的白兰花则立刻一丝不挂地翻身坐在床沿，并号啕大哭起来：

“天哪，快来人呐，这个臭男人要强奸我呀！这叫我今后怎么见人哪……”

只听得黑暗中蒋济森阴险的声音：

“好哇，共党地下党的领导人在这里强奸良家妇女啦，记者们，你们都看见了吧！”

接着，又听得一片“咔嚓、咔嚓”声，刺眼的闪光灯又在几个角度同时乱闪了一阵。

杨志宗此刻脑海里一片混乱，只有一个念头在脑海里闪现：

“糟了，俺上当了！这一下俺丢人丢大了……”

一小时后，杨志宗面对着审讯室的强光，耳边响起蒋济森得意的声音：

“你还不想说吗？好，我现在就可以放了你，但明天一大早，北平各大报纸都会刊登你今晚的‘劣迹’和‘艳照’。同时，在你‘战斗’过的几所大学校园里，几千张这样的照片就会像你们平时散发的传单一样，雪花般地从各教学大楼飘飘而下，想想看，那会是一幅多么壮观的景象啊！”

杨志宗的心猛地一阵抽搐，他那并不怎么牢固的心理防线一瞬间彻底崩溃了，他垂头丧气地说道：“别……别……别这样，你……你想知道啥，俺都说……”

说完，他像一条死狗一样萎顿在椅子上。

第十三章

一

杨志宗被捕的当天晚上，许有年得到了消息，他立即连夜向北平地下党学委负责人余涤青做了汇报。一时间，整个中共北平市委紧张起来，根据过去的经验和血的教训，地下党制定了一条铁的组织原则：只要是党内同志被捕，不管其是否会叛变，其主要联系人都要采取必要的防范措施。更何况杨志宗是北平地下党学运部的主要负责人之一，他掌握着大量的党内秘密。因此，只要是和杨志宗有过联系的党内外人士，统统采取了必要措施。根据许有年的要求，党组织将已有身孕的郭蕴转移出北平，并将她和其他几位与杨志宗有过交往的党员家属安全地护送到河北阜平根据地。

18日下午，我党安插在国民党军统内部的同志传来消息：杨志宗经受住了敌人的第一次酷刑拷打，没有吐露党内的任何机密，大家的紧张情绪才稍微平和了一些。晚上十点，许有年潜回双槐树的临时住宅，关上门窗，将一些文件和学习资料统统焚毁，然后看了看怀表，已经半夜十二点过了，他以审视的目光看了看周围，确信没有遗留下什么重要的物品后，又留恋地四处看了看他和郭蕴共同生活过的这个家，脑海里浮现出他和郭蕴在一起时的那段幸福时光，轻轻吟了一句：

昔日斟酒敬佳人，
如今孤身徒对壁。

许有年推开紧闭的门窗，驱散因焚烧文件而充满屋里的烟气。四周一片静寂，抬眼望着乌云密布的苍穹，思绪万千，许有年想起了远在家乡的父母和已经去世了的爷爷，又想到郭蕴和她腹中的小生命，心中立刻充满了柔情。他喃喃道："也不知道小郭蕴肚里怀的是男孩还是女孩？孩子啊，我们现在所做的一切，不正是为了千万个像你一样的小生命，有一个光辉灿烂的明天吗？"

就在这时，许有年被围墙外不远处一阵杂乱的脚步声打断了思绪，他浑身一激灵，本能地拔出腰间的安度士手枪，迅速来到大门前，轻轻地拔开门闩，往外探头一看，只见十几个黑影从北面快速地向这边扑来。许有年脑海里立即闪出一个念头：

"糟了，杨志宗叛变了！"

为了不殃及房东大娘，许有年一个箭步蹿出大门，借助老槐树的掩护，向南面跑去。只听后面有人吼道：

"别让他跑了，抓活的，谁也不许开枪！"

这时，一个高大的黑影已经蹿到许有年的身后，并伸手欲抓许有年的衣领，许有年嘴里骂道："去你妈的！"回手就是一枪，只听"啪"的一声枪响，身后的黑影"啊"的一声惨叫，紧接着"咚"的一声，重重地摔倒在地上。

许有年趁机往前紧跑了几步，只见前方又出现了几个黑影，他举枪对着黑影"啪、啪、啪"连发三枪，又有一个黑影倒下，正前方的其他黑影立即趴在地上。这时，后面的黑影离他已经很近了，许有年已能听见身后的喘息声，他抬手对着后面又开了几枪后，心想："我已经被包围了。绝不能让敌人活捉自己！"

他扭转枪口对着自己的太阳穴，闭上眼睛，心想："小郭蕴，永别了。"猛一扣扳机，只听"嗒"的一声轻响，枪里没子弹了。就在这一瞬间，几个大汉猛扑过来，将许有年按倒在地，经过一番搏斗和挣扎，许有年被一支手枪柄砸在头上，晕了过去。

当许有年迷迷糊糊醒来时，发现自己正坐在一张紧窄的木椅上，腹部前面固定了一条厚厚的木板，将自己圈在木椅上，上身几乎不能动弹。他移动了一下麻木的双脚，只听脚下“哗啦”一声响，这才发现自己双腿已被戴上一条粗重的铁镣。他慢慢抬起头来，只觉得后脑勺一阵剧痛，他抬眼看了看周围，只见眼前一片漆黑，只有几点烟头的火光像鬼火一样在周围晃动。

突然，一道光柱亮起，正好射在他的脸上，刺眼的强光射得他睁不开眼睛，他下意识地想伸手遮挡一下，这才发现自己的双手也被绑在椅子的扶手上，根本不能动弹。这一瞬间，他的内心有些迷茫和慌乱。

就在这时，黑暗中传来一阵阴阳怪气的冷笑声：

“嘿嘿，你醒了，好，那——咱们就开始吧！”

许有年这时才一下子意识到自己已经被捕，一个念头在他脑海里闪了一下：

“誓死不当叛徒！”

这时，许有年才慢慢地清醒过来，仅有的一丝迷茫和慌乱立即消散得无影无踪。

坐在射灯后面的蒋济森清楚地看到，强光下许有年的表情，从刚苏醒过来时的迷茫和慌乱一下子就变得像磐石一样坚毅。他暗暗吃了一惊，心里预感到，这个姓许的不会像他的上司杨志宗那么好对付。

许有年这时已完全清醒了，他听见从对面黑暗中传来一句：

“你姓什么？叫什么名字？如实报上来！”

许有年感觉到口干舌燥，嘴里发苦，“要是有口水喝该多好。”他心想。

“你是聋子还是哑巴？马上给我回答问题！”对面的声音已经不耐烦了。

许有年闭着双眼，艰难地舔了舔干裂的嘴唇，撇了撇嘴角，沙哑着嗓子轻蔑地说道：

“你们什么都知道了，还装神弄鬼地问什么！你有什么招就使出来吧！我姓许的要是皱皱眉头就是个孬种！”

蒋济森冷不丁被噎了一下，心里暗暗骂道：“不识抬举的家伙，待会儿要你知道我的厉害！哼！”

但他故作镇静，慢条斯理地说道：

“好了，看来你还是会讲话，这就对了。你叫许言午吧，别以为我们什么都不知道，你的上司杨志宗已经把所有东西都告诉我们了，你说不说都没什么关系，我们主要是看你老实不老实！”

许有年心中一愣，心想：“看来杨志宗还没有将我的真实名字供出来，敌人知道的只是我的化名，唔，那我就用化名和他们玩玩。”

原来，首先供出他的是那个女学生朱慧丽，而她只知道许老师叫许言午，根本不知道他的真实姓名，而蠢笨的蒋济森则在审讯杨志宗时先入为主，在杨志宗完全崩溃时自以为得计地问道：

“还有一个叫许言午的人的详细住址？”

杨志宗就顺理成章地交代了：“他住在双槐树……”

这时，许有年脑瓜一转，咧开嘴角笑着说道：

“既然杨志宗已经交代了，那我不说也不够意思了，是吧。不过，你得把捆着我双手的绳解开，顺便把那个劳什子拿开，它晃着我的眼睛我什么都想不起来！”

蒋济森一听，喜出望外：

“这就对了，识时务者为俊杰嘛。”

边说着，边示意旁边的人挪开了那台大功率的射灯，并亲自上前解开绑在许有年胳膊上的绳索。心想：“看来，我老蒋真的要升官发大财了！”

许有年抬手揉了揉双眼，慢慢地看清了前面坐的是一个得意忘形的胖子。他笑了笑，说道：

“你不是想知道我的姓名吗？好，我告诉你，其实啊，我的本名叫許許，那些没文化的人就把我名字后面的那个‘許’字拆开了念，变成‘许言午’了。唉，那些人真不够意思，随便就把别人的名字给改了。你说是吧？”

这时，他听见右前方有“唰唰唰”的记录声。

“好了，你现在可以告诉我你的籍贯、年龄和学历吗？”

“习惯？哦，我的习惯是抽烟、喝酒。至于年龄嘛，咳，老大不小的了，尚未娶妻……”

“我问你的是籍贯，没问你有什么习惯！”

“籍贯？什么是‘籍贯’啊？”

“我看你是在装疯卖傻！”蒋济森再也忍受不下去了，一拍桌子，“马上给我交代你的同党和上级！”

“你要我交代我的同党和上级？哎呀，你怎么不早说呢？我的同党和上级就是杨志宗嘛，不信你问问他去，他不是已经都给你们说了吗！”

“看来你是敬酒不吃吃罚酒，我要让你尝尝我的厉害。来人啊，把他给我吊起来，狠狠地打，看是你的嘴硬还是我的鞭子硬！”

许有年的嘴角又撇了一下，一扬脖子，并轻蔑地“哼”了一声：“哼，随你的便吧！”

就在这时，从屋里右角落的屏风后面跑出来一个人，他快步来到蒋济森的面前，嘴凑在蒋济森的耳边嘀咕了一阵。只见蒋济森眉毛一扬，脸露喜色，情不自禁地说道：

“哦，这么说咱们是钓到一条大鱼了，真是天助我也，哈哈哈。慢，先不忙吊起来，老子要问话！”

他得意地踱到许有年的面前，好奇地盯着许有年的眼睛看了半天，忽然阴阳怪气地说道：

“许有年？铁魂？你就是让日本人闻风丧胆的铁魂？哈哈，日本人没抓住你，倒让我老蒋给撞上了，这下，你不会再装疯卖傻了吧？”

许有年抬眼看了看那扇屏风，立即猜到杨志宗肯定就躲在那扇屏风后面，他大声喝道：

“杨志宗，你给老子滚出来，你以为你躲过了今天还能躲得过明天吗！”

已经得意忘形了的蒋济森心想：

“让他们见见又有何妨，我今天也想见识见识狗咬狗的热闹场面。”

他对着屏风阴阳怪气地说道：“杨志宗，出来吧，我看他还能把你给吃了不成？”

这时，从屏风后面蹒跚走出一个人来，许有年瞪眼仔细一瞧，压根儿不认识此人。只见此人脸色蜡黄，两只眼眶深凹了下去，头发像乱鸡窝一样，身上披了一件不知是什么颜色的肮脏的棉大衣。他低着头，慢慢挪到许有年的面前，一副怯生生的样子，完全没有杨志宗往日的风采。

许有年两眼瞪着这个人，心里愣了一下，心中暗想："这人是杨志宗吗？敌人又在搞什么鬼？"

蒋济森猜出了许有年心中的疑惑，得意地笑道："怎么，认不出你的上司了吗？"

只见那个人慢慢地抬起头来，一双无神的眼睛望着许有年，满脸羞愧地小声说道：

"小许，俺……"

许有年这时才真正认出站在他面前的人的确是杨志宗，他忽然间觉得杨志宗是那么的丑陋，可怜。自己和这个人共事了这么多年，过去是那么的崇敬他、信任他，到现在才发现他是这么个东西，自己和同志们都被他欺骗了。一瞬间，一股腥味冲上了他的喉头，他觉得嘴里一甜，顺势"噗"的一声，一口鲜血全喷在了杨志宗的脸上：

"浑蛋，小许是你叫的吗？你狗日的是个什么东西，贪生怕死，出卖组织的叛徒！"

谁也没想到，满脸是血的杨志宗突然"扑通"一声跪倒在许有年的面前，歇斯底里地吼道：

"不！不！小许，俺不是怕死，是他们在酒里下了药，让……让一个女人来诱惑我，他们使用的是美人计啊，小许，你……千万小心他们……"

只听"砰"的一声枪响，杨志宗倒在了血泊中，他挣扎着抬起头来，对许有年伸出一只手，面带苦笑地说道：

"好……好了……这下俺……俺彻底解……解脱了。小许……你……"

话没说完，杨志宗猛地一阵抽搐，断气了。

许有年愤怒地瞪着蒋济森，两只眼睛像是要喷出火来，而蒋济森手里握着还在冒烟的手枪，站在那里发愣，他心里十分懊恼，由于自己的得意和失误，导致杨志宗泄露了自己的"秘密武器"。现在看来，本来想在许有年身上故技重施的计划彻底破产了。他觉得自己的脑子里像有一团乱麻，站长骂他是"蠢猪"的情景又浮现在他的脑海里。他预感到，自己的仕途已经走到头了。他低头看了看躺在地上的杨志宗的尸体，再也没有心情来审讯许有年了。他沮丧地低声说道：

“今天就这样吧，将姓许的关押在地下室里，严加看守……”话没说完，蒋济森已经步履蹒跚地走出了审讯室。

许有年奇迹般地躲过了第一次的酷刑拷打，在地下室的囚室里，他就着昏暗的灯光，看见潮湿的墙上有两行用鲜血写下的大字：

青山处处埋忠骨，
何须马革裹尸还！

再仔细一看，认出这是杨志宗的字体。他觉得眼睛有些湿润了。许有年靠在墙上，闭上眼睛，陷入了沉思。

11月22日，北平的几家报纸在头版刊登了一条简短的新闻：

昨日（21日）凌晨，軍統系在北平西北郊採取了一次大的秘密行動，當即抓獲了一個叫許有年的共党分子。據悉，這個許有年就是一年前在北平馬家堡車站顛覆日軍304次列車、其代號为“铁魂”的共産黨人。目前此案正在審訊中。……相信黨國不會在这位抗日英雄身上動粗……本報將密切關注此案的進展……

这条简短的新闻很快在北平街头引起了较大的反响，很多知名的民主党派人士、社会名流和市民纷纷致电或直接到军统北平站询问消息。一时间，“铁魂”、“许有年”成了北平街头市民议论的热门话题。就连南京也有高官来电询问。这无形中给国民党军统系北平站施加了巨大的压力。站长刘德山读了这篇报道后，暴跳如雷，气急败坏地追查了好几天是谁向各报社泄漏的消息，却一无所获。经过向南京军统总部请示后，刘德山决定，暂时将许有年羁押在北新桥炮局子陆军监狱，避避舆论风头。

二

炮局子陆军监狱，位于北平东面，原系晚清政府修建，是专门用来关押政治犯的。这里是中国当时的四大“模范监狱”之一，看守之严密可想而知。1933年11月24日，著名抗日英雄吉鸿昌就是在这里被蒋介石下令杀害的。

许有年被关押进来的那天，刚巧也是11月24日。这一天，许有年和其他几个犯人都戴着四斤多重的脚镣，被囚车拉到北新桥炮局子胡同，一进监狱大门，就感觉到一种浓浓的紧张气氛。虽然监狱院里没有集会、没有口号，但监区的很多铁窗下都悬挂着用红色颜料书写在各色床单上的，纪念吉鸿昌遇害十二周年的大幅标语。这是一种无声的抗议，没有硝烟的战斗。而高墙周围的碉楼上和各明岗暗哨的狱警都“剑拔弩张”，个个都显现出十分紧张的神态，轻重机枪和步枪黑洞洞的枪口都对准着各牢房的窗口。

许有年一下囚车，抬眼一看，只见那些大幅标语被风吹得“呼啦啦”直响，就像战场上吹响的冲锋号。他顿时感到精神为之一振，因为他知道，在现在的中国，只有共产党，才有能力在这种非常的环境下造出这么大的声势，使敌人如此紧张。他心想：“同志们，好样的，干得漂亮！看来，新的战斗即将在这里开始了！”

按照监狱的惯例，一位姓郭的法官要对每一个刚入狱的犯人进行审讯，而且犯人不能将任何私人物品带入监区，包括一根线头。但今天，这个姓郭的法官也不知道是太紧张还是别的原因，只是瞟了一下许有年的档案，盯着许有年看了一阵，并轻轻问了一句：

“你就是许有年吧？”

其他的什么也没多问，只是叫许有年和新来的犯人们交出手表、零钱、眼镜和钥匙等随身用品，许有年脖子上挂的红色心形石头居然没有被没收。随后，姓郭的法官叫犯人们换上带条纹的囚服，许有年在换衣服时注意到，自己的狱号是918号。他愣了一下，心想：

“真是巧了，我这一生中与918这个数字真有不解之缘啊。”

炮局子监狱共分五个监区，许有年抱着监狱发给他的被褥被狱警带到第二监区的第十六号牢房里。狱警给他卸下脚镣，并“咣”的一声关上铁门，许有年顿时觉得眼前十分昏暗，屋子里有几个人头在晃动，整个牢房里没有一点声音，充满了一股难闻的臭味。他站在那里，等眼睛慢慢适应了牢房里昏暗的光线后，这才看清楚有四个蓬头垢面的人正在直愣愣地盯着他，他对他们笑了笑，并友好地点点头，自我介绍道：“我叫许言午，你们好！”

使他感到诧异的是，这几个人非但没有对他的举动表示回应，眼睛里反而充满了愤怒、敌意和呆滞。许有年觉得非常奇怪，心想：

“这些人怎么啦，难道是坐牢时间长了，被敌人折磨得神经有点不正常了？”

他摇摇头，四下打量了一下这间自己今后不知要住多长时间的牢房。

这是一间十几平方米的号子，身后的铁门上方开了一个不大的长方形窗口，从这个小窗口上可以看到对面牢房的铁门和过道上来回走动的狱警。和铁门相对的墙上较高的位置有一扇小小的长方形窗户，窗上安了几根粗大的铁栏杆，透过铁栏杆，仰面就可以看见一片小小的蓝天和白云。在铁窗的下方，有一张用木板搭的大通铺，通铺的右下方摆了一只用硬纸板盖着的马桶，看来，屋里的臭味就是从这只没有盖严实的马桶里传出来的。

许有年再看看那张大通铺，上面摆了五套被褥，其中的四床被褥显得非常凌乱，但在左边最靠边的位置的一床被褥却叠得十分整齐。一看就知道这是一个特别爱干净的人睡的地儿。他又默默地数了一下那些犯人，是四个人啊，嗯，还有一个人在哪儿呢？这时，许有年又发现这四个人的左胸前都戴了一朵小白花。他正感到纳闷儿，只听身后的铁门“哐当”一声响，两个狱警架着一个浑身是血的人进来了。他们轻轻地将这个人放在地上，直起身来，其中的一个年龄大点儿的狱警出门时摇摇头，小声地嘀咕道：

“这老家伙的骨头真他妈硬，唉，何苦啊！”

使许有年更吃惊的是，那四双显得呆滞的目光忽然一下子变得活泛起来，每双眼睛里都充满着关心、热爱、痛苦和愤怒。只见他们一下子扑到那个人的身边，扶起他来，急切地喊道：

“张教授，张教授，您醒醒……”

一个看起来二十岁左右的年轻人“哇”的一声哭出声来，边哭边抽泣道：“张教授，是我害了您啊……”

只见那个人慢慢地睁开眼睛，看了看正在哭泣的年轻人，艰难地咧嘴笑了笑：“臭小子，我还没死呢，哭什么呀？”

年轻人抹了抹眼泪，哭丧着脸说道：“张教授，是我不好，害得您又受罪了。”

许有年放下被褥，蹲在张教授的身边看了看，伸手扶起老人的上半身，说道：

“地下太凉，快扶他上床。”

就在这时，蹲在许有年旁边的一个约四十岁，满脸络腮胡子的大汉猛地一推许有年：

“你是个什么东西，不许你碰他！”

许有年冷不丁地被大汉推了个趔趄，他十分气恼，攥紧拳头就想冲上去：

“你说我是个什么东西！我倒是想问问你是个什么东西？怎么一点儿都不讲道理？”

“你要讲道理是吧？好哇，我的拳头就是最好的道理！”

说着，晃了晃钵大的拳头，对着许有年的下巴就是一拳。

“贾明，住手！”只听张教授轻吼一声。

这一声轻吼，竟使那个大汉硬生生地收住了已经到了许有年下巴处的拳头，他一顿脚，气恼地吼道：

“张教授，为什么不让我揍他，这个人是个奸细啊！”

张教授没理大汉，皱着眉头，挣扎着要站起来。许有年赶紧过去，和另两个人将张教授搀扶到“床”上，并给他盖好被子。张教授喘了喘气，直视着许有年，说道：

“谢谢您，我先自我介绍一下：鄙人叫张崧年，是个教书匠。请问您贵姓？是因为什么进来的？”

张崧年，字申府，中共创始人之一。曾与爱人刘清扬共同介绍周恩来入党，并与周恩来一起在德国介绍朱德入党。后来在清华大学任哲学、逻辑学教授，因领导、组织一二·九学生运动而被捕，后被冯玉祥将军保释出狱。

“张崧年？您就是张崧年教授？”许有年激动地一把握住张教授的手，“久仰大名啊，我十年前就知道您的大名了，一二·九学生运动的主要策划者和组织者，真没想到在这里能遇见您。哦，看我这人，一高兴就忘了自我介绍，我叫许有年，是因为……”

“许有年？铁魂？”几个声音几乎同时轻声叫了起来。

张教授吃力地撑起身来，紧握着许有年的手，上下仔细打量了许有年一番：“年轻人，去年在马家堡车站颠覆日本人火车的人是您？”

许有年点点头：腼腆地说道：“这没什么，只要是个爱国的中国人，就都会这样做的！”

张教授盯着许有年看了一会儿，爽朗地笑着道：

“后生可畏啊，中国的前途，真的是寄托在你们身上了！来，把你的被褥拿过来，铺在我的旁边，咱爷儿俩好好唠唠。贾明，将你的被褥挪一挪，给小许挪个地儿。”

贾明愣了一下，接着“哎！”了一声，赶紧将左边的被褥全部往右边挪了挪，又接过许有年的被褥铺在张教授旁边。接着站起来，恭恭敬敬地给许有年鞠了一个躬，粗声说道：

“铁魂先生，刚才对不住您了，我是个粗人，没多少文化，请您多多包涵！”

许有年忽然觉得这个贾明有点面熟和亲切，他上下打量了贾明一眼，但又一时想不起来在哪里见过，他轻轻地摇摇头，哈哈笑了起来，幽默地说道：

“没什么，你不是还没打到我吗？不过，我很好奇，为什么我刚进来，你们就认定我是奸细呢？你们的根据是什么？我脸上也没刻‘奸细’二字嘛。”

“不，不是……”贾明一下子涨红了脸。

张教授笑着说：

“来，小许，你坐在我旁边，咱们慢慢聊。”

张崧年见许有年坐定后，说道：

“其实，这事也不怪贾明。原因是这样的，嗯，让我从头讲起吧：我们在监狱里秘密办了一份报纸，刊名为《狱中之花》。我们用铅笔在白纸上用仿宋字自编自缮了许多内容，在一张纸的正反面密密麻麻地写了不少东西，其中包括新闻、哲学、狱中信息、狱中对敌斗争经验和鼓舞难友们斗志的内容等。外面传进来的新闻来源不多，因为监狱里看管得十分严格，被关押的犯人不许看报，外边的报纸不准送进监狱。但有好几次清华的同学给我们送毛衣和其他物品时，用当天北平出版的英文报纸包裹起来。负责检查的狱卒不懂外文，这些报纸居然没被扣留，我们从中知道了不少外面的消息。就在昨天，你许有年被捕的消息也传了进来，这一期《狱中之花》的头版头条新闻的标题就是《抗日英雄‘铁魂’被捕》。副标题是《撕开国民党‘抗日’的面纱》。”

许有年好奇地问道：

“那咱们的报纸是怎样传递的呢？”

“监狱里有些没暴露身份的共产党员，被狱卒分派做狱内勤务工作，如扫地、送饭等，他们有机会在各号子之间走动，《狱中之花》就是靠他们在各号子之间传递的。”

张教授顿了顿，接着说道：

“前几天，为了悼念吉鸿昌将军，我们为此还出了个专刊，在这份专刊里，我们号召狱友们在24日这天行动起来，每人胸前佩戴一朵纸做的小白花，以纪念吉鸿昌将军遇难十二周年，结果整个监区里都沸腾起来了。我们没预料到，难友们的斗争热情非常高涨。今天早晨天一亮，我们就发现，许多难友们将自己盖的被里子和床单，用从典狱长办公室里偷出来的红色水粉颜料，书写成一幅幅标语，从各自的铁窗口展示了出来。”

张崧年讲到这里，异常兴奋，眼睛里放出了光彩。许有年此刻也感到非常振奋，说道：“张教授，你们出这份报纸很不容易啊！”

张崧年点点头，两眼看着铁窗外的蓝天：

“是啊，这份《狱中之花》是监狱里的地下党组织费了很大的劲，克服重重困难搞起来的，真的是很不容易啊。但她却让狱友们看到了光明，看到了希望，鼓舞了狱友们的斗志！让我感到骄傲和自豪的是，我也是这份刊物的主编之一。”

张崧年慢慢地收回了目光：“我接着给你讲：就在今天早上，一个同情我们的狱卒悄悄告诉我们一个消息，典狱长正在自己的办公室大发雷霆，并准备计划在几个他们怀疑的号子里，各安插一个他们信任的犯人来做他们的奸细。如有异常情况立即向他们汇报。”

许有年忍不住笑了起来：“原来是这样，我说我怎么刚一进来，大伙儿就用那样的眼光看着我，这眼光怪瘆人的。我要真的是奸细，还不立马被吓死？哈哈……”

许有年这一笑，立即感染了大家，大家也跟着大笑了起来。铁门外巡逻的两个狱卒赶忙跑到小窗口边，瞪大了眼睛仔细往里看，其中一个感到莫名其妙地挠了挠头，嘀咕了一句：“嘿，真他妈的新鲜，这帮坐牢的家伙怎么比老子还要高兴？”

张崧年看着狱卒离开后，回头对许有年说道：

“小许，你初来乍到，对这里面不熟悉，我先给你介绍一下这几位难友。”

他指着一位五十来岁、瘦瘦的人说道：“这位难友姓陈，叫陈清泉，我们平时都叫他‘老夫子’，入狱前是《北平时报》的编辑，因在报上发表了几篇同情共产党的文章而被捕。你别看他外表显老，其实他只有四十岁。我们创办的《狱中之花》，在排版和编辑方面老陈起了很大的作用。”

陈清泉习惯性地用手指在鼻梁上摸了摸并不存在的眼镜（眼镜在入狱时已被没收），不好意思地说道：“张教授过奖了，其实鄙人并没做什么，只是提了些小小的建议而已。”

张教授又指着他对面的一个三十岁左右，中等个子的中年人说道：

“他姓李，叫李清，是北平一所武馆的教习。因在一次比武中，失手打伤了国民党的一名团长而被捕。罪名是‘蓄意伤害国军军官’。”

李清气愤地说道：“这个军官一来就吹嘘自己是‘武当派’的，是他用手枪指着我的脑袋，逼着我和他‘切磋’的，之前他还逼着我和他签了一份‘生死状’，打死打伤不负责任。结果没想到他那么不经打，没挨几下就断了几根肋骨……”

听到这里，大家“哄”的一下笑了起来。

张教授见大家笑够了，指着那个年轻人说道：“他叫刘欣伟，是燕京大学的学生。日本人投降后他在校园里演讲，要求南京当局成立一个联合政府，公选一位领袖出来治理中国。就为这他被国民党特务抓了进来，他今年还不到二十岁呐。”

许有年看着年轻人，问道：“刘欣伟同学，你刚才哭什么呀？”

年轻人不好意思地用衣袖擦了擦脸上尚未干透的泪痕，腼腆地说道：“今天早上是我不好，看见狱警们进来搜查时一时慌乱，将我正在阅读的一份《狱中之花》塞在了张教授的枕头下面，结果害得张教授……”

张教授笑笑说道：“我这一辈子的经历忒多，这点事儿算什么呀，再说这事也不怪你，本来你就是从我的枕头下面取出来的嘛。好了，咱们不说这些了。”他对着站在一边的大汉招招手：“贾明，过来。”

许有年立即向贾明投去了更加关注的目光。

张崧年拉过贾明的手并拍拍他的手背说道：“这可是一位爱国侠士，今年3月的一天夜晚，他曾和他的十几位部下在秦皇岛附近炸沉了日本鬼子的一艘军舰，并杀死了一名日军的大佐军官，在当地造成了极大的轰动。日本人投降后，他拒绝了国民党的招安，继续杀富济贫，后来在青龙八道河一带被国民党一个团包围，经过一番殊死搏斗，贾明打死打伤了几十个国民党官兵后，由于腿部受伤而被捕。”

贾明的黝黑的脸一下子红到了脖子根儿，不好意思地说道：“张教授过奖了，俺不是什么‘侠士’，俺只是一个‘胡子’。”

许有年听到这里，心里“咯噔”一下，回忆起什么，他两眼又直盯着贾明仔细打量着，并试探性地轻轻叫了一声：“强子哥。”

这时，只见贾明浑身像触电似的颤抖了一下，瞪大了双眼，直直地瞪着许有年：

“您……您是……？”

许有年迅速解开囚服的领口，取下挂在脖子上的那块红色的心形石头递给贾明。贾明颤抖的双手捧着这块石头，低头看着刻在上面的三个字“许海滨”，眼眶里顿时盈满了泪水，他抬起头来，看着许有年：“你……你是虎子？”

“强子哥！”

“虎子！”

两个大男人顿时不顾一切地抱头痛哭起来。

第十四章

一

晚清末年，由于清政府的腐败和软弱无能，西方列强虎视眈眈地觊觎着中国，中华大地战火不断，致使百姓民不聊生，纷纷揭竿而起，杀富济贫。

在众多的绿林好汉中，辽宁省怀仁县（今桓仁满族自治县）二户来镇的许海滨就是其中的佼佼者。据传，由于许家的多代祖辈曾屡遇奇缘，颇多巧遇，习得一身好功夫传到许海滨这一代亦不例外，甚至有过之而无不及：

许海滨自小就喜欢舞枪弄棒，练得一身横练功夫，一根木棍使将起来，三五个人近不得身。由于许海滨生性耿直豪爽，爱打抱不平，扶助贫弱，颇得远乡近邻乡亲们的喜爱。许海滨的一个堂弟叫许海生，比自己小两岁，外表长得白净秀气。读过几年私塾，识文解字，虽屡赴乡试不第，但由于他生性聪明，不管遇到什么难事，俩眼珠子一转，就能想出一个绝妙的主意。许海滨打小就成天和海生在一起厮混，长大后，兄弟俩一文一武，在二户来镇周遭是出了名的最佳搭档。

光绪十一年冬，兄弟俩听说镇东南面三十里外的牛毛大山中有一只巨熊屡伤人命，县衙出告示悬赏一百两官银欲消灭这只“黑瞎子”。兄弟俩一合计，决定上山除害。

第二天一大早，兄弟俩带着猎枪、干粮和猎犬小虎，乘着自己制作的雪橇，来到了牛毛大山。他俩在深山中转悠了两天一夜，除了狍子和野兔外，连“黑瞎子”的一根毛都没见到。这天傍晚，就在他俩颇感失望，正在下山准备回家之时，小虎突然狂吠起来，并挣脱了牵在许海滨手上的皮带，朝着旁边的一条杂草丛生的山沟狂奔而去。海滨兄弟俩对望一眼，精神顿时为之一振，顺着小虎留在雪地上的足迹追了过去。

跑了不远，就看见小虎正在沟边一个不起眼的小洞口兴奋地上蹿下跳。兄弟俩疑惑地来到洞口，仔细观察了一番，只见这个洞口在半人高的山崖上，直径只有一只小磨盘大小。心想：“这个小洞口别说黑瞎子，就是要钻一个人进去都相当困难！”许海滨失望地抓住小虎的脖子，狠狠地用皮带系住，拖着小虎就要往回走。许海生弯着腰颇感兴趣地望着洞口，右手在空中往下压了压：

“哥，慢点儿，这洞有点名堂！”

许海滨眯缝着眼睛上上下下打量了洞口周围一会儿，又在洞口使劲吸了几下鼻子，没有嗅到野兽的腥臊味，他回头对许海生说道：

“嗯？我没看出来，你说这里面有什么名堂？”

“哥，你看，这个洞口是被人工封起来的！”海生指着地上的一块大石头说道：

“这块大石头，就是封住洞口的石头，估计是最近才塌了下来，露出了洞口。哥，咱们敢不敢进去看看？”

许海滨歪着头看了看洞口，一跺脚：“看你说的，怕啥？咱们凭什么不敢进去看看！”

说着，脱下棉袄，将脑后的辫子往脖子上一缠，就要往洞里钻。海生忙伸手一拦说道：“慢，先别急！”说完，将手中的猎枪筒伸进洞口，一扣扳机，只听得“砰”的一声响，接着从洞里传来一阵阵的回声。海生侧着耳朵听了听，说道：

“唔，这个洞子挺深的，咱们得扎俩火把再进去。”

他俩在周围拾了一些枯树枝，扎了几个大火把，然后牵着小虎相继钻进洞里。一进洞口，他俩就打了个寒战，明显感觉到这里面比外面还要寒冷干燥。借着火把的光芒，只见一条一人多高的通道直通黑洞洞的深处。

兄弟俩站在原地，屏住呼吸，仔细听了一会儿，洞里没有任何动静。海滨轻轻说了一个字："进！"就举着火把带头慢慢往山洞深处走去。海生紧随其后，并不时在洞内岔道口用刀子在洞壁上刻个记号，就这样，他俩一会儿上一会儿下的走了三四十丈，一直紧挨在海滨脚边的小虎突然对着正前方狂吠起来。许海滨猛地站住了脚，大吼一声：

"谁！"

跟在后面的海生冷不丁被这一声吼吓了一大跳，手上的火把差点掉在地上。他瞪眼往前一看，只见在离海滨不到一丈之处，一个人正一动不动地坐在那里，火把的光亮照在他身上，映在崖壁上的影子一晃一晃显得特别怪异。而这个人身后已经是绝壁，没有路了。兄弟俩情不自禁地后退了几步，然后站定，许海滨壮着胆子对着那人又吼了一声："你是谁？别在那里装神弄鬼！"

就这样僵持了近半袋烟工夫，那个人还是一动不动地坐在那里，而小虎也渐渐平静了下来。兄弟俩见状，对望一眼，举着火把小心翼翼地一步一步地挪到那个人的面前，仔细一看，才发现这是一个死人，并早已成为一具干尸。兄弟俩松了口气，借着火把的亮光仔细地打量着这具干尸。只见这具尸体的皮肤已经完全脱水，呈褐黑色，长着一对深陷的眼窝和高高的鼻梁，头戴一顶奇怪的帽子，一缕黄色的头发露在帽外，身上的穿着也与常人不同，腰上还扎着一根皮带，左右肩上都斜挎着一排排的子弹带，一支毛瑟步枪斜靠在他的右腿上，而左腿已从膝盖处被截肢。紧靠在他的面前的，是一张奇形怪状的石桌，桌面上有一条深槽，一根擀面杖模样的东西从深槽中支出一尺左右。而这具尸体瘦骨嶙峋的右手则牢牢地抓在"擀面杖"的上端。

"老毛子！"兄弟俩异口同声地惊叫了一声。隔了好一会儿，兄弟俩才回过神来。许海滨立即伸手抓起靠在这个俄国人右腿上的毛瑟步枪，翻来覆去地把玩着，瞄准着，爱不释手。

许海生则站在那里，皱着眉头，右手支着下巴颏，两眼从"老毛子"身上慢慢地移到他右手抓着的"擀面杖"上，又慢慢移到"老毛子"的身后，前后观察了一阵后，他果断地走到"老毛子"对面，小心地将"老毛子”抓在“擀面杖”上面僵硬的手挪开，伸手握住“擀面杖”的顶端，用力一推，只听得“嘎嘎嘎”一阵巨响，洞内顿时弥漫着尘雾，兄弟俩大吃一惊，挥手驱散着尘雾，小虎也惊恐地“嗷嗷”直叫。当尘埃落定之后，只见“老毛子”身后的绝壁上赫然又现出了一个洞口。

兄弟俩愣了一会儿，快步来到这个洞口，举着火把一照，只见这里面是一个约一百来平方米的大山洞，洞里整整齐齐地码了许多木箱。木箱表面积满了灰尘。兄弟俩战战兢兢地四下打量了一阵，估计不会再有什么机关出现，就慢慢踱到一只五六尺长的木箱面前，许海滨顺手从地上拾起一根生满铁锈的铁撬棍，小心地撬开箱盖，举起火把一照，“啊！”两人同时惊喜地叫出声来。只见木箱里平放着几十支崭新的钢枪，许海滨顿时兴奋得满脸通红，他们赶快打开其他的木箱，发现里面装的也全是枪支。许海生快速地清点了一下，光步枪就有五百支左右，还有十几支短枪。这简直就是一个武器库啊！许海滨翻遍了所有的木箱后，兴奋之余又颇感失望——这么多钢枪，却没有一发子弹！没有子弹的枪，无疑连一根烧火棍都不如。兄弟俩站在那里发了一阵愣，不得已走了出来。许海生抬眼看了一眼那具干尸，眼睛一亮，赶紧跑到干尸面前，取下斜挎在尸体左右肩上的子弹带，数了数，约有六十余发子弹，兄弟俩又高兴起来。他俩取出两支步枪，一人挎着一条子弹带来到洞外，将洞口堵好，又仔细检查了一番后，这才扬长而去。

牛毛大山山洞中的这五百支毛瑟枪，至今还是个谜。史学家推测这是19世纪初，八国联军侵入中国后，俄国军队秘密修建的武器库。由于缺乏子弹而最终被俄国人放弃。而那具尸体则是守卫武器库的士兵，由于他忠于职守，再加上左腿残疾，最终因缺乏食品而被饿死在山洞之中。

二

光绪十三年夏，辽东地区遇到了五十年不遇的旱灾，当地官府不但不开仓放赈，反而变本加厉地搜刮民脂，辽东大地饿殍遍地，民不聊生。

在这样的背景下，海滨兄弟俩取出早已分几次偷偷搬运回来的五百支毛瑟枪，组织了一支由灾民组成的队伍，举着火把，连夜打进县衙，只放了几枪，便将平时作威作福的衙役们吓得屁滚尿流，四处乱窜。县太爷也吓得连夜逃出县城，不知去向。许海滨带领着兄弟们打开粮仓，赈济灾民。一时间，许海滨兄弟在方圆几百里内名声大噪，这使已经濒临绝望的灾民们看到了希望，纷纷投入到许海滨的队伍中来。这支队伍很快就在辽东一带闹得沸沸扬扬，周遭几百里的官府都谈之色变。为了预防朝廷官兵的围剿，许海滨听从了海生的意见，在打劫了十几家巨富之后，将这支上千人的队伍拉进了牛毛大山之中。并派海生带着三个可靠的弟兄携巨款远渡重洋，从新加坡购买了大量的子弹回来，第二年又派人到新疆购买了几百匹高大健壮的伊犁骏马，组成了一支强悍的骑兵队伍。由于这支队伍掌握了五百支威力强大的洋枪（这些洋枪的来历海滨兄弟一直守口如瓶，从而使这支队伍罩上了一层神秘的光环），再加上清政府的腐败无能，使得主要靠大刀和红缨枪装备的朝廷官兵都颇感头疼，轻易不敢前来围剿。这就给许海滨的这支队伍的发展壮大提供了有利的条件。自此，许海滨带领这支“土匪”队伍频繁出动，杀富济贫，并将周边大大小小的土匪都收编到自己麾下，当地百姓给许海滨送了一个响亮的美名：“关东枪王”！并将他的故事编成“二人转”在大街小巷、酒楼茶肆传唱。

二十几年后，民国二年的冬天，一个小男孩降生了。这时的许海滨已年届五十，且体衰多病，而其率领的这支“土匪”队伍的境况也近衰落。长孙的出世，无疑给这位“关东枪王”注射了一支强心剂。他爱不释手地抱着刚出生就显得虎头虎脑的长孙，情不自禁地叫了声“虎子！”自此，所有的家人和各“绺子”的土匪都管这个小男孩叫：“虎子”。直到他八岁后，虎子才有了大名：许有年。

虎子是在爷爷许海滨的百般疼爱中成长起来的，在他五岁时，海生爷爷就教他背《三字经》，六岁时爷爷就教他练拳脚，七岁时他学会了射击。故虎子打小就养成了天不怕、地不怕的性格。在他八岁那年的夏天，一次偶然的机会，他结识了一位叫孟志强的少年。

这天下午，烈日高照。许海滨照例和几个头目骑着马去巡山，虎子和往常一样，与一帮和他年龄差不多大的孩子们在山寨外玩耍，这时，从山下上来十几个喽啰。他们背着一个伤员，并拖着一个被五花大绑、眼睛罩着黑巾的年轻人从虎子他们身边走过。虎子和其他孩子们都只瞟了一眼，就回头继续玩耍，因为这种情形在山寨中经常都能看见，太平常了。这帮人推搡着那个俘虏走进六当家刁富贵的屋里。

不到一顿饭工夫，只见从刁富贵屋里拥出一大群人来，他们在院里围了一个大圈，有的人吹着口哨，有的人大声鼓噪着将一个光着膀子的人往人圈里推。虎子和其他孩子们见此情形，赶忙跑过去，钻进人堆里，兴奋地瞪大眼睛等着看热闹。只见被推进圈内的那个人看年龄只有十四五岁，长得虎头虎脑，光着的上身显得有些瘦弱，满脸英气，撇着嘴角，似乎对这么多起哄的人不屑一顾。但当他的眼神和虎子的眼神相碰的那一刹那，他的嘴角浮现了一丝微笑，这一瞬间，虎子不知为什么立即对这个少年产生了一丝好感和好奇。

这时，六当家刁富贵微笑着走进圈内，他对着喽啰们一抱拳，说道：

“弟兄们，这小子打断了咱一个弟兄的右腿，按照咱绺子的规矩该怎么办？”

只听喽啰们七嘴八舌地叫道：

“也砍下他的右腿，给咱们弟兄报仇！”

“干脆宰了他！宰了他！”

刁富贵挥了挥手又说道：“按照咱绺子的规矩，这小子该断一条腿，然后将他扔进深山里，让他自生自灭。但这小子满嘴不服，他认为，当时是由于咱们人多，他才被俘获的，他提出，让咱们挑选一两个人出来和他单挑比拳脚，这样输了，他才服气。好，既然这样，就由我来陪他玩儿玩儿！让他输得心服口服，免得咱们‘以多胜少’的名声传了出去，坏了咱绺子的名声！”

喽啰们异口同声地大声喊“好！”为刁富贵喝彩。

只见那个少年轻轻一撇嘴，一扬眉毛：“哼，大叔，就你？要是我侥幸赢了你呢？”

喽啰们又“轰”的一声笑了起来，刁富贵轻蔑地上下打量了少年一眼：

“要是你赢了，我立马放了你，老子决不食言。不过，你别做青天白日梦了！”

说完，刁富贵一仰头，也“哈哈”大笑起来。

只见刁富贵不慌不忙地脱下外衣，露出一身使人望而生畏的虬结肌肉。这里除了那个少年，谁都知道，这个刁富贵是铁匠出身，天生神力，每次打劫镖行或官兵的货物，他都从来不用枪，而且每次冲杀他都握着一把沉重的鬼头刀，“嗷嗷”直叫地冲在队伍的最前面，就像是猛虎下山，勇不可当。他不出手则罢，一出手，总是屡战屡胜，从未遇到过任何有效的抵抗。因此他养成了自信、骄横的脾气。刁富贵一上场，光从体力上看，就和那个少年形成了鲜明的对比，这就使得站在人丛中的虎子不禁暗暗地替那个少年担心起来。

那个少年看了看刁富贵那一身在阳光下乌黑油亮、不停跳动着的肌肉，皱了皱眉头，不敢轻敌，不紧不慢地在离刁富贵一丈之处摆了一个马步架势，气沉丹田，严阵以待。但刁富贵却轻蔑地看他一眼，十分放松地站在那里，并对着少年勾了勾手指，阴阳怪气地说道：

“哈哈，你小子怕了么？来啊，小心老子把你的小鸡鸡扭下来喂狗！”

这又引起了喽啰们一阵阵的口哨和对少年的嘲笑声。那个少年见状，嘴角又露出一丝不易察觉的微笑。只见他轻轻地一晃，像鬼魅般一下子站在了刁富贵的面前，大家突然见他露了这么一手，嘲笑声戛然停止，场内立即鸦雀无声。刁富贵愣了一下，感觉不对，再不敢托大，立即猛地挥出钵大的拳头向少年头上砸去。这一拳砸下去，只怕那少年会立即脑浆迸裂，命归黄泉。但见黄影一闪，少年已到了刁富贵的身后，刁富贵那开碑裂石的一拳顿时砸了个空。只见那少年在刁富贵身后戏谑般地轻轻拍了拍他的肩膀，又一闪，居然又回到了他最初所站的位置，只见他双手一抱拳，笑着对刁富贵说道："大叔，还打吗？"场上立刻响起了一阵阵孩子们的喝彩声。

刁富贵的脸顿时涨得通红，只见他一瞪眼，一咬牙，只听得他浑身骨骼"嘎嘎嘎"一阵响后，他挥舞着拳头，带着一股风向那少年猛扑过去。虎子和孩子们屏住呼吸，此时才真正替那少年担心起来。

只见那少年眉头一皱，微一屈膝，跳将起来，在半空中右腿优美地一弹，对着猛冲过来的刁富贵飞起一脚，这一脚正好踢在刁富贵的下巴上，只见刁富贵庞大的身躯在半空中划了个弧线，"啪"的一声，重重地摔倒在地上。这一下出乎人们意料之外，除了整齐地"啊"的一声，好半天都没有人敢喝彩。

刁富贵艰难地从地上爬起来，"呸"的一声吐出几颗带血的牙齿，恼羞成怒地吼道：

"还……还不把这个小王八蛋给我抓起来，开肠破肚！大卸八块！！"

十几个喽啰一拥而上，顿时将那个少年捆绑起来，并将他朝五十米外的行刑柱拖去。这时，只听一个稚嫩的声音大声吼道：

"住手！"

大家回头一看，是八岁的少东家虎子。虎子愤怒地盯着刁富贵说道：

"刁爷，我今天才发现你是一个出尔反尔的小人，难怪咱们绺子这些年一直不顺，原来根子是在你这儿！"

刁富贵虽然骄横，但他也不敢得罪这位大当家和二当家都十分宠爱的孙子，何况这事他本来就不占理。只见他的脸色一会儿发青，一会儿发紫，最后，一跺脚，"呸"的一声吐了口血痰，对着喽啰们吼道：

"还不快把这小子放了！"

吼完后又一跺脚，转身回屋里去了。

孩子们顿时高兴得跳了起来，他们围着虎子和那个少年又跳又闹的。少年回身对着虎子一抱拳：微笑着说道：

"谢谢你的救命之恩！你叫什么名字？"

"我叫虎子，你呢？"

“虎子？哈哈，你的家人为什么给你取这么个名字？我们那儿的人称土匪为‘胡子’，而‘虎子’与‘胡子’同音，哈，而你们又正巧在干这个买卖……”

少年看了看略显尴尬的虎子，赶忙收敛住了笑容，说道：

“对不起，虎子，我这是在和你开玩笑呢，我的名字叫孟志强，看样子我年龄比你大，你就叫我强子哥吧。”

“强子哥，我没生气。你刚才踢翻刁富贵的那一脚真棒，能教我吗？”

“好，只要你愿意学，我保证教会你！”强子哥爽快地答应了。

后来，虎子了解到，孟志强是吉林伊通人氏，其母亲为满族旗人，外祖父那钴氏尚武，而他又非常喜爱这个小外孙，固执地硬要将外孙留在自己身边。故孟志强打小就跟着外祖父习武，练得一身超出常人的武艺和轻功。

去年冬天，日本关东军刚刚成立，其父亲就被关东军抓去修铁路。他因不堪忍受日本人非人的待遇而聚众逃跑，被关东军打死在公主岭一带。孟志强发誓要替父报仇，在一天夜里他独自潜入日本军营，砍翻了两个放哨的日本士兵后携带一支缴获的短枪连夜逃亡。半月后他懵懵懂懂地来到牛毛大山脚下，正巧遇见巡山的喽啰们，由于言语不合，双方打了起来。孟志强打翻了一个小头目后，喽啰们一哄而上，最终将他擒获上山。这才有了前面的那段故事。

由于爷爷许海滨也非常喜欢孟志强，有意将他留在身边陪伴虎子。并从山下请了个私塾先生教他们识字。而虎子这时也有了大名：许有年。许有年和孟志强成天在一起读书、练武，孟志强虽然不喜读书，但两人还是成了非常要好的朋友。而孟志强踢翻刁富贵的那一招，许有年也练得十分娴熟。

三

一直到了民国十四年初，爷爷许海滨因病去世，同年夏天，许有年又以优异的成绩考上了县里的国立中学，他俩这才分开。谁也没料到这一别，竟在二十多年后才又见面，而且是在北平的炮局子监狱里以这种方式见的面。

许有年与孟志强抱头痛哭之后，互道别后之情，一旁的张崧年教授和狱友们听他俩讲述了这段充满了传奇色彩的故事后，都“啧啧”称奇，并为这对老朋友的重逢感到由衷的高兴。

许有年擦干泪水，对孟志强说道：“强子哥，十几年前，我曾在沈阳街头遇到过咱们绺子里的一个人，我向他打听过你，他说自打我走了后你在山里没待多久就走了，谁也不知道你去哪儿了。”

孟志强眯缝着眼睛回忆了一下：“是啊，你去城里读书走了不到半个月，我不知怎么的成天感觉特没劲，故在一个雪夜我就不辞而别了。下山后，我回了一趟吉林老家，祭奠了父母后，就在当地拉了一帮子弟兄，学着你爷爷的样，干起了‘胡子’买卖！但我们这股‘胡子’从来就不欺负老百姓，专杀鬼子汉奸与恶霸！在一次夜间的偷袭中，我们砍死了十几个正在酣睡的小鬼子，缴获了十几支三八大盖和两挺机关枪。很快，我的队伍一下子从十几个人发展到一百多号人。关东军将我们视为眼中钉，肉中刺。日本人为了消灭我们，曾派了一个中队的鬼子和三个中队的伪军来围剿我们，经过一阵激烈的枪战后，我们弹尽粮绝，被困在山上。最后，仗着对地形的熟悉，我带着十几个幸存的弟兄逃出了鬼子的包围圈，其余的九十几个弟兄都没逃出来，全部被鬼子和伪军打死了。”

说到这里，孟志强猛地一捶自己的大腿，“唉”的一声低头不语，只见他的双肩微微地耸动着，床板上“啪嗒、啪嗒”地滴下十几颗男儿泪。许有年他们也低着头不吱声。停顿了一会儿后，孟志强声音哽咽着继续说道：

“我发誓要加倍地杀鬼子，替死去的弟兄们报仇！但没想到我们内部却出了个叛徒，他为了区区几十块大洋将我们出卖了。就在我们逃出鬼子的包围圈后不久，鬼子又在柳河的一个小村子里将我们包围起来。经过一番激战，最终只有我一个人逃了出来……”

孟志强讲到这里，又沉默了一会儿。许有年和张教授他们都着急得异口同声地问道：

“那后来呢？”

“我逃出来后，千方百计地打听到那个出卖了我们的叛徒躲在三源浦一个汉奸亲戚的家里，我连夜赶到了三源浦，越墙潜入那个汉奸的院里，杀了正在熟睡的叛徒和那个汉奸一家大小，这才算出了一口恶气。然后我改名换姓，用‘贾明’这个名字只身逃到了关里。在抚宁乡下我又组织了一帮被日本人残害过的穷人继续杀鬼子。再后来的情况你们都知道了。”孟志强轻描淡写地说到这里，伸手拉着许有年的手说道：

“我的那些破事儿真的没什么好说的，虎子，哥特想听听你的故事。”

许有年有些不好意思地小声说道：“强子哥，我都三十几岁的人了，你以后千万别再叫我虎子了，你就叫我有年吧，就只有咱俩没外人时任随你怎么叫都行，你看好吗？”

“好，咱们的虎子长大了！虎子……不，有年，打今儿起，我就再也不叫你虎子了。”铁窗里又传出一阵阵笑声。

……铁窗外已是漆黑一片，刺骨的寒风在夜空中卷着雪花凄厉地呼啸着。房顶和哨楼的探照灯的光柱在夜空中来回扫着，不时将牢房里照得雪亮。但十六号牢房里的难友们却没感到寒冷，他们都没有一丝睡意，闭着眼睛，等查夜的狱卒一离开，大伙儿就坐了起来，捂着被子围成一圈，在黑暗中伸着脖子听许有年小声地讲述着外面的形势。

第十五章

一

自打许有年被关进炮局子监狱那天起，他就随时都在偷偷观察监狱里的地形和四周高大的，带有电网的围墙，每天放风之时，他都在暗暗察看哨楼和狱警们站岗的位置。晚上躺在床板上，他默默地留意着狱警查夜的时间和铁窗外探照灯光来回巡视的时间间隙，并画了一张二监区局部的草图。这天夜里，他在昏暗的灯光下悄悄地将自己欲越狱的想法告诉了狱友们，要求大伙儿共同出主意，想办法。大伙听了精神都为之一振，兴奋地你一句我一句地小声说着自己的见解。特别是孟志强，则更是兴奋得脸色通红，他紧握着拳头，瞪大着眼睛小声而急切地说道：

“自打他们抓住老子那天起，老子随时都在想怎么能逃出去，但一直都没有逮着机会，有年，哥支持你，你说该怎么办哥就怎么办，哥一切都听你的！”

但张教授却坐在旁边，闭着眼睛，轻轻地摇摇头，低声说道：

“小许啊，你进来已快两个月了吧？这段时间我一直都在观察你，早知道你有越狱的想法。你知道我在这里被关了多久？我与大多数难友和你一样，刚进来时，成天就想着怎么越狱逃跑。但据我们通过各种渠道调查到，这个炮局子陆军监狱从清朝时期建立起来直到现在，不知道关押过多少重要人物，也不知有多少能人高手曾在这里实施过越狱计划，但他们不管是采用里应外合的计划也好，还是采用飞檐走壁、穿墙打洞的方法也好，至今还没有一例从这里成功越狱的纪录，反而枉送了不少英雄豪杰的性命。故此，这个炮局子监狱被称为中国四大‘模范监狱’之首。小许啊，你千万要谨慎，别莽撞行事！另外，我相信，外面的党组织和同志们肯定也在为你的被捕而非常着急，正在千方百计地想办法营救你出去。你是民众公认的抗日英雄，国民党轻易不敢把你怎么样，最终还是会放你出去的。你一定要听我一句劝，耐心点，别妄动！否则人没有跑出去，倒将小命给丢了。”

许有年听了张教授的话后，沉默一会儿，最终点点头，心想：

“张教授说的也没错，外面的同志们和郭蕴肯定在为我的被捕而十分焦急，一定在想办法营救我出去。”

但他转念又一想：

“难道我就在这里干耗着，什么也不做，被动地等待同志们来营救吗？还有，就算是同志们在外面疏通了某个关节，敌人放我出去了，那强子哥怎么办？我能扔下强子哥不管吗？”

许有年哪里知道，事情远不像他所想的那么简单。

自许有年被捕后，北平的党组织通过内线了解到许有年被关押在北平炮局子陆军监狱，地下党的同志们都十分焦急，他们知道要想用武力从炮局子监狱救出人来，凭现在的力量几乎是不可能的，唯一的办法就是以许有年抗日英雄的身份来给国民党施加压力。

首先，北平党组织当晚就紧急行动起来，通过各种关系，第二天一早就在北平各大报纸上以新闻的形式披露了曾颠覆日军304次列车的英雄许有年被军统系秘密逮捕的消息，然后，请了一些有影响的社会名流找到军统北平站的站长刘德山，要求他立即将抗日英雄许有年释放！

刚开始，刘德山还敷衍地说道：

“各位父老，此案现已上报南京政府，此时正在调查之中，请大家放心地回去，要知道，我也恨日本人呐，我保证，我绝不会让一位抗日英雄受到一丝委屈的。嘿嘿……”

过了几天后，刘德山却突然改变了调子，只见他对前来游说的社会知名人士们厉声说道：“现在，我们掌握了充分的证据，许有年其实并不是什么抗日英雄，他根本就是一个大汉奸！我们了解到，许有年在保定时曾从抗日游击队的枪口下救过一个叫渡边一郎的日本大佐的命，这个渡边是一个地地道道的法西斯分子。就是这个渡边，为了报答许有年，还送给他一把崭新的安度士手枪，这支手枪现在就在我抽屉里。”

说着，他从抽屉里取出一个贴了封条的大信封，重重地往桌面上一拍：

“你们看，这就是铁的证据！另外，有材料证明，日本战犯多田峻中将曾在多个公开场合口头褒奖过许有年对日本人的忠心和他给日本人卖命的工作效率。至于你们说的日本人的304次列车是许有年颠覆的，你们谁亲眼见了？你们不也是道听途说的嘛，要是我说304次列车是我刘某炸的，你们信吗？所以嘛，这个许有年我们决不能放，对他这样的汉奸一定要严惩不贷！你们千万不要上了共产党的当，替一个汉奸说情。”

至此，刘德山完全暴露出了一副国民党党棍的流氓嘴脸！

郭蕴这段时间住在河北阜平根据地，和新华社的同志们住在一起，由于她已有六个多月的身孕，同志们对她照顾得非常细心，并对她隐瞒了许有年被捕的消息，有时郭蕴追问得紧了，大家就编了一个善意的谎言，说许有年正在执行一项秘密任务，再过几个月就会回来。因此，郭蕴在同志们的细心照料下，每天都感觉到处处都充满着阳光，日子过得倒还快活。直到二月中旬的一天下午……

这天下午，郭蕴拿着一篇整理过的速记稿来到女记者白鸽的办公室，她俩正在里屋校对稿件时，只听得院里一个人风风火火地大声嚷着什么，她俩抬头往窗外一看，只见摄影部的石少华同志手里举着一张电报纸，大声嚷道：

“狗日的军统特务，颠倒黑白，硬要将许有年同志说成是汉奸，营救许有年同志的计划又受到……”

这时，院里的另两位同志使劲给他使眼色，石少华一愣，嚷了一半的话语戛然止住，但已经晚了。只见郭蕴飞快地从里屋跑了出来，一把抢过石少华手中的电报，仔细看了一遍后，顿时愣住了，她一屁股坐在石凳上，捂着脸抽泣起来。这时，白鸽也从屋里跑了出来，狠狠地对着石少华瞪了一眼，然后将郭蕴慢慢地扶进屋里，几位女同志围着郭蕴安慰起来。

二

转眼已到了四月中旬，这天上午，虽然早晚北平的气温还有些寒冷，但白天蓝蓝的天空艳阳高照，晒得人们身上暖烘烘的。炮局子监狱的大操场上，冷不丁地从地下冒出了一些小草的嫩芽。让高墙内的人们感受到了一丝春天的气息。此刻，犯人们正在放风，只见东一堆、西一簇的犯人们坐在空地上晒太阳，捉虱子。许有年和孟志强则顺着高大的围墙边慢慢地跑着步，活动着筋骨。

这时，他们远远地看见紧闭的监狱第二道大门打开了，一辆美式吉普驶了进来。本来，这是一件极寻常的景象，监狱每天都有各色人士进出，狱门每天也不知道要开关多少次，但被关在高墙内失去自由的人们却总是禁不住好奇的心理，每每都要对进出监狱的人行"注目礼"，许有年也不例外。他和孟志强停下了脚步，和大家一样，情不自禁地注视着缓缓驶进来的吉普车。远远地看见从吉普车上走下来一个穿着美式军装、个子高大的军人，只见监狱里的郭法官迎了上去，两人握了握手寒暄几句后，一同向办公室方向走去。

许有年忽然觉得眼睛一亮，从侧面看这个军官极为面熟，但却一时想不起来在哪里见过此人。这时，那人和郭法官都停下了脚步，隔着铁丝网朝着操场上的犯人们望来，两人指指画画地不知在说些什么。许有年再凝神仔细一看，只见那人左脸上的一道刀疤在阳光下赫然显目。

"李飞！"

许有年一下子从心里喊了出来，他的心跳骤然加快，他想大声喊，但又怕认错人。这么远的距离，自己会不会眼睛看花了，而且李飞说不定还在千里之外，他怎么会到这里来？但许有年还是不甘心，他情不自禁地朝着大门方向飞快地跑去，想再跑近一点看看再说。但那个极像李飞的人和郭法官却已转身向着办公室方向走去。看着他们远去的背影，许有年懊恼极了。他恨自己跑得太慢，没有看清楚这人到底是不是李飞。他对从后面追上来，跑得气喘吁吁并感到莫名其妙的孟志强什么也没说，只是喃喃自语地嘀咕了一句：

“难道我认错人了？”

其实，许有年并没有认错人，他远远见到的那个人，的确正是李飞。日本人投降后，李飞于1946年1月被调至国民党北平警备区司令部，任军法处上校副处长。外表看起来李飞正处于飞黄腾达的阶段，其实李飞心里明白，由于自己暴躁的脾气和耿直的性格，曾得罪了不少上级和同僚，故被“踢”到这里来任个闲职。但令所有人没想到的是，这却正合李飞之意。因为他知道，自己没上过任何“讲习所”，没上过保定军校，更不是黄埔出身，自己甚至还当过东北军的“逃兵”。能混到现在这个位置已经很不错了，这也是全靠自己在前线杀鬼子之时浴血奋战，屡立战功得来的。另外，在他心中还有一个不为人知的秘密，那就是他在内心非常同情共产党，因为他过去始终战斗在抗日的最前线，他的部队曾和八路军在一个战壕里打过日本鬼子。那次的战斗十分惨烈，自己的一个连和八路军的一个排近一百五十个人被打得只剩下二十几个人，其中八路军打得只剩下副排长一个人，就这么一个人，还救了自己一命。当时，李飞正举起大刀欲带领剩余的士兵冲下去和鬼子做拼死肉搏，突然，空中传来一阵刺耳的“嘘”声，一批小钢炮炮弹从天而降，就在这时，李飞只觉得自己被一个人猛地扑倒在地，紧接着一阵惊天动地的爆炸声震得他昏迷过去。当他醒来时，才发现扑在自己身上的人就是那位八路军副排长，而这位副排长的身体已被炸得支离破碎，早已牺牲。李飞当时就产生了“报恩”的想法。故李飞打心眼儿里极不愿与共产党的军队为敌。但让他心惊和失望的是，日本人投降后，南京政府又开始向共产党军队发起了全面的进攻。所以当他被“踢”至北平警备区司令部军法处任副处长这个闲职之时，他还真的为自己没被调往前线去和共产党的军队正面交锋而感到庆幸。

李飞还有一件重要的心事，那就是要找到许有年，与他把酒共叙别后之情！许有年八年前和他在丰台车站分别时说过的一句话：“希望打败日本人后还能再见到你。”这句话这些天来始终在他的脑海里萦绕，刚调到北平时，李飞曾专程到丰台车站去打听过许有年的消息，但车站的工作人员一看见他的美式军装和上校军衔，便都摇摇头，一声不吭地走开了。李飞心里十分纳闷儿，但也无可奈何地走了。回到警备司令部后的几天里，李飞一直都是茶饭不思，心里老是想着：

“难道有年兄出事了……？”

最后实在按捺不住，决心要查个水落石出。

这天，李飞又一次来到丰台车站。这一次他带着一个全副武装的卫兵直接闯进站长办公室，掏出证件对站长扬了扬，客气地说道：

“我来调查贵站前副站长许有年的下落，请您配合调查！”

站长是个胖胖的中年人，他瞟了一眼李飞肩上的上校军衔，立即从座位上站了起来。但当听到这位国军上校打听的人是许有年，顿时瞪大着眼睛，吃惊地说道：

“许有年？他不是被你们抓起来了吗？前两个月各大报纸都刊登了他被捕的消息，这事儿一度闹得沸沸扬扬的，北平城里谁不知道啊？请问长官您……”

话没说完，只见这位长官一愣，左脸的疤痕一阵抽搐，然后二话不说，转身就走。站长站在那里直眨巴眼睛，百思不得其解。

李飞回到办公室后，立刻找来10月到12月份北平几家报社的报纸，颤抖着双手一篇篇地翻寻着，终于在11月22日这天的报纸上看到了许有年被捕的报道。李飞快速地浏览完这篇报道后，一下子愣在那里，半天一动不动，最后抚摸着脸上的疤痕，喃喃自语道：

“有年哥是共产党？他就是‘铁魂’？”

李飞在西北军时，和一些下级军官一起偷偷议论时局时曾听说过，共产党有一位潜伏在鬼子内部的特工，代号“铁魂”，让日本人颇感头疼。当时李飞和那些下级军官们都曾为此偷偷地竖起大拇指。此时，李飞打心眼里更加佩服这位大哥了。接着，他又打听到许有年现在被关押在炮局子陆军监狱，尚未正式经法院审判。

一连几天，李飞的脑海里始终在激烈地斗争着：是坐视不管，还是帮有年哥一把？如果帮他，怎么帮？自己官职卑微，不可能说一两句话就能将有年哥这样的政治犯释放出来。那么，唯一的办法就只有想办法帮助有年哥越狱。但是，李飞也知道，要想从炮局子监狱越狱，几乎是不可能的。而且自己帮助共党分子越狱的行动一旦暴露，军法将对自己怎么处置，他这个军法处副处长的心里是一清二楚的。但是，李飞更清楚的是，有年哥那次在丰台车站帮助自己，无疑是救了自己的一条性命。另外，那位在战场上救了自己一命的八路军副排长的影子也总是在他脑海里闪现。想到这里，李飞颇感羞愧，他心里说道：

“我怎么变成这样缩手缩脚了？知恩不报不是我李飞的性格！”

经过几天的苦苦思索，李飞最终决定：一定要伺机帮有年哥一把，至于有年哥能不能成功，那就只有看他的个人的造化了。李飞决定到炮局子监狱去看看许有年，先摸摸底再说。

这天，李飞借口探查被军法处判了刑的前军官们，来到炮局子陆军监狱。郭守信法官热情地接待了他。李飞与郭法官并不陌生，他们曾经因被军法处理而被关在炮局子的一些军人而打过几次交道，郭法官也知道此人由于比较正直，和自己一样也是受上峰排挤之人，故二人颇为投缘。今天，他俩在办公室里谈完公事后，一看手表，已快十二点了。郭法官站起来笑着说道：

“李处长大驾光临，今天就在大哥这里吃点便饭，你意下如何？”

李飞也忙站了起来，说道：

“不，不，兄弟我已叨扰过郭兄几次，这次正该兄弟请客，请郭兄给兄弟一点面子。”

他二人说笑着来到监狱外面的一家酒店，酒店里已有不少食客，酒店老板见是郭法官和一位军官同来，连忙殷勤地将他二人引到二楼的一间小包间。这里十分清静，不似楼下那般吵闹。二人一坐下来，李飞即对老板说道：

“我也不用一个个点菜了，你既然认识郭法官，那一定知道他喜欢吃什么，将你店里最好的酒菜送上来就是。”

老板一听，立即满脸堆笑地答应着下楼去了。不一会儿，郭法官见店小二端上酒菜来，忙笑着说道：

“李老弟，愚兄正在执勤，不敢多喝，我意思意思就行了，您就多喝点代劳吧。”

李飞故作生气地说道：

“郭兄，兄弟虽然和您认识时间不长，但也发现您和我一样，是性情中人，兄弟有意要与郭兄交个朋友，并有一事相求，难道郭兄不给兄弟点面子吗？”

郭法官一听，睁大着眼睛说道：

“李老弟说的是哪儿的话，愚兄想巴结你还来不及呐，怎敢说不给面子？李老弟有事求助于我，只管开口，只要愚兄能办得到的，我在所不辞。来，咱们边喝边谈！”

说罢，率先举起了酒杯，一口干了杯中之酒，然后放下酒杯，两眼看着李飞说道：

“早就听说李老弟在二十九军时曾一口气砍杀了几十个小鬼子，确是英雄了得，愚兄佩服之至。但不知李老弟有何事差遣，你尽管吩咐就是。”

李飞端起酒杯，也一口干了，沉默了一会儿，抬眼看着郭法官：

“实不相瞒郭兄，我有一个表兄，也是被关在你们炮局子里，兄弟只想见他一面。”

“哦？他叫什么名字，是犯了什么事儿进来的？”

“他叫许有年，是因为……”

“许有年？他是你表兄？”郭法官吃惊地瞪大了眼睛。然后皱了皱眉头。

李飞看了看郭法官的表情，颇感失望地说道：“如果郭兄感到为难，那我就不勉为其难了。”

说完，端起酒杯又一口干了，“来，咱们继续喝酒，至于我表兄的事，今天咱们就此打住，我另想办法好了。”

郭法官沉默了一会儿，说道：

“唉！李老弟，不是愚兄不愿帮你，这许有年的案子的确太过重大，据说南京也有人在过问此案，军统方面又打了招呼，不准任何不相关的人与其见面啊。”

至此，他二人半天不说话，都低着头喝闷酒。几盅酒下肚后，郭法官忍不住又说道：

“其实，愚兄也是十分佩服这个许有年的，他将日本人的军官炸死炸伤那么多，的确是个抗日英雄啊！但军统却硬要将他定个汉奸罪名。唉！”说到这里，他放低声音，“其实咱们心里都明白，这里关押的共党政治犯，大部分都被咱们的人说成是汉奸、日本特务。唉，这也是为了掩人耳目啊……”

他又大口喝了一口酒后，喃喃自语道：

“唉，欲加之罪，何患无辞啊！”

说到这里，郭法官又抬眼看了看李飞，苦笑着轻轻地摇摇头。突然，郭法官盯着李飞衣领上的上校军衔，眼睛一亮，兴奋地说道：

“唔，有了，他们不让其他不相关的人探视，可你李飞不是其他不相关的人呀，你可是警备区司令部的上校军官啊！你可以用任何理由去‘提审’许有年呐。”

李飞听了一愣，一拍脑瓜：“对啊，我怎么就没想到这个碴儿呢？”

当天下午，许有年正在号子里和狱友们闲聊，忽听得铁门一响，两个狱卒进来喊道：“918号，有人提审你，赶快出来跟我们走！”

许有年站起来，整理了一下长长的头发和狱服，在狱友们关注的目光下，从容地走了出去。他被狱卒押着来到审讯室，老远就看见郭法官正在门口候着，见他们来了，郭法官命令狱卒打开许有年的手铐脚镣，并亲自打开隔音门，让许有年一人进去，却将两个狱卒拦在门外，并对他们说道：

“事关机密，咱们就在门外守候着，不许放任何人进去！明白吗？”

这种情形对狱卒们都已是家常便饭，并不奇怪，故两个狱卒都端着枪，老老实实地站在门外站岗。

许有年一进门，审讯室的门在他身后轻轻地关上了，他抬眼一看，只见李飞就站在他的面前，正笑嘻嘻地注视着自己。许有年一下子兴奋得差点叫出声来，又见李飞做了一个噤声的动作，许有年这才强忍住没叫出声来。顿时，两个敌对党派的患难朋友在这个非常的地方和非常的环境下热烈地拥抱在一起……

一小时后，许有年回到了牢房，他抑制住兴奋的心情，没有对大伙儿提起李飞的事，只是说是郭法官向他了解一些无关紧要的事情。大伙儿也没多问，这事就这样过去了。

到了晚上，许有年却怎么也睡不着，他脑海里老是浮现着白天和李飞见面的情景，想着自己托李飞在《北平日报》上刊登一则“寻人启事”，并请他过半个月后再来一趟，并带来一份当天的《北平日报》。李飞当时就爽快地答应了。许有年又回忆了一下自己写给李飞登报的简短内容：

慈母，妳在哪里？孩儿甚念。儿在老家一切均好，勿念。儿年铁。

这是地下党约定的暗号，外人是怎么也猜不出其中真正的含义的。退一万步，即使李飞心怀不轨，也无大碍。想到这里，许有年心情慢慢地平静下来，最终和狱友们一样，扯起了响亮的鼾声。

这半个月，许有年感觉度日如年。他每天都掰着手指头计算着日子，就连孟志强都明显地感觉到他这段时间有点魂不守舍。好不容易挨过了十五天。这天一大早，许有年一反常态，坐也不是，站也不是。十一点，李飞终于如约到监狱来看望许有年。这次，他带来了不少食品和烟、酒，并用几张当天的报纸包裹着。先由郭法官按规定检查了没有夹带其他诸如武器之类的违禁品后，李飞当着郭法官的面将这些东西交给了许有年。按狱中的规定，报纸是绝对不准带进监区的，但郭法官却像什么也没看见似的，让许有年脱下囚衣，包裹住所有东西后，任随许有年连物带报统统提进了号子。

许有年一进号子，便将包袱放在床上，打开外面包着的囚衣。只见狱友们一下子瞪大了眼睛，都情不自禁地“啊”了一声。特别是张教授，他吃惊地看了许有年一眼后，二话不说，颤抖着手小心地将食品挪开，轻轻地将报纸抽出来，借着铁窗外射进来的阳光，如饥似渴地阅读起来。

孟志强疑惑地看着许有年：“有年，你这是？”

许有年坦荡地微笑着说道：

“这是我的一位东北老乡、也是我过去的一位朋友送来的。”接着，他又悄悄地补充了一句，“他也是郭法官的朋友。”然后，他忍不住地用眼睛瞟了一眼张教授手中的报纸，说道，“张教授，能把最后一版给我看吗？”

张教授一愣：“当然，当然。”然后眼睛不离报纸地将其他报纸全递给许有年。许有年赶紧拿起报纸仔细翻阅起来。他在最后一版的《市井故事》栏里看到一篇署名“曙光”的短篇小说《魂》。他的心剧烈地跳动起来，双臂也情不自禁地微微颤抖着。他一个字一个字地浏览下去，在小说的字行之间看到了这么几句话：

……其母言道：吾儿之魂被禁锢在魔鬼之域，其妻蕴儿在圣母之庇护下产下一子，取名“铁驴”。……圣母劝其妻止泣：天地乾坤将发生翻天覆地之变，黎明之阳光将驱散人间污浊之气……

许有年看到这里，眼泪止不住地一下子淌了下来。他抬眼看了看，狱友们并没有注意到他，便低头悄悄地擦掉流在腮边的泪水，拿起酒瓶，小声对狱友们说道：

“今天，我许有年太高兴了。因为我的东北老乡告诉我两个特大喜讯，一个是咱们的军队已经开始向国民党发起大反攻，天，就快亮了！第二个喜讯是我个人的——我有儿子了，我当爸爸了！来，为了新中国，为了咱们的下一代，大家干杯！”

狱友们一下子被许有年的情绪感染了，顷刻间，不大的牢房里充满了酒香，酒的香气从铁窗的缝隙飘到走廊中。那些狱卒们都闻到了酒香，但他们都知道这酒是一位威严的国军上校长官送来的，而且是郭法官同意了的，但这里面到底是怎么回事，他们是一无所知。所以他们谁也不敢吱声，只能偷偷地咽一下口水。许有年见他们在铁窗外窥看，立即塞了包李飞带来的“哈德门”香烟给他们，并说道：“兄弟们辛苦了，拿去抽吧。”这些狱卒们的收入并不高，平时只能抽一些劣等香烟，见许有年塞给他们这么好的香烟，四个值班狱卒高兴得连说“谢谢”，然后在外面争抢起香烟来。

虽然在高墙内的人们都是度日如年，但时间还是按照自己的规律在飞快地流逝着，现在已是6月中旬了，算下来许有年进炮局子监狱已快七个月了。有段时间，许有年时时刻刻都在想着怎样越狱，虽然李飞曾说过正在想办法将他营救出去，但许有年已然等不及了，特别是和党组织联系上后，知道自己的儿子铁驴已经诞生，许有年恨不得生出一对翅膀，立刻飞到小郭蕴和儿子的身边。但这段时间，他已慢慢静下心来，和狱中的临时党支部频繁联系，并协助张教授他们出版《狱中之花》，以各种方式鼓舞着狱友们的斗志。每天晚上，他和张教授都要给狱友们讲辩证法，分析形势。再加上最近又被关进来几个进步大学生，虽然号子里更拥挤了一些，但这些学生们成天又唱又闹的，给监狱增加了不少活力。这样一来，包括许有年自己，大家都觉得日子不像以前那么难熬了。

天，渐渐地热了起来，狱中的操场上长出了一片绿油油的小草，这些小草给关在高墙中的人们带来了新的希望和对未来美好的憧憬。

第十六章

一

6月17日，国民党北平警备区司令部接到一纸命令：限十日之内，将位于东交民巷的原警备区武器库搬迁到别处去，并将仓库按监狱的形式进行分隔、加固改造，将其改建为临时“集中营”。命令同时指出，新改建的“集中营”将用来关押“政治犯”，并由警备区司令部和北平警察局共同监管。

接到这个命令后，整个司令部都忙活开来。由于只有十天的时间，要想完成改建任务，只能不分白昼加班加点地干。李飞所在的军法处平时较闲，公务也不繁忙，再加上军法处经常与监狱打交道，比较熟悉监狱的规矩，故负责此事的王副司令官在会上责成军法处代表警备区来负责监管此事。

原来，日本人投降后，国民党政府不顾民意的反对，又在国内掀起了大规模的内战，人民企盼和平的美梦被南京政府利用美国援助的飞机、大炮和坦克碾得粉碎。为此，全国各大专院校的进步学生统统罢课，上街游行，抗议南京政府的倒行逆施。北平的十几所大学更是首当其冲，他们每天轮番上街游行，把北平城里城外闹得个天翻地覆，为了镇压学生运动，国民政府大开杀戒，每天都要抓大量的学生、教员和平民百姓，并统统关进牢房。一时间，北平城里城外的各监狱、看守所和各警署的羁押室都人满为患。炮局子监狱也不例外，各号子里又增加了不少学生和教员。为了防止早先进来的共产党政治犯和学生们串通了闹事，国民政府决定，将共产党的政治犯统统转移到东交民巷新建的集中营进行关押，与学生们隔离开来，更便于分批处决。

李飞立即觉得这是帮助许有年逃跑的唯一机会，他见处长对此事并不十分热心，就主动请缨来负责此事。当天，他抽空到炮局子监狱探望了许有年，并悄悄地将此消息告诉了他。许有年听了后异常兴奋，但转瞬间又皱起了眉头。他抬眼看着李飞，非常诚挚地对李飞说道：

“我还有一个从小就结拜的大哥，叫贾明，他不是共产党员，但他也和你一样，与我有着生死之交。我实在不愿意和他分开，你看能不能想办法将他一块儿转移过去？”

李飞一听，低头思索了几秒后，抬起头来，爽快地说道：“有年哥，你的大哥就是我李飞的大哥。这次政治犯大转移，是由我们警备区司令部和北平警察局共同协办的，我想办法在转移名单上悄悄加上他的名字就是，你就放心吧！”

6月28日深夜两点，炮局子监狱灯火通明，所有的探照灯和照明灯统统打开，整个监区亮如白昼。操场上停了十几辆军用大卡车，卡车的周围站着数百个荷枪实弹的国民党军警。三百多名被俘的共产党员均被戴上四斤多重的手铐和脚镣站在卡车下面。警察局长站在一辆放下门板的卡车上，手中拿着一份名单，正在逐个喊着“犯人”的名字，喊到谁的名字，谁就被推出来，由站在车下的军警连推带搡地弄上车，上车后的“犯人”被车上的军警强令蹲了下来。当喊到贾明的名字时，站在车下的典狱长眨巴着眼睛，疑惑地喊道：

“你们是不是搞错了，贾明不是共产党员，他是个土匪头子！”

几个狱警立刻跑过去，欲将孟志强带回牢房。许有年站在一旁，本来就悬着的一颗心一下子又提上了嗓子眼。

就在这时，站在车旁的李飞突然脖子一梗，蛮横地吼道：

“你们还在那里啰唆什么，管他是土匪还是共党，统统带走！”紧接着，站在李飞后面的一群士兵“哗”的一声拉了一下卡宾枪的枪栓。

警察局长和典狱长都是一愣，他们压根儿就没想到这位国军上校会出面横加干涉，但转念一想，在国军围捕贾明之时，这个土匪头子曾枪杀了几十个国军官兵，看来这位国军上校欲将贾明带回去实施报复。局长顿了一下，终于大喊了一声：

“将贾明押上车！”

至此，许有年悬着的一颗心这才放了下来，他向李飞投去了一丝感激的目光。

二

东交民巷临时集中营，这里的面积不大，只有炮局子监狱面积的十分之一大小。由于刚改造施工完毕，很多地方的水泥尚未干透，一到夜里就感觉十分阴冷。刚来到这里，许多人由于不适应这里的阴湿环境而相继病倒。

集中营里只有五十间牢房，每间牢房的面积只有十几平方米，平均每间牢房关押着七个政治犯，由于这里的各种看守设施相对炮局子监狱要差得多，当局为了防止犯人逃跑，除了体弱多病和身负重伤不能起来活动的犯人外，几乎每个人不分白天黑夜都被戴上手铐脚镣。每当放风之时，只听得整个监区发出的一片“哗啦、哗啦”脚镣拖地的刺耳声音。

许有年所在的牢房也关押了七个犯人，由于李飞的关照，孟志强和许有年被关押在一间牢房里。刚被转移来的第三天，许有年和其余四位狱友都病倒了，症状都是一样，成天发高烧、打摆子，嘴里说胡话。有整整两天到了放风之时都没出去。这一下可把没有病倒的孟志强和另一位曾在八路军129师担任过指导员、名叫邹大均的汉子急坏了，他俩看着狱友们烧得满嘴起泡，既吃不下东西，又喝不下水，奄奄一息的样子，急得不知所措，孟志强甚至抱着一时昏迷的许有年哭出声来。邹大均也急得用铁镣使劲地敲打着牢门，对着门外的狱卒们大声骂道：

“你们他妈的都瞎了眼了！这里的人都快病死绝了，也没有人来看看。你们还是人不是人呐！赶快叫你们当官的过来！”

他这一骂，相邻的各牢房也都跟着叫骂起来。

这时，一个狱警头目大声回骂道：

“闹什么，闹什么！你们他妈的坐牢还修炼成爷爷了？老子倒成了孙子了，你们他妈的都死绝了才好呢！”

一个狱卒在铁门外小声说道：

“哎，你们别闹了，又不是只有你们一个号子里有人生病，其他有些号子的人全都病倒了。今天一早当官的已经将这里的情况报了上去。你们就等着吧。”

果然，当天下午，警备区司令部的王副司令和警察局长来到集中营，李飞也陪同前来。戴着口罩的警察局长叫狱卒们给每间牢房提了半桶熬好了的中药，然后在走廊里阴阳怪气地喊道：

“大家不要闹了，根据国际上的那个什么条约，我们是优待俘虏的……”

就在这时，孟志强忽然看见一个拳头大的纸包从铁窗外飞了进来，他一愣，拾起纸包来小心地打开一看，只见里面包的是几十颗白色的药片，在纸的内面有一行小字：“奎宁，每天三次，每次一片。飞。”

他赶紧将这张纸递给已经醒过来的许有年看。许有年只瞟了一眼，立即将写在纸上的那几个字撕了下来，并塞进口中，嚼了嚼咽进肚里。然后嘶哑着嗓子说道：

“强哥，快！快将这药片喂给大家吃了，每人一颗，其余的都包起来！”

孟志强点点头，赶忙和邹大均一起用碗舀了半碗中药水，帮助大家将奎宁药片冲服了下去。到了晚上，许有年感觉精神好了许多，就又叫大家各服了一片药。第二天一大早，大伙儿都感觉病好了一大半，精神也充足了。

到了放风的时间，许有年将剩余的几十片奎宁藏在兜里，带出了牢房。在院里，许有年看见出来放风的狱友极少，而且听说昨晚有一位狱友已经病故。许有年方知道那个中药的疗效并不理想，遂将剩余的奎宁悄悄地分发给各牢房出来放风的狱友，然后和孟志强装出一副悠闲散步的样子，仔细地观察起周围的环境来。

这个放风的院子呈长方形，面积约有两个篮球场大小，三面约四米高的围墙上安装着高压电网，围墙的两个角落是两座高大的碉楼，每个碉楼上有两个卫兵站岗，并分别配有两挺机关枪和一盏探照灯。院子的另一面是由武器库改装的牢房，牢房的平顶上架着几挺重机枪和四盏探照灯。院子里铺着碎石子地面，几根简易的电杆上吊着的几盏大瓦数的灯泡在风中摇摆着。看样子，要想从这里逃出去，并不比炮局子监狱容易。

这时，许有年的目光停在了院子西头的一道相对破旧的小门上。在这扇门上，用白油漆歪歪斜斜地写着“厕所”二字，不知是谁在门边的墙上用粉笔涂了几笔淫亵的画面。许有年让孟志强站在原地不要跟来，他慢慢地踱到这扇小门前，见对面站岗的士兵并不阻止他，就装作欲小便似的拉开了木门。

突然，一大群苍蝇“轰”的一声从木门内扑了出来，一股刺鼻的臭味冲鼻而来，臭味冲得许有年几欲呕吐。他赶忙伸出戴着镣铐的胳膊挥了挥驱赶着苍蝇，并屏住呼吸，往里面张望了一眼。这一张望使得许有年的心速一下子加快了许多，只见厕所里面粪便漫延，粪便中全是蛆虫在蠕动，双脚根本就踩不下去。只听得一阵阵“嗡嗡”的苍蝇轰鸣的声音扰得人心烦。使许有年心跳加速的景象是：在昏暗的光线下，靠右边角落的小便池离地面约一尺左右的地方，青砖已然风化腐蚀，有一股拇指粗细的光柱顺着砖缝从外面直射进来，许有年甚至能清晰地听见外面有小孩打闹和小贩叫卖的声音。

“这厕所外面就是街道！”这个念头在许有年的脑海里一闪，他立即退了出来，关上木门，长长地呼了一口气。

回到牢房后，许有年悄悄地将自己的发现告诉了狱友们，并分析道：

“由于这个厕所长年没有人打扫，到现在已然臭气熏天，在十天的改建过程中，谁也不愿意走近这里，连最后的验收官都没有靠近这座厕所，故这里成了被他们无意中忽略了的死角。这也正好成了咱们逃出去的希望之路啊！”

大伙儿听了之后都十分振奋，并立即跃跃欲试地活动了一下筋骨。这一活动，只听得一片“哗啦”的铁镣撞击声。大伙儿一下子都又懊恼起来，他们都意识到，戴着这玩意儿，别说根本就跑不出去，就算跑了出去，也走不了多远，就会又被抓回来。

许有年见大家的情绪一下子低落了下来，他皱了皱眉头说道：

“咱们都是经过了各种考验的共产党员，能被这点小事难倒吗？这事儿就交给我了，我来想办法！另外，大家注意，一定要保守这个秘密，这段时间谁也不要靠近那个厕所，以免引起敌人的注意！”

第二天放风时，许有年看见出来散步的狱友们多了起来，知道李飞送的奎宁起作用了。他慢慢踱到狱中临时党支部书记刘春福面前，装着闲聊的样子，将自己所在牢房的同志们欲越狱的计划向他做了汇报。

刘春福同志于1947年冬被国民党杀害于炮局子监狱。

刘春福两眼一亮，轻轻问道：

“你们有把握吗？”

许有年摇摇头说道：

“现在计划还不成熟，这只是我个人的一个初步想法，还有很多问题需要解决。”

刘春福低头思考了一会儿，抬起头来轻轻说道：

“我个人支持你们的想法，但你们一定要周密部署，千万不要性急，到时候能逃出一个算一个！天快亮了，咱们的党现在正需要你们啊！还有，这事先不要告诉其他牢房的同志们，免得走漏风声，或造成混乱，到时候一个也逃不出去。另外，因无法与外面的同志联系，这事只能全靠你们自己了。你们一定要考虑清楚！”

许有年点点头，又慢慢地踱到一边去了。

8月初，这几天天气异常闷热，牢房里一丝风也没有，看样子将有一场暴风雨降临。这段时间，监狱里的空气也像这天气一样，异常紧张。军警几乎每天都要来点名，点到谁的名字，谁就被军警用卡车拉出去，每天都有七八个人被拉出去，而且这些被拉出去的人们就再也没有回来。一个狱卒曾悄悄地对许有年嘀咕道：

"听说这些被拉出去的犯人都被转移到了另一所监狱去了。"这个狱卒还补充说道，"他们去的地方比这里好多了，不愁吃穿，没有烦恼。到时候你们都要去那个地方！"

当时许有年听了后，还颇感纳闷，但想了想后，摇摇头，一笑了之。

自从转移到集中营后，李飞除了送药那次，一直没有再露过面，而军统的刘德山上校却来过好几次。自从戴笠在前几个月乘飞机被摔死后，军统局更名为"保密局"。刘德山急于在新主子面前立功，他每次来都要单独提审许有年，他总是抱着侥幸的心理，想逼许有年供出北平地下党的名单、职务等，但他每次都是失望而归。他最近一次来到集中营时，先在院子里溜达了一圈，两只贼眼四处张望。突然，他的眼睛停留在那扇厕所的木门上，他皱了皱眉头，快步走到木门前，欲要打开木门往里查看，没想到木门刚开了一条缝，一群苍蝇和一股熏人的臭气扑面而来，恶心得他赶紧关上门，捂着鼻子跑到了一边，蹲在地上呕吐了半天。站在四周的狱警们都捂着嘴窃笑。

这一次，他也同样是失望而归。临走时丢下一句话：

"姓许的，我现在已经对你失去了耐心，我下次再来之时，如果你还像这样执迷不悟的话，我刘某将爱莫能助，你将背着汉奸的罪名被处决！你自己掂量掂量轻重吧！"

许有年心里虽然十分着急，但他也知道，如果没有李飞的帮助，成功越狱的希望极小。但他心里也明白，这个集中营的守卫，除了警察局的狱卒外，有一半是警备区的士兵，这些士兵中有相当一部分是认识李飞的，如果李飞没有充足的理由而来看望自己，将会被人怀疑的。但是许有年相信李飞一定会想办法再来看望自己。想到这里，许有年立即做了一些准备，他将国民党发给他们每人一份，让他们写"悔过书"的纸和笔藏了起来，到了晚上，他就着铁窗外探照灯昏暗的光线，将自己欲越狱的计划写在纸上，然后将纸条叠得极小，揣在贴身的包里，随时随地都在盼望着李飞的出现。

现在已是9月13号了，夏季的炎热已然慢慢地退去，秋天已悄悄地来临。北平的空中随时都弥漫着风沙。李飞这段时间和许有年一样，内心也是十分焦急。因为在李飞的内心深处还有一个秘密，那就是他和几个同僚曾偷偷地对时局进行过分析，他们已隐隐约约地预感到国民政府的崩溃只是时间问题，共产党将会在中国掌权。还有就是随着他与许有年这几个月的多次接触，更增加了他对有年哥内心的了解和对他的敬佩。也许就是因为这些原因和留条“后路”的想法等，他最初的“伺机帮有年哥一把”的想法也发生了根本的改变。现在，他一门心思想把有年哥救出来。但是，自从许有年他们转移到集中营后，司令部与警察局怕出了事后互相推诿，故共同拟定了一条命令：双方的官员到集中营办事，必须持公函和一切有效证件，方可入内。李飞手中虽然藏了一张空白公函，但他却不到万不得已，不敢使用。

今天，警备区的王副司令召集校级以上的军官会议，会上有人顺便提出对集中营要加强管理。李飞一看有机可乘，便主动提出到集中营“检查守备情况”，得到了王副司令的赞许后，李飞带着两个士兵开车来到集中营。

李飞检查完工作后，为了掩人耳目，故意叫狱卒提出包括许有年在内的二十几个犯人训话。犯人刚集合完毕，李飞正欲训话，只见集中营的大门打开了，并驶进来一辆黑色轿车，保密局的刘德山站长从车上下来。他一眼就看见院里站成一排的犯人当中的许有年，刘德山皱了一下眉头，快步走到李飞面前，抬眼瞟了一眼李飞衣领上的上校军衔，傲慢地厉声问道：

“你是干什么的，是谁允许你将我们保密局的要犯提出来的？嗯！”

李飞也瞟了刘德山的上校军衔一眼，立即猜出这个戴着金丝边眼镜的人就是保密局的刘德山站长。李飞心里也知道保密局的人最好别去惹。但李飞原本就是一个天不怕地不怕的人，他见刘德山一进门就质问他，一股无名火起，只见他左脸的刀疤一阵抽搐，两眼一翻，冲着刘德山就骂道：

“你他妈的又是个什么东西，这里是警备区司令部的地盘，别拿他妈的狗屁保密局来压人，老子不吃你这一套！滚他妈的一边儿去，别妨碍老子执行公务！你们的戴老板早他妈摔死了，你还在那儿狐假虎威。把老子惹急了，拿你他妈的军法处置！”

李飞一口一个“他妈的”，直骂得刘德山的脸红一阵青一阵。自从他干上军统后，除了“老板”，他还从未被人像这样骂过。他极欲发作，但一眼看见周围的士兵们全都怒目瞪视着自己，而自己带来的两个部下却躲在车里没有下来。老奸巨猾的他知道今天遇到的这个主肯定是从战场上下来的，这种人连死都不怕，惹急了真的什么事都做得出来。想到这里，刘德山不禁打了个寒战。他不敢再吱声，将一口气咽了下去，转身就往回走，一上车，就抡圆了巴掌，对着躲在车上抽烟的两个部下狠狠地抽了几个耳光。

看着黑色轿车驶出集中营大门，所有的士兵和狱警们都为李飞喝起彩来。就在这一混乱的时刻，许有年和李飞神不知鬼不觉地交换了字条。

回到牢房中，许有年迫不及待地打开李飞递给他的字条，只见上面写道：“最近你们中的一些人已被处决，时间紧迫，暂定双十节晚行动。飞。”

许有年一看，心里一下子十分难过，他这才知道那个狱卒说的“他们去的地方比这里好多了，不愁吃穿，没有烦恼。到时候你们都要去那个地方”是什么意思了。他知道，所谓“双十节”，就是10月10日，这一天是国民党的节日，国民党的很多单位都要放假，这一天，也是守备最薄弱的日子，李飞将越狱的日子选在这天，也不是没有道理的。许有年和狱友们虽然都已经等不及了，但除此之外大伙儿也确实没有其他法子可想。

李飞回到司令部后，关上门，取出许有年递给他的字条仔细看了看，许有年在字条中坦率地将欲从厕所越狱的计划告诉了李飞，并希望李飞能提供一些铁丝或铁片之类的东西，如果可能的话，最好能在外面接应一下。

三

9月17日下午两点，北平的天空铺着厚厚的云层，并下着绵绵细雨，许有年与狱友们的心情就像这鬼天气一样，阴沉沉的，他们现在真的是度日如年。刚才，他们掰着指头算了算，离10月10日还有二十三天。孟志强掏出一片不知在什么地方捡的一小块玻璃片，在墙上重重地刻了二十三道线。正在思考问题的许有年忽然眼睛一亮，赶忙从孟志强的手中抢过玻璃片，翻来覆去地观察了一遍后，急切地问道：

“这玻璃片你是从哪儿捡的？还有吗？”

孟志强眨巴着眼睛，一副莫名其妙的表情：

“昨天放风时，在台阶下的角落里捡的，只有这么一小块。有年，怎么啦？”

许有年笑着说道：

“真是天助我也！我每天都在注意，能不能找到一片铁片或玻璃片，但敌人的防范工作真他妈的做到家了，我就是什么也找不到，没想到老天爷眷顾的是咱们的强子哥啊！”见孟志强还不明白，许有年又比画着说道：“咱们用这玩意儿挖墙脚呀！”

大伙儿一听，都恍然大悟，一下子都笑了起来。

就在这时，一阵皮鞋声从走廊传来，许有年赶忙站起来，透过窗口的铁栏杆往外看，只见一队军警正押着四个难友往外走，穿着雨衣的李飞也跟在这一队军警的后面，当军警们从许有年他们的牢房经过时，李飞忽然停了下来，蹲在地上拴鞋带。等军警们过去后，一个不大的布包从铁门下面平时狱卒送饭的小窗口塞了进来。

许有年的心一下子提了起来，他知道李飞不到万不得已，绝对不会冒这个风险的，一定是计划有变！他赶紧打开布包，从包里滚出一听军用红烧肉罐头和几根铁丝，另外还有一把小巧的军用小刀和一只旧的手表，表的指针正指在三点过一刻的位置。在布包里还藏有一张小纸条，许有年顾不得其他东西，立刻抓起纸条仔细地阅读起来，只见纸条上李飞用匆忙的笔迹写道：

“刚接到军统黑函：9月18日早晨八点，对许有年实施枪决。故计划提前，18日凌晨两点行动。到时候有一辆车在街东头拐角处接应你们。”

许有年虽然早有心理准备，但乍一看纸条，心还是“咯噔”地猛跳了一阵。他抬头看了一眼窗外黑沉沉的天空，镇定了一下自己的情绪，对大家说道：

“情况有变，计划提前在今晚！”

说着，将李飞写的纸条递给大家传看。

大家看了纸条后都不禁抬头看着许有年，都对国民党的这种不经上法庭就秘密处决共产党人的手段感到心惊和愤怒。但想到今夜的行动和对即将获得自由的渴望，大伙儿又情不自禁地热血沸腾起来，并感到浑身充满了大战前固有的一阵紧张和战栗。

许有年看了看李飞送来的铁丝和罐头，顿时愣住了，心想：

“看来李飞并没有完全理解我的意图，这些铁丝太细，太软，根本不能用来开锁。还有，我要的铁片是用来划开厕所的砖缝，但李飞却给我送来一听罐头。现在只有这把军用小刀还有点用处，但如果打不开脚镣和牢门的锁，这一切就都没有多大意义了。”

想到这里，他有些丧气，额头上顿时渗出了大滴的汗珠。

愣了一会儿，他突然想起在保定时，谢宗贵教自己打开渡边办公室门锁之时只用了一片薄铁片，而且谢宗贵后来也教过自己用铁丝和薄铁片来开锁的各种技能。许有年的眼睛又盯在了这听猪肉罐头上。

突然，他对孟志强说道：

“快，快打开这听罐头！”

孟志强赶紧用小刀撬开了这听猪肉罐头，一股久违了的肉香味扑鼻而来，狱友们都情不自禁地咽了一下口水。许有年忙将香气扑鼻的猪肉倒进碗中，并用被子严密地捂住，免得香气飘到走廊中去，引起狱卒们的注意。然后他拿起撬下来的圆形罐头盖，饶有兴趣地上下研究起来。看了一会儿后，只见他将这片圆形的马口铁皮对折起来，并用牙齿将其折缝咬实，这样一来，薄薄的马口铁皮顿时增加了几倍的刚性。然后他从孟志强手中要过军用小刀，使劲一划，锋利的刀锋“吱”的一声，立时将这块双层的铁皮划为两段。许有年颇感意外地将小刀凑到眼前，吃惊地看了看其刀锋，口中“啧啧”两声，然后下刀将折叠了的那块铁皮划成了下宽上窄的条形形状。

许有年拿起划下来的那一块铁皮，将宽边围过来抱住了窄边，用牙咬实后，将铁片举起来对着光看了看，并左右扭了几下，感觉硬度还行。他示意孟志强到他跟前来，然后闭着眼睛像是在祈祷着什么，最后睁开双眼，用微微颤抖的右手，将铁皮插进了孟志强所戴镣铐的锁孔里，用力一扭，只见铁皮已然变形，镣锁却纹丝不动。只这一下，就将许有年急出一身汗来。他用衣袖擦去流入眼中的汗水，抬眼看了看围在四周的狱友们期待的目光，稳住了心神，凝神屏气地回想了一下谢宗贵教他的开锁要领，然后将铁皮抽出扭正，再次插入锁孔。这回，他按照谢宗贵教他的要领将铁片轻巧地上下晃动了一阵，再轻轻一扭，只听“嗒”的一声轻响，锁居然被打开了。大家一看，兴奋得几欲欢呼出声来。

这时的许有年，却像是散了架似的浑身瘫软，一下子躺在了地上，他大口地喘息了一阵后，又坐起身来，用同样的方法，不慌不忙地将狱友们的镣铐统统打开，最后才打开自己的镣铐。然后看了看手表，表针不知不觉间已指在了七点四十分。

现在除了焦急地等待已没有其他事可做了，大伙儿都听从许有年的主意，躺在了床上，这一方面是让大伙儿都尽量地养精蓄锐，另一方面是为了避免引起狱卒的注意。

铁窗外的雨，越下越大，周围除了“哗哗”的雨声，什么也听不见。这使许有年想起那次颠覆304次列车，也是下着这么大的雨。他心中暗暗喜道：

“老天真的是眷顾咱老许，看来今晚的行动成功的概率极大。”

想着很快就要见着狱外的同志们，想着要见到自己心爱的小郭蕴与未曾见过面的儿子……也许是下午太紧张，太累了吧，听着铁窗外的雨滴声，他感觉眼皮发涩，浑身瘫软，居然在不知不觉中昏睡了过去。

一柱狱卒查夜的手电强光将许有年惊醒，不用看表，现在已是十点半过了，许有年睁开眼睛时觉得浑身又充满了力量，他左右一瞟，黑暗中隐隐约约地看见狱友们都睁大着眼睛躺在床上。过了一会儿，走廊里已了无声息，只有窗外“哗哗”的雨声还在夜空中回荡着。又过了好一会儿，许有年轻轻地坐了起来，从枕头下摸出自制的小铁片来，看见狱友们也都跟着坐了起来，他做了个噤声的动作，慢慢地走到铁门前，从窗口往外观察，只见光线昏暗的走廊中空无一人。他将捏着铁片的右手伸出窗口向左侧下方一摸——这个动作他过去曾多次偷偷练习过。很快就摸到挂在外面的“铁将军”门锁。这时的许有年，也许是过度紧张，捏着铁片的手微微地颤抖。他屏住呼吸，摸索着将铁片插进了锁孔，并来回地抽插、扭动着，但这把“铁将军”却始终没有丝毫反应。忽然，他听见走廊尽头狱警值班室方向传来一阵脚步声，他赶忙将手缩了回来，跳回床上，和狱友们一起闭上眼睛装作熟睡，并大声打着鼾声。而那片铁片此时还插在锁孔里没来得及取下来。

现在已是半夜十二点半了，也是狱卒每晚例行的第二次查夜时间，下一次查夜时间将在凌晨三点。只见一个值班狱卒打着呵欠，懒洋洋地用电筒在各牢房的小窗口往里晃了晃，压根儿就没注意到许有年他们牢房的锁头上插着的铁片。查完夜后，狱卒又拖着昏昏欲睡的脚步回到值班室去了。

听见走廊里又恢复了平静，许有年又来到门前往外看了看，见一切正常后，就又伸出右手继续摸索着开锁。时间一分一秒地过去了，许有年只觉得伸出的右手已经开始发麻，汗水顺着额头直往下淌……就在这时，只听“啪”的一声轻响，门锁弹开了。他慢慢缩回麻木的右手，闭着眼睛喘息了一阵后，抬起左手看了看表，时针已然指到一点二十七分了。

许有年示意狱友们都靠过来，他以耳语的声音对大家说道：“大伙儿千万要注意，别弄出响声来，现在，大伙儿都脱下鞋来！”这时的狱友们，不管过去职务的高低，现在无形中已将许有年视为大家共同的“头儿”。大伙儿立即迅速地脱下鞋袜，等待着许有年的第二个“命令”。许有年见大家都望着自己，顿了一下，接着悄声说道：

“现在开始行动！孟志强和邹大均负责解决值班室里的两个狱卒，其他人都紧跟在我的后面，如有意外咱们立即上去帮忙，大家都听明白了吗？”

见大家都点了点头，许有年回转身去，从被子下取出红烧肉罐头，并用筷子蘸着罐头中的油滴在铁门的轴上，然后将右手伸出小窗口，小心地取下已被打开的锁头，并轻轻地抽开铁闩，铁门无声无息地慢慢打开了。

大家都赤着脚，弓下身一个接一个地朝走廊尽头跑去。来到值班室门前，只见值班室的门虚掩着，一个狱卒正趴在靠门的办公桌上打盹，另一个狱卒则仰面朝天地躺在靠里面的一张大方桌上睡大觉。两支步枪都靠在门边。孟志强向邹大均做了个手势，轻轻地推开值班室的门，一人一个地分别将两个狱卒的头抱住，同时使劲猛地一扭，只听得轻微的“咔、咔”两声，两个狱卒还在梦中就去了地狱。他俩迅速脱下狱卒身上的制服，穿在自己身上，戴上狱卒的大盖帽，提起步枪，取出狱卒身上的钥匙打开了走廊尽头的铁门，大大方方地走了出去。

他俩出门一看，兴许是下大雨的缘故，只见院里一片漆黑，只有两个碉楼上的探照灯在交叉地慢慢移动着。也许是碉楼上的狱警听见了这边的响动，两盏探照灯同时向着他俩照射过来，孟志强和邹大均装作不堪探照灯的强光，抬起手来挡住了自己的脸。灯光在他俩的身上停顿了一下，又移到了别处。躲在铁门后面的许有年见状立即一挥手，七个人借雨水“哗哗”的声音，鱼贯地贴着墙根朝厕所方向跑去。来到厕所门前，许有年轻轻地拉开木门，第一个跳了进去。当邹大均最后一个进入厕所，并刚关上木门时，一盏探照灯的光柱正好移在木门上并慢慢移了过去。

……许有年第一个爬出洞口，他在雨中抖了抖爬在身上蠕动的蛆虫，仰面让雨水冲刷着脸上的污渍，并深深地吸了一口狱外新鲜的空气后，立即回身帮助其他狱友爬出洞口。当第五个人爬出洞口之时，意外发生了，只听“轰”的一声巨响，这堵墙突然垮塌了下来，巨大的垮塌声立即引来了一股探照灯光的照射和“呜呜”的警报声。还留在厕所中的孟志强和邹大均只愣了一下，就同时从垮塌了的残壁中跳了出来。

孟志强刚跳出来，探照灯光“唰”的一下照射在他的身上，两挺轻机枪同时“嗒嗒嗒”地向他扫射，只见他猛地一个趔趄，仰面跌倒在地，就在他倒地的那一瞬间，他手中的步枪也响了，只听得“啪”的一声玻璃破碎的声音，照射在他身上的光柱突然熄灭，机枪声也戛然停顿了下来。就在此千钧一发之际，许有年一个箭步射到孟志强的身边，背起孟志强就往东街跑去。刚跑了几步，机枪声又“嗒嗒嗒”地响了起来，但这时的机枪由于失去了探照灯光的引导，就像瞎了眼似的胡乱扫射一气。

趁此机会，躲在墙根的五个黑影也跟着窜了出去。碉楼上的狱警也许听见了这边的脚步声，两挺机枪同时向这边扫射过来。只听得“嗒嗒嗒”一阵枪响，跑在最后的邹大均身中数发子弹，一头栽倒在地上。两个狱友立即回身，架起邹大均就往前跑去。

许有年第一个跑到街东头拐角处，只见一辆没有熄火的带篷的军用卡车正停在黑幕中，许有年气喘吁吁地跑到车前，四处看了看，车上没有一个人。他小心地将孟志强扶上驾驶室右边，并将他靠在椅背上，回身接应刚跑过来的狱友们。

当狱友们将满身是血的邹大均拖上车厢后，许有年迅速跳上驾驶室，大伙儿也同时跳上了车厢。许有年不开车灯，挂上挡，猛一轰油门，卡车摸着黑像箭一般地消失在黑夜的雨幕之中。

当汽车跑过几个街口后，靠在椅背上的孟志强突然倒在许有年怀里，许有年立即停下车来，扶起孟志强一看，这才发现孟志强已然断气。他抱着孟志强的遗体一下子哭出声来。难友们也纷纷跳下车来，他们告诉许有年，邹大均也已牺牲。这时的许有年如遇五雷轰顶，呆在那里，欲哭无泪。狱友们也不约而同地在雨中低下了头。这时，许有年看见堆在车厢前面李飞给他们准备的几套国民党军服和几支卡宾枪，十几颗手榴弹。他强压悲痛的心情，抹了一下脸上的泪水和雨水，叫大家赶紧换上国民党军装，许有年拿起一件佩戴有中尉军衔的军装，穿在自己身上，然后将孟志强的遗体小心地抱到后面车厢。难友们用换下的囚衣盖在孟志强和邹大均的遗体上。最后，四个难友每人拿起一支卡宾枪和一颗手榴弹，放下后面的篷布，严阵以待。许有年紧握方向盘，打开大灯，卡车像一匹脱缰的野马一般向前冲去。

不一会儿，卡车已到了崇文门，只见前面二百米处有一辆军车拦在路中央，车顶上一挺轻机枪正对着他们。七八个宪兵端着枪在车前站成一排，黑洞洞的枪口都瞄准着许有年他们，一个少尉军衔的下级军官站在前面，招手示意他们停车接受检查。许有年一看冲不过去，猛地一刹车，伸出头去，大声骂道：

“浑蛋，马上给老子让开，让共党的囚犯跑了老子毙了你！”

那个少尉一愣，用手电照了一下车牌，认出是警备区司令部的车牌，他回身打了个手势，站在他后面的一排宪兵立即让到一边，那辆军车也缓缓地倒车让路。

就在这时，从后面射来一股光柱，一辆黑色的轿车飞快地驶了过来，车刚一停下，从车上跳下一个身穿便服、头戴礼帽的人来，他的身后跟着一个卫兵。许有年一看，来者不是别人，正是保密局的刘德山站长。许有年一见刘德山，心中的怒火腾地燃起，他将头上的大盖帽往下压了压，手中的卡宾枪枪口也缓慢地向上抬起。

刘德山一下车，就向设卡的宪兵队走去。经过许有年车旁时，两只贼眼向许有年瞟了一眼，也许是天太黑，又下着雨，许有年的帽檐又压得较低，他并没有认出许有年来。他走到那个少尉跟前，掏出自己的证件，少尉用手电照了照他的证件，立即"啪"地立正：

"报告长官，警备区宪兵队正在设卡阻截逃犯，请长官训示！"

刘德山用鼻子哼了一声，厉声说道：

"从现在起，一切车辆均不许从此通过，违者军法处置！"少尉又"啪"地敬礼：

"是！"

然后回身欲叫正在让路的军车又开回原处。

许有年一看情形不好，立即小声地对后面车上的狱友们说道：

"大家注意，打他狗日的！打！"

许有年话音刚落，只见后面篷布突然撩起，四颗手榴弹同时向前甩出，紧接着四支卡宾枪一起打响，只听得"轰轰"几声巨响，和"嗒嗒嗒"的一阵枪响，刘德山和那几个宪兵还没有回过神来，就倒在了血泊当中。许有年抬枪对准军车上还在发愣的机枪手和司机就是一梭子，只见已发动了的军车往前猛地一冲，一下子栽进路边的水沟，一动也不动了。

许有年完全没有料到这么快就解决了战斗，他下车来到刘德山的尸体面前，只见刘德山的胸口被炸了个大洞，鲜血还在"汩汩"地往外冒。他死不瞑目的双眼惊恐地瞪着许有年，许有年厌恶地对着刘德山的脸"呸"地吐了口痰，跳上汽车，一轰油门，汽车扬起一股黑烟，车轮碾过刘德山的尸体，飞快地向着前方驶去。

雨停了，东方的太阳冉冉升起，阳光照在已弃车步行的许有年和狱友们的身上，使他们浑身如沐一层金色的霞光。这时已是1946年的9月18日凌晨六点。许有年留恋地回头向北平方向看了看，喃喃自语道：“啊！又是一个‘九一八’！但愿今后每年的这一天都永远充满阳光！”